记忆中国·名家自述

孤独患者
郁达夫自述

宋宗恒 编

河南人民出版社
·郑州·

图书在版编目（CIP）数据

孤独患者：郁达夫自述 / 宋宗恒编 . ——郑州：河南人民出版社，2025.1

ISBN 978-7-215-13491-1

Ⅰ.①孤… Ⅱ.①宋… Ⅲ.①郁达夫（1896-1945）-文集 Ⅳ.① I216.2

中国国家版本馆 CIP 数据核字（2024）第 028470 号

河南人民出版社 出版发行

（地址：郑州市郑东新区祥盛街27号　邮政编码：450016　电话：0371-65788072）

新华书店经销　　环球东方（北京）印务有限公司印刷

开本：710 mm × 1000 mm　1/16　　　　　　　　　　印张：19.5

字数：220千

2025年1月第1版　　　　　　　　　　2025年1月第1次印刷

定价：68.00元

目 录 CONTENTS

第一辑 自述

悲剧的出生 ……………………………………………… 003

我的梦,我的青春! …………………………………… 009

书塾与学堂 ……………………………………………… 015

水样的春愁 ……………………………………………… 020

远一程,再远一程! …………………………………… 027

孤独者 …………………………………………………… 032

大风圈外 ………………………………………………… 037

海　上 …………………………………………………… 044

雪　夜 …………………………………………………… 050

还乡记 …………………………………………………… 056

海上通信 ………………………………………………… 079

一个人在途上 …………………………………………… 087

村居日记 ………………………………………………… 094

移家琐记 …………………………………… 124

住所的话 …………………………………… 129

记风雨茅庐 ………………………………… 133

在警报声里 ………………………………… 136

第二辑 乐游

杭　州 ……………………………………… 143

花　坞 ……………………………………… 149

皋亭山 ……………………………………… 153

西溪的晴雨 ………………………………… 158

半日的游程 ………………………………… 161

临平登山记 ………………………………… 165

超山的梅花 ………………………………… 171

龙门山路 …………………………………… 177

钓台的春昼 ………………………………… 184

桐君山的再到 ……………………………… 192

过富春江 …………………………………… 196

南游日记 …………………………………… 199

雁荡山的秋月 ……………………………… 211

出昱岭关记 ………………………………… 221

屯溪夜泊记 ………………………………… 226

目录

第三辑　念旧友

北国的微音……………………………………………233

送仿吾的行……………………………………………239

给沫若…………………………………………………243

为郭沫若氏祝五十诞辰………………………………250

志摩在回忆里…………………………………………252

怀四十岁的志摩………………………………………258

雕刻家刘开渠…………………………………………261

扬州旧梦寄语堂………………………………………264

记曾孟朴先生…………………………………………271

回忆鲁迅………………………………………………275

与悲鸿的再遇…………………………………………299

刘海粟教授……………………………………………302

敬悼许地山先生………………………………………304

第一辑　自述

《第一辑 自述》

悲剧的出生
——自传之一

"丙申年,庚子月,甲午日,甲子时",这是因为近年来时运不佳,东奔西走,往往断炊,室人于绝望之余,替我去批来的命单上的八字。开口就说年庚,倘被精神异状的有些女作家看见,难免得又是一顿痛骂,说:"你这丑小子,你也想学起张君瑞来了么?下流,下流!"但我的目的呢,倒并不是在求爱,不过想大书特书地说一声,在光绪二十二年十一月初三的夜半,一出结构并不很好而尚未完成的悲剧出生了。

光绪二十二年(一八九六年)丙申,是中国正和日本战败后的第三年;朝廷日日在那里下罪己诏,办官书局,修铁路,讲时务,和各国缔订条约。东方的睡狮,受了这当头的一棒,似乎要醒转来了;可是在酣梦的中间,消化不良的内脏,早经发生了腐溃,任你是如何的国手,也有点儿不容易下药的征兆,却久已流布在上下各地的施设之中。败战后的国民——尤其是初出生的小国民,当然是畸形,是有恐怖狂,是神经质的。

儿时的回忆,谁也在说,是最完美的一章,但我的回忆,却尽是些空洞。第一，我所经验到的最初的感觉，便是饥饿，对于饥饿的恐怖，到现在还在紧逼着我。

生到了末子，大约母体总也已经是亏损到了不堪再育了，乳汁的稀薄，原是当然的事情。而一个小县城里的书香世家，在洪杨之后，不曾发迹过的一家破落乡绅的家里，雇乳母可真不是一件细事。

四十年前的中国国民经济，比到现在，虽然也并不见得凋敝，但当时的物质享乐，却大家都在压制，压制得比英国清教徒治世的革命时代还要严刻。所以在一家小县城里的中产之家，非但雇乳母是一件不可容许的罪恶，就是一切家事的操作，也要主妇上场，亲自去做的。像这样的一位奶水不足的母亲，而又喂乳不能按时，杂食不加限制，养出来的小孩，哪里能够强健？我还长不到十二个月，就因营养的不良患起肠胃病来了。一病年余，由衰弱而发热，由发热而痉挛；家中上下，竟被一条小生命而累得精疲力尽；到了我出生后第三年的春夏之交，父亲也因此以病而死；在这里总算是悲剧的序幕结束了，此后便只是孤儿寡妇的正剧的上场。

几日西北风一刮，天上的鳞云，都被吹扫到东海里去了。太阳虽则消失了几分热力，但一碧的长天，却开大了笑口。富春江两岸的乌桕树，槭树，枫树，振脱了许多病叶，显出了更疏匀更红艳的秋收后的浓妆；稻田割起了之后的那一种和平的气象，那一种洁净沉寂，欢欣干燥的农村气象，就是立在县城这面的江上，远远望去，也感觉得出来。那一条流绕在县城东南的大江哩，虽因无潮而杀了水势，比起春夏时候的水量来，要浅到丈把高的高度，但水色却澄清了，澄清得可以照见浮在水面上的鸭嘴的斑纹。从上江开下来的运货船只，这时候特别的多，风帆也格外的饱；狭长的白点，水面上一条，水底下一条，似飞云也似白象，以青红的山，深蓝的天和水做了背景，悠闲地无声地在江面上滑走。水边上在那里看船行，摸鱼虾，采被水冲洗得很光洁的白石，挖泥沙造城池的小孩们，都拖着个小小的影子，在这一个午饭之前的几刻钟里，鼓动他们的四肢，竭尽他们的气力。

离南门码头不远的一块水边大石条上，这时候也坐着一个五六岁的小孩，头上养着了一圈罗汉发，身上穿了青粗布的棉袍子，在太阳里张着眼望江中间来往的帆樯。就在他的前面，在贴近水际的一块青石上，有一位十五六岁像是人家的使婢模样的女子，跪着在那里淘米洗菜。这相貌清瘦的孩子，既不下来和其他的同年辈的小孩们去同玩，也不愿意说话似的只沉默着在看远处。等那女子洗完菜后，站起来要走，她才笑着问了他一声说："你肚皮饿了没有？"他一边在石条上立起，预备着走，一边还在凝视着远处默默地摇了摇头。倒是这女子，看得他有点可怜起来了，就走近去握着了他的小手，弯腰轻轻地向他耳边说："你在惦记着你的娘么？她是明后天就快回来了！"这小孩才回转了头，仰起来向她露了一脸很悲凉很寂寞的苦笑。

这相差十岁左右，看去又像姐弟又像主仆的两个人，慢慢走上了码头，走进了城垛；沿城向西走了一段，便在一条南向大江的小弄里走进去了。他们的住宅，就在这条小弄中的一条支弄里头，是一间旧式三开间的楼房。大门内的大院子里，长着些杂色的花木，也有几只大金鱼缸沿墙摆在那里。时间将近正午了，太阳从院子里晒上了向南的阶檐。这小孩一进大门，就跑步走到了正中的那间厅上，向坐在上面念经的一位五六十岁的老婆婆问说：

"奶奶，娘就快回来了么？翠花说，不是明天，后天总可以回来的，是真的么？"

老婆婆仍在继续着念经，并不开口说话，只把头点了两点。小孩子似乎是满足了，歪了头向他祖母的扁嘴看了一息，看看这一篇她在念着的经正还没有到一段落，祖母的开口说话，是还有几分钟好等的样子，他就又跑入厨下，去和翠花作伴去了。

午饭吃后，祖母仍在念她的经，翠花在厨下收拾食器；除时有几声洗锅子泼水碗相击的声音传过来外，这座三开间的大楼和大楼外的大院子里，静得同在坟墓里一样。太阳晒满了东面的半个院子，有几匹寒蜂和耐得起冷的蝇子，在花木里微鸣蠢动。靠阶檐的一间南房内，也照进了太阳光，那小孩只静悄悄地在一张铺着被的藤榻上坐着，翻着几本刘永福镇台湾，日本蛮子桦山总督被擒的石印小画本。

等翠花收拾完毕，一盆衣服洗好，想叫了他再一道地上江边去敲濯的时候，他却早在藤榻的被上，和衣睡着了。

这是我所记得的儿时生活。两位哥哥，因为年纪和我差得太远，早就上离家很远的书塾去念书了，所以没有一道玩的可能。守了数十年寡的祖母，也已将人生看穿了，自我有记忆以来，总只看见她在动着那张没有牙齿的扁嘴念佛念经。自父亲死后，母亲要身兼父职了，入秋以后，老是不在家里；上乡间去收租谷是她，将谷托人去砻成米也是她，雇了船，连柴带米，一道运回城里来也是她。

在我这孤独的童年里，日日和我在一处，有时候也讲些故事给我听，有时候也因我脾气的古怪而和我闹，可是结果终究是非常痛爱我的，却是那一位忠心的使婢翠花。她上我们家里来的时候，年纪正小得很，听母亲说，那时候连她的大小便，吃饭穿衣，都还要大人来侍候她的。父亲死后，两位哥哥要上学去，母亲要带了长工到乡下去料理一切，家中的大小操作，全赖着当时只有十几岁的她一双手。

只有孤儿寡妇的人家，受邻居亲戚们的一点欺凌，是免不了的；凡我们家里的田地被盗卖了，堆在乡下的租谷等被窃去了，或祖坟山的坟树被砍了的时候，母亲去争夺不转来，最后的出气，就只是在父亲像前的一场痛哭。母亲哭了，我是当然也只有哭，而将我抱入怀里，时用柔和的话来慰抚我的翠花，总也要泪流得满面，恨死了那些无赖的亲戚邻居。

我记得有一次，也是将近吃中饭的时候了，母亲不在家，祖母在厅上念佛，我一个人从花坛边的石阶上，站了起来，在看大缸里的金鱼。太阳光漏过了院子里的树叶，一丝一丝地射进了水，照得缸里的水藻与游动的金鱼，和平时完全变了样子。我于惊叹之余，就伸手到了缸里，想将一丝一丝的日光捉起，看它一个痛快。上半身用力过猛，两只脚浮起来了，心里一慌，头部胸部就颠倒浸入到了缸里的水藻之中。我想叫，但叫不出声来，将身体挣扎了半天，以后就没有了知觉。等我从梦里醒转来的时候，已经是晚上了，一睁开眼，我只看见两眼哭得红肿的翠花的脸伏在我的脸上。我叫了一声"翠花！"她带着鼻音，轻轻地问我："你看见我了么？你看得见我了么？要不要水喝？"我只觉得身上头上像有火在烧，叫她快点把盖在那里的棉被掀开。她又轻轻地止住我说："不，不，野猫要来的！"我举目向煤油灯下一看，眼睛里起了花，一个一个的物体黑影，却变了相，真以为是身入了野猫的世界，就哗的一声大哭了起来。祖母、母亲，听见了我的哭声，也赶到房里来了，我只听见母亲吩咐翠花说："你去吃夜饭去，阿官由我来陪他！"

翠花后来嫁给了一位我小学里的先生去做填房，生了儿女，做了主母。现在也已经有了白发，成了寡妇了。前几日，我回家去，看见她刚从乡下挑了一担老玉米之类的土产来我们家里探望我的老母。和她已经有二十几年不见了，她突然看见了我，先笑了一阵，后来就哭了起来。我问她的儿子，就是我的外甥有没有和她一起进城来玩，她一边擦着眼泪，一边还向布裙袋里摸出了一个烤白芋来给我吃。我笑着接过来了，边上的人也大笑了起来，大约我在她的眼里，总还只是五六岁的一个孤独的孩子。

原载1934年12月5日第17期《人间世》

第一辑 自述

我的梦,我的青春!
——自传之二

不晓得是在哪一本俄国作家的作品里,曾经看到过一段写一个小村落的文字,他说:"譬如有许多纸折起来的房子,摆在一段高的地方,被大风一吹,这些房子就歪歪斜斜地飞落到了谷里,紧挤在一道了。"前面有一条富春江绕着,东西北的三面尽是些小山包住的富阳县城,也的确可以借了这一段文字来形容。

虽则是一个行政中心的县城,可是人家不满三千,商店不过百数;一般居民,全不晓得做什么手工业,或其他新式的生产事业,所靠以度日的,有几家自然是祖遗的一点田产,有几家则专以小房子出租,在吃两元三元一月的租金;而大多数的百姓,却还是既无恒产,又无恒业,没有目的,没有计划,只同蟑螂似的在那里出生,死亡,繁殖下去。

这些蟑螂的密集之区,总不外乎两处地方:一处是三个铜子一碗的茶店,一处是六个铜子一碗的小酒馆。他们在那里从早晨坐起,一直可以坐到晚上上排门的时候;讨论柴米油盐的价格,传播东邻西舍的新闻,为了一点不相干的细事,譬如说吧,甲以为李德泰的煤油只卖三个铜子一提，乙以为是五个铜子两提的话，双方就会得争论起来；此外的人，也马上分成甲党或乙党提出证据，互相论辩，弄到后来，也许相打起来，打得头破血流，还不能够解决。

因此，在这么小的一个县城里，茶店酒馆，竟也有五六十家之多；于是大部分的蟑螂，就家里可以不备面盆手巾，桌椅板凳，饭锅碗筷等日常用具，而悠悠地生活过去了。离我们家里不远的大江边上，就有这样的两处蟑螂之窟。

在我们的左面，住有一家砍砍柴，卖卖菜，人家死人或娶亲，去帮帮忙跑跑腿的人家。他们的一族，男女老小的人数很多很多，而住的那一间屋，却只比牛栏马槽大了一点。他们家里的顶小的一位苗裔年纪比我大一岁，名字叫阿千，冬天穿的是同伞似的一堆破絮，夏天，大半身是光光地裸着的；因而皮肤黝黑，臂膀粗大，脸上也像是生落地之后，只洗了一次的样子。他虽只比我大了一岁，但是跟了他们屋里的大人，茶店酒馆日日去上，婚丧的人家，也老在进出；打起架吵起嘴来，尤其勇猛。我每天见他从我们的门口走过，心里老在羡慕，以为他又上茶店酒馆去了，我要到什么时候，才可以同他一样地和大人去夹在一道呢！而他的出去和回来，不管是在清早或深夜，我总没有一次不注意到的，因为他的喉音很大，有时候一边走着，一边在绝叫着和大人谈天，若只他一个人的时候哩，总在噜苏地唱戏。

当一天的工作完了，他跟了他们家里的大人，一道上酒店去的时候，看见我欣羡地立在门口，他原也曾邀约过我；但一则怕母亲要骂，二则胆子终于太小，经不起那些大人的盘问笑说，我总是微笑着摇摇头，就跑进屋里去躲开了，为的是上茶酒店去的诱惑性，实在强不过。

有一天春天的早晨，母亲上父亲的坟头去扫墓去了，祖母也一侵早上了一座远在三四里路外的庙里去念佛。翠花在灶下收拾早餐的碗筷，我只一个人立在门口，看有淡云浮着的青天。忽而阿千唱着戏，背着钩刀和小扁担绳索之类，从他的家里出来，看了我的那种没精打采的神气，他就立了下来和我谈天，并且说：

"鹳山后面的盘龙山上，映山红开得多着哩；并且还有乌米饭（是一种小黑果子），彤管子（也是一种刺果），刺莓等等，你跟了我来吧，我可以采一大堆给你。你们奶奶，不也在北面山脚下的真觉寺里念佛么？等我砍好了柴，我就可以送你上寺里去吃饭去。"

阿千本来是我所崇拜的英雄，而这一回又只有他一个人去砍柴，天气那么的好，今天侵早祖母出去念佛的时候，我本是嚷着要同去的，但她因为怕我走不动，就把我留下了。现在一听到了这一个提议，自然是心里急跳了起来，两只脚便也很轻松地跟他出发了，并且还只怕翠花要出来阻挠，跑路跑得比平时只有得快些。出了弄堂，向东沿着江，一口气跑出了县城之后，天地宽广起来了，我的对于这一次冒险的惊惧之心就马上被大自然的威力所压倒。这样问问，那样谈谈，阿千真像是一部小小的自然界的百科大辞典；而到盘龙山脚去的一段野路，便成了我最初学自然科学的模范小课本。

麦已经长得有好几尺高了，麦田里的桑树，也都发出了绒样的叶芽。晴天里舒叔叔的一声飞鸣过去的，是老鹰在觅食；树枝头吱吱喳喳，似在打架又像是在谈天的，大半是麻雀之类；远处的竹林丛里，既有抑扬，又带余韵，在那里歌唱的，才是深山的画眉。

上山的路旁，一拳一拳像小孩子的拳头似的小草，长得很多；拳的左右上下，满长着了些绛黄的绒毛，仿佛是野生的虫类，我起初看了，只在害怕，走路的时候，若遇到一丛，总要绕一个弯，让开它们，但阿千却笑起来了，他说：

"这是薇蕨，摘了去，把下面的粗干切了，炒起来吃，味道是很好的哩！"

渐走渐高了，山上的青红杂色，迷乱了我的眼目。日光直射在山坡上，从草木泥土里蒸发出来的一种气息，使我呼吸感到了困难；阿千也走得热起来了，把他的一件破夹袄一脱，丢向了地下。教我在一块大石上坐下息着，他一个人穿了一件小衫唱着戏去砍柴采野果去了；我回身立在石上，向大江一看，又深深地深深地得到了一种新的惊异。

这世界真大呀！那宽广的水面！那澄碧的天空！那些上下的船只，究竟是从哪里来，上哪里去的呢？

我一个人立在半山的大石上，近看看有一层阳炎在颤动着的绿野桑田，远看看天和水以及淡淡的青山，渐听得阿千的唱戏声音幽下去远下去了，心里就莫名其妙地起了一种渴望与愁思。我要到什么时候才能大起来呢？我要到什么时候才可以到这像在天边似的远处去呢？到了天边，那么我的家呢？我的家里的人呢？同时感到了对远处的遥念与对乡井的离愁，眼角里便自然而然地涌出了热泪。到后来，脑子也昏乱了，眼睛也模糊了，我只呆呆地立在那块大石上的太阳里做幻梦。我梦见有一只揩擦得很洁净的船，船上面张着了一面很大很饱满的白帆，我和祖母、母亲、翠花、阿千等都在船上，吃着东西，唱着戏，顺流下去，到了一处不相识的地方。我又梦见城里的茶店酒馆，都搬上山来了，我和阿千便在这山上的酒馆里大喝大嚷，旁边的许多大人，都在那里惊奇仰视。

这一种接连不断的白日之梦，不知做了多少时候，阿千却背了一捆小小的草柴，和一包刺莓、映山红、乌米饭之类的野果，回到我立在那里的大石边来了；他脱下了小衫，光着了脊肋，那些野果就系包在他的小衫里面的。

他提议说，时间不早了，他还要砍一捆柴，且让我们吃着野果，先从山腰走向后山去吧，因为前山的草柴，已经被人砍完，第二捆不容易采刮拢来了。

慢慢地走到了山后，山下的那个真觉寺的钟鼓声音，早就从春空里传送到了我们的耳边，并且一条青烟，也刚从寺后的厨房里透出了屋顶。向寺里看了一眼，阿千就放下了那捆柴，对我说："他们在烧中饭了，大约离吃饭的时候也不很远，我还是先送你到寺里去吧！"

我们到了寺里，祖母和许多同伴者的念佛婆婆，都张大了眼睛，惊异了起来。阿千走后，她们就开始问我这一次冒险的经过，我也感到了一种得意，将如何出城，如何和阿千上山采集野果的情形，说得格外的详细。后来坐上桌去吃饭的时候，有一位老婆婆问我："你大了，打算去做些什么？"我就毫不迟疑地回答她说："我愿意去砍柴！"

故乡的茶店酒馆，到现在还在风行热闹，而这一位茶店酒馆里的小英雄，初次带我上山去冒险的阿千，却在一年涨大水的时候，喝醉了酒，淹死了。他们的家族，也一个个地死的死，散的散，现在没有生存者了；他们的那一座牛栏似的房屋，已经换过了两三个主人。时间是不饶人的，盛衰起灭也绝对地无常的：阿千之死，同时也带去了我的梦，我的青春！

原载1934年12月20日第18期《人间世》

书塾与学堂

——自传之三

从前我们学英文的时候,中国自己还没有教科书,用的是一册英国人编了预备给印度人读的同纳氏文法是一路的读本。这读本里,有一篇说中国人读书的故事。插画中画着一位年老背曲拿烟管带眼镜拖辫子的老先生坐在那里听学生背书,立在这先生前面背书的,也是一位拖着长辫的小后生。不晓为什么原因,这一课的故事,对我印象特别的深,到现在我还约略谙诵得出来。里面曾说到中国人读书的奇习,说:"他们无论读书背书时,总要把身体东摇西扫,摇动得像一个自鸣钟的摆。"这一种读书背书时摇摆身体的作用与快乐,大约是没有在从前的中国书塾里读过书的人所永不能了解的。

我的初上书塾去念书的年龄,却说不清楚了,大约总在七八岁的样子;只记得有一年冬天的深夜,在烧年纸的时候,我已经有点蒙眬想睡了,尽在擦眼睛,打呵欠,忽而门外来了一位提着灯笼的老先生,说是来替我开笔的。我跟着他上了香,对孔子的神位行了三跪九叩之礼;立起来就在香案前面的一张桌上写了一张"上大人"的红字,念了四句"人之初,性本善"的《三字经》。第二年的春天,我就夹着绿布书包,拖着红丝小辫,摇摆着身体,成了那册英文读本里的小学生的样子了。

经过了三十余年的岁月,把当时的苦痛,一层层地摩擦干净,现在回想起来,这书塾里的生活,实在是快活得很。因为要早晨坐起一直坐到晚的缘故,可以助消化,健身体的运动,自然只有身体的死劲摇摆与放大喉咙的高叫了。大小便,是学生们监禁中暂时的解放,故而厕所就变作了乐园。我们同学中间的一位最淘气的,是学宫陈老师的儿子,名叫陈方;书塾就系附设在学宫里面的。陈方每天早晨,总要大小便十二三次,后来弄得先生没法,就设下了一支令签,凡须出塾上厕所的人,一定要持签而出;于是两人同去,在厕所里捣鬼的弊端革去了,但这令签的争夺,又成了一般学生们的唯一的娱乐。

陈方比我大四岁,是书塾里的头脑;像春香闹学似的把戏,总是由他发起,由许多虾兵蟹将来演出的,因而先生的挞伐,也以落在他一个人的头上者居多。不过同学中间的有几位狡猾的人,委过于他,使他冤枉被打的事情也着实不少;他明知道辩不清的,每次替人受过之后,总只张大了两眼,滴落几滴大泪点,摸摸头上的痛处就了事。我后来进了当时由书院改建的新式的学堂,而陈方也因他父亲的去职而他迁,一直到现在,还不曾和他有第二次见面的机会;这机会大约是永也不会再来了,因为国共分家的当日,在香港仿佛曾听见人说起过他,说他的那一种惨死的样子,简直和杜格纳夫所描写的卢亭,完全是一样。

由书塾而到学堂!这一个转变,在当时的我的心里,比从天上飞到地上，还要来得大而且奇。其中的最奇之处，是我一个人，在全校的学生当中，身体年龄，都属最小的一点。

当时的学堂，是一般人的崇拜和惊异的目标。将书院的旧考棚撤去了几排，一间像鸟笼似的中国式洋房造成功的时候，甚至离城有五六十里路远的乡下人，都成群结队，带了饭包雨伞，走进城来挤看新鲜。在校舍改造成功的半年之中，"洋学堂"的三个字，成了茶店酒馆、乡村城市里的谈话的中心；而穿着奇形怪状的黑斜纹布制服的学堂生，似乎都是万能的张天师，人家也在侧目而视，自家也在暗鸣得意。

一县里唯一的这县立高等小学堂的堂长，更是了不得的一位大人物，进进出出，用的是蓝呢小轿；知县请客，总少不了他。每月第四个礼拜六下午作文课的时候，县官若来监课，学生们特别有两个肉馒头好吃；有些住在离城十余里的乡下的学生，于文课作完后回家的包裹里，往往将这两个肉馒头包得好好，带回乡下去送给邻里尊长，并非想学颖考叔的纯孝，却因为这肉馒头是学堂里的东西，而又出于知县官之所赐，吃了是可以驱邪启智的。

实际上我的那一班学堂里的同学，确有几位是进过学的秀才，年龄都在三十左右；他们穿起制服来，因为背形微驼，样子有点不大雅观，但穿了袍子马褂，摇摇摆摆走回乡下去的态度，却另有着一种堂皇严肃的威仪。

初进县立高等小学堂的那一年年底，因为我的平均成绩，超出了八十分以上，突然受了堂长和知县的提拔，令我和四位其他的同学跳过了一班，升入了高两年的级里；这一件极平常的事情，在县城里居然也耸动了视听，而在我们的家庭里，却引起了一场很不小的风波。

是第二年春天开学的时候了,我们的那位寡母,辛辛苦苦,调集了几块大洋的学费书籍费缴进学堂去后,我向她又提出了一个无理的要求,硬要她去为我买一双皮鞋来穿。在当时的我的无邪的眼里,觉得在制服下穿上一双皮鞋,挺胸伸脚,得得得得地在石板路上走去,就是世界上最光荣的事情;跳过了一班,升进了一级的我,非要如此打扮,才能够压服许多比我大一半年龄的同学的心。为凑集学费之类,已经罗掘得精光的我那位母亲,自然是再也没有两块大洋的余钱替我去买皮鞋了,不得已就只好老了面皮,带着了我,上大街上的洋广货店里去赊去;当时的皮鞋,是由上海运来,在洋广货店里寄售的。

一家,两家,三家,我跟了母亲,从下街走起,一直走到了上街尽处的那一家隆兴字号。店里的人,看我们进去,先都非常客气,摸摸我的头,一双一双的皮鞋拿出来替我试脚;但一听到了要赊欠的时候,却同样地都白了眼,作一脸苦笑,说要去问账房先生的。而各个账房先生,又都一样地板起了脸,放大了喉咙,说是赊欠不来。到了最后那一家隆兴里,惨遭拒绝赊欠的一瞬间,母亲非但涨红了脸,我看见她的眼睛,也有点红起来了。不得已只好默默地旋转了身,走出了店;我也并无言语,跟在她的后面走回家来。到了家里,她先掀着鼻涕,上楼去了半天;后来终于带了一大包衣服,走下楼来了,我晓得她是将从后门走出,上当铺去以衣服抵押现钱的;这时候,我心酸极了,哭着喊着,赶上了后门边把她拖住,就绝命地叫说:

"娘,娘!您别去吧!我不要了,我不要皮鞋穿了!那些店家！那些可恶的店家！"

我拖住了她跪向了地下，她也呜呜地放声哭了起来。两人的对泣，惊动了四邻，大家都以为是我得罪了母亲，走拢来相劝。我愈听愈觉得悲哀，母亲也愈哭愈是厉害，结果还是我重赔了不是，由间壁的大伯伯带走，走上了他们的家里。

自从这一次的风波以后，我非但皮鞋不着，就是衣服用具，都不想用新的了。拼命地读书，拼命地和同学中的贫苦者相往来，对有钱的人、经商的人仇视等，也是从这时候而起的。当时虽还只有十一二岁的我，经了这一番波折，居然有起老成人的样子来了，直到现在，觉得这一种怪癖的性格，还是改不转来。

到了我十三岁的那一年冬天，是光绪三十四年，皇帝死了；小小的这富阳县里，也来了哀诏，发生了许多议论。熊成基的安徽起义，无知幼弱的溥仪的入嗣，帝室的荒淫，种族的歧异等等，都从几位看报的教员的口里，传入了我们的耳朵。而对于我印象最深的，是一位国文教员拿给我们看的报纸上的一张青年军官的半身肖像。他说，这一位革命义士，在哈尔滨被捕，在吉林被满清的大员及汉族的卖国奴等生生地杀掉了；我们要复仇，我们要努力用功。所谓种族，所谓革命，所谓国家等等的概念，到这时候，才隐约地在我脑里生了一点儿根。

原载1935年1月5日第19期《人间世》

水样的春愁

——自传之四

洋学堂里的特殊科目之一,自然是伊利哇拉的英文。现在回想起来,虽不免有点觉得好笑,但在当时,杂在各年长的同学当中,和他们一样地曲着背,耸着肩,摇摆着身体,用了读《古文辞类纂》的腔调,高声朗诵着皮衣啤,皮哀排的精神,却真是一点儿含糊苟且之处都没有的。初学会写字母之后,大家所急于想一试的,是自己的名字的外国写法;于是教英文的先生,在课余之暇就又多了一门专为学生拼英文名字的工作。有几位想走捷径的同学,并且还去问过先生,外国《百家姓》和外国《三字经》有没有得买的?先生笑着回答说,外国《百家姓》和《三字经》,就只有你们在读的那一本泼剌玛的时候,同学们于失望之余,反更是皮哀排,皮衣啤地叫得起劲。当然是不用说的,学英文还没有到一个礼拜,几本当教科书用的《十三经注疏》《御批通鉴辑览》的黄封面上,大家都各自用墨水笔题上了英文拼的歪斜的名字。又进一步,便是用了异样的发音,操英文说着"你是一只狗""我是你的父亲"之类的话,大家互讨便宜地混战;而实际上，有几位乡下的同学，却已经真的是两三个小孩子的父亲了。

因为一班之中，我的年龄算最小，所以自修室里，当监课的先生走后，另外的同学们在密语着哄笑着的关于男女的问题，我简直一点儿也感不到兴趣。从性知识发育落后的一点上说，我确不得不承认自己是一个最低能的人。又因自小就习于孤独、困于家境的结果，怕羞的心，畏缩的性，更使我的胆量，变得异常的小。在课堂上，坐在我左边的一位同学，年纪只比我大了一岁，他家里有几位相貌长得和他一样美的姊妹，并且住得也和学堂很近很近。因此，在校里，他就是被同学们苦缠得最厉害的一个；而礼拜天或假日，他的家里，就成了同学们的聚集的地方。当课余之暇，或放假期里，他原也恳切地邀过我几次，邀我上他家里去玩去；但形秽之感，终于把我的向往之心压住，曾有好几次想决心跟了他上他家去，可是到了他们的门口，却又同罪犯似的逃了。他以他的美貌，以他的财富和姊妹，不但在学堂里博得了绝大的声势，就是在我们那小小的县城里，也赢得了一般的好誉。而尤其使我羡慕的，是他的那一种对同我们是同年辈的异性们的周旋才略，当时我们县城里的几位相貌比较艳丽一点的女性，个个是和他要好的，但他也实在真胆大，真会取巧。

当时同我们是同年辈的女性，装饰入时，态度豁达，为大家所称道的，有三个。一个是一位在上海开店、富甲一邑的商人赵某的侄女；她住得和我最近。还有两个，也是比较富有的中产人家的女儿，在交通不便的当时，已经各跟了她们家里的亲戚，到杭州上海等地方去跑跑了；她们俩，却都是我那位同学的邻居。这三个女性的门前，当傍晚的时候，或月明的中夜，老有一个一个的黑影在徘徊；这些黑影的当中，有不少都是我们的同学。因为每到礼拜一的早晨，没有上课之先，我老听见有同学们在操场上笑说在一道，并且时时还高声地用着英文作了隐语，如"我看见她了""我听见她在读书"之类。而无论在什么地方于什么时候的凡关于这一类的谈话的中心人物，总是课堂上坐在我的左边，年龄只比我大一岁的那一位天之骄子。

赵家的那位少女，皮色实在细白不过，脸形是瓜子脸；更因为她家里有了几个钱，而又时常上上海她叔父那里去走动的缘故，衣服式样的新异，自然可以不必说，就是做衣服的材料之类，也都是当时未开通的我们所不曾见过的。她们家里，只有一位寡母和一个年轻的女仆，而住的房子却很大很大。门前是一排柳树，柳树下还杂种着些鲜花；对面的一带红墙，是学宫的泮水围墙，泮池上的大树，枝叶垂到了墙外，红绿便映成着一色。当浓春将过，首夏初来的春三四月，脚踏着日光下石砌路上的树影，手捉着扑面飞舞的杨花，到这一条路上去走走，就是没有什么另外的奢望，也很有点像梦里的游行，更何况楼头窗里，时常会有那一张少女的粉脸出来向你抛一眼两眼的低眉斜视呢！

此外的两个女性，相貌更是完整，衣饰也尽够美丽，并且因为她俩的住址接近，出来总在一道，平时在家，也老在一处，所以胆子也大，认识的人也多。她们在二十余年前的当时，已经是开放得很，有点像现代的自由女子了，因而上她们家里去鬼混，或到她们门前去守望的青年，数目特别的多，种类也自然要杂。

我虽则胆量很小，性知识完全没有，并且也有点过分的矜持，以为成日地和女孩子们混在一道，是读书人的大耻，是没出息的行为；但到底还是一个亚当的后裔，喉头的苹果，怎么也吐它不出咽它不下，同北方厚雪地下的细草萌芽一样，到得冬来，自然也难免得有些望春之意；老实说将出来，我偶尔在路上遇见她们中间的无论哪一个，或凑巧在她们门前走过一次的时候，心里也着实有点儿难受。

住在我那同学邻近的两位，因为距离的关系，更因为她们的处世知识比我长进，人生经验比我老成得多，和我那位同学当然是早已有过纠葛，就是和许多不是学生的青年男子，也各已有了种种的风说，对于我虽像是一种含有毒汁的妖艳的花，诱惑性或许格外的强烈，但明知我自己决不是她们的对手，平时不过于遇见的时候有点难以为情的样子，此外倒也没有什么了不得的思慕，可是那一位赵家的少女，却整整地恼乱了我两年的童心。

我和她的住处比较得近，故而三日两头，总有着见面的机会。见面的时候，她或许是无心，只同对于其他的同年辈的男孩子打招呼一样，对我微笑一下，点一点头，但在我却感得同犯了大罪被人发觉了的样子，和她见面一次，马上要变得头昏耳热，胸腔里的一颗心突突地总有半个钟头好跳。因此，我上学去或下课回来，以及平时在家或出外去的时候，总无时无刻不在留心，想避去和她的相见。但遇到了她，等她走过去后，或用功用得很疲乏把眼睛从书本子举起的一瞬间，心里又老在盼望，盼望着她再来一次，再上我的眼面前来立着对我微笑一脸。

有时候从家中进出的人的口里传来，听说"她和她母亲又上上海去了，不知要什么时候回来"？我心里会同时感到一种像释重负又像失去了什么似的忧虑，生怕她从此一去，将永久地不回来了。

同芭蕉叶似的重重包裹着的我这一颗无邪的心,不知在什么地方,透露了消息,终于被课堂上坐在我左边的那位同学看穿了。一个礼拜六的下午,落课之后,他轻轻地拉着了我的手对我说:"今天下午,赵家的那个小丫头,要上倩儿家去,你愿不愿意和我同去一道玩儿?"这里所说的倩儿,就是那两位他邻居的女孩子之中的一个的名字。我听了他的这一句密语,立时就涨红了脸,喘急了气,嗫嚅着说不出一句话来回答他,尽在拼命地摇头,表示我不愿意去,同时眼睛里也水汪汪地想哭出来的样子;而他却似乎已经看破了我的隐衷,得着了我的同意似的用强力把我拖出了校门。

到了倩儿她们的门口,当然又是一番争执,但经他大声的一喊,门里的三个女孩,却同时笑着跑出来了;已经到了她们的面前,我也没有什么别的办法了,自然只好俯着首,红着脸,同被绑赴刑场的死刑囚似的跟她们到了室内。经我那位同学带了滑稽的声调将如何把我拖来的情节说了一遍之后,她们接着就是一阵大笑。我心里有点气起来了,以为她们和他在侮辱我,所以于羞愧之上,又加了一层怒意。但是奇怪得很,两只脚却软落来了,心里虽在想一溜跑走,而腿神经终于不听命令。跟她们再到客房里去坐下,看她们四人捏起了骨牌,我连想跑的心思也早已忘掉,坐将在我那位同学的背后,眼睛虽则时时在注视着牌,但间或得着机会,也着实向她们的脸部偷看了许多次数。等她们的输赢赌完,一餐东道的夜饭吃过,我也居然和她们伴熟,有说有笑了。临走的时候,倩儿的母亲还派了我一个差使,点上灯笼,要我把赵家的女孩送回家去。自从这一回后，我也居然入了我那同学的伙，不时上赵家和另外的两女孩家去进出了；可是生来胆小，又加以毕业考试的将次到来，我的和她们的来往，终没有像我那位同学似的繁密。

正当我十四岁的那一年春天（一九○九年，宣统元年己酉），是旧历正月十三的晚上，学堂里于白天给与了我以毕业文凭及增生执照之后，就在大厅上摆起了五桌送别毕业生的酒宴。这一晚的月亮好得很，天气也温暖得像二三月的样子。满城的爆竹，是在庆祝新年的上灯佳节，我于喝了几杯酒后，心里也感到了一种不能抑制的欢欣。出了校门，踏着月亮，我的双脚，便自然而然地走向了赵家。她们的女仆陪她母亲上街去买蜡烛水果等过元宵的物品去了，推门进去，我只见她一个人拖着了一条长长的辫子，坐在大厅上的桌子边上洋灯底下练习写字。听见了我的脚步声音，她头也不朝转来，只曼声地问了一声："是谁？"我故意屏着声，提着脚，轻轻地走上了她的背后，一使劲一口就把她面前的那盏洋灯吹灭了。月光如潮水似的浸满了这一座朝南的大厅，她于一声高叫之后，马上就把头朝了转来。我在月光里看见了她那张大理石似的嫩脸，和黑水晶似的眼睛，觉得怎么也熬忍不住了，顺势就伸出了两只手去，捏住了她的手臂。两人的中间，她也不发一语，我也并无一言，她是扭转了身坐着，我是向她立着的。她只微笑着看看我看看月亮，我也只微笑着看看她看看中庭的空处，虽然此外的动作，轻薄的邪念，明显的表示，一点儿也没有，但不晓怎样一股满足，深沉，陶醉的感觉，竟同四周的月亮一样，包满了我的全身。

两人这样地在月光里沉默着相对，不知过了多久，终于她轻轻地开始说话了："今晚上你在喝酒？""是的，是在学堂里喝的。"到这里我才放开了两手，向她边上的一张椅子里坐了下去。"明天你就要上杭州去考中学去么？"停了一会，她又轻轻地问了一声。"嗳，是的，明朝坐快班船去。"两人又沉默着，不知坐了几多时候，忽听见门外头她母亲和女仆说话的声音渐渐儿地近了，她于是就忙着立起来擦洋火，点上了洋灯。

她母亲进到了厅上，放下了买来的物品，先向我说了些道贺的话，我也告诉了她，明天将离开故乡到杭州去；谈不上半点钟的闲话，我就匆匆告辞出来了。在柳树影里披了月光走回家来，我一边回味着刚才在月光里和她两人相对时的沉醉似的恍惚，一边在心的底里，忽儿又感到了一点极淡极淡，同水一样的春愁。

一月五日

原载1935年1月20日第20期《人间世》

远一程,再远一程!

——自传之五

自富阳到杭州,陆路驿程九十里,水道一百里;三十多年前头,非但汽车路没有,就是钱塘江里的小火轮,也是没有的。那时候到杭州去一趟,乡下人叫作充军,以为杭州是和新疆伊犁一样的远,非犯下流罪,是可以不去的极边。因而到杭州去之先,家里非得供一次祖宗,虔诚祷告一番不可,意思是要祖宗在天之灵,一路上去保护着他们的子孙。而邻里戚串,也总都来送行,吃过夜饭,大家手提着灯笼,排成一字,沿江送到夜航船停泊的埠头,齐叫着"顺风!顺风!"才各回去。摇夜航船的船夫,也必在开船之先,沿江绝叫一阵,说船要开了,然后再上舵梢去烧一堆纸帛,以敬神明,以赂恶鬼。当我去杭州的那一年,交通已经有一点进步了,于夜航船之外,又有了一次日班的快班船。

因为长兄已去日本留学,二兄入了杭州的陆军小学堂,年假是不放的,祖母母亲,又都是女流之故,所以陪我到杭州去考中学的人选,就落到了一位亲戚的老秀才的头上。这一位老秀才的迂腐迷信,实在要令人吃惊,同时也可以令人起敬。他于早餐吃了之后，带着我先上祖宗堂前头去点了香烛，行了跪拜，然后再向我祖母母亲，作了三个长揖；虽在白天，也点起了一盏"仁寿堂郁"的灯笼，临行之际，还回到祖宗堂前面去拔起了三株柄香和灯笼一道捏在手里。祖母为忧虑着我这一个最小的孙子，也将离乡别井，远去杭州之故，三日前就愁眉不展，不大吃饭不大说话了；母亲送我们到了门口，"一路要……顺风……顺风！……"地说了半句未完的话，就跑回到了屋里去躲藏，因为出远门是要吉利的，眼泪决不可以教远行的人看见。

船开了，故乡的城市山川，高低摇晃着渐渐儿退向了后面；本来是满怀着希望，兴高采烈在船舱里坐着的我，到了县城极东面的几家人家也看不见的时候，鼻子里忽而起了一阵酸溜。正在和那老秀才谈起的作诗的话，也只好突然中止了，为遮掩着自己的脆弱起见，我就从网篮里拿出了几册《古唐诗合解》来读。但事不凑巧，信手一翻，恰正翻到了"离家日趋远，衣带日趋缓，心思不能言，肠中车轮转"的几句古歌，书本上的字迹模糊起来了，双颊上自然止不住地流下了两条冷冰冰的眼泪。歪倒了头，靠住了舱板上的一卷铺盖，我只能装作想睡的样子。但是眼睛不闭倒还好些，等眼睛一闭拢来，脑子里反而更猛烈地起了狂飙。我想起了祖母母亲，当我走后的那一种孤冷的情形；我又想起了在故乡城里当这一忽儿的大家的生活起居的样子，在一种每日习熟的周围环境之中，却少了一个"我"了，太阳总依旧在那里晒着，市街上总依旧是那么热闹的；最后，我还想起了赵家的那个女孩，想起了昨晚上和她在月光里相对的那一刻的春宵。

少年的悲哀，毕竟是易消的春雪；我躺下身体，闭上眼睛，流了许多暗泪之后,弄假成真,果然不久就呼呼地熟睡了过去。等那位老秀才摇我醒来,叫我吃饭的时候,船却早已过了渔山,就快入钱塘的境界了。几个钟头的安睡,一顿饱饭的快啖,和船篷外的山水景色的变换,把我满抱的离愁,洗涤得干干净净;在孕实的风帆下引领远望着杭州的高山,和老秀才谈谈将来的日子,我心里又鼓起了一腔勇进的热意,"杭州在望了,以后就是不可限量的远大的前程!"

当时的中学堂的入学考试,比到现在,着实还要容易;我考的杭府中学,还算是杭州三个中学——其他的两个,是宗文和安定——之中,最难考的一个,但一篇中文,两三句英文的翻译,以及四题数学,只教有两小时的工夫,就可以缴卷了事的。等待发榜之前的几日闲暇,自然落得去游游山玩玩水,杭州自古是佳丽的名区,而西湖又是可以比得西子的消魂之窟。

三十年来,杭州的景物,也大变了;现在回想起来,觉得旧日的杭州,实在比现在,还要可爱得多。

那时候,自钱塘门里起,一直到涌金门内止,城西的一角,是另有一道雉墙围着的,为满人留守绿营兵驻防的地方,叫作旗营;平常是不大有人进去,大约门禁总也是很森严的无疑,因为将军以下,千总把总以上,参将,都司,游击,守备之类的将官,都住在里头。游湖的人,只有坐了轿子,出钱塘门,或到涌金门外乘船的两条路;所以涌金门外临湖的颐园三雅园的几家茶馆,生意兴隆,座客常常挤满。而三雅园的陈设,实在也精雅绝伦,四时有鲜花的摆设,墙上门上,各有咏西湖的诗词屏幅联语等贴的贴挂的挂在那里。并且还有小吃,像煮空的豆腐干,白莲藕粉等，又是价廉物美的消闲食品。其次为游人所必到的，是城隍山了。四景园的生意，有时候比三雅园还要热闹，"城隍山上去吃酥油饼"这一句俗话，当时是无人不晓得的一句隐语，是说乡下人上大菜馆要做洋盘的意思。而酥油饼的价钱的贵，味道的好，和吃不饱的几种特性，也是尽人皆知的事实。

我从乡下初到杭州，而又同大观园里的香菱似的刚在私私地学作诗词，一见了这一区假山盆景似的湖山，自然快活极了；日日和那位老秀才及第二位哥哥喝喝茶，爬爬山，等到榜发之后，要缴学膳费进去的时候，带来的几个读书资本，却早已消费了许多，有点不足了。在人地生疏的杭州，借是当然借不到的；二哥哥的陆军小学里每月只有二元也不知三元钱的津贴，自己做零用，还很勉强，更哪里有余钱来为我弥补？

在旅馆里唉声叹气，自怨自艾，正想废学回家，另寻出路的时候，恰巧和我同班毕业的三位同学，也从富阳到杭州来了；他们是因为杭府中学难考，并且费用也贵，预备一道上学膳费比较便宜的嘉兴去进府中的。大家会聚拢来一谈一算，觉着我手头所有的钱在杭州果然不够读半年书，但若上嘉兴去，则连来回的车费也算在内，足可以维持半年而有余。穷极计生，胆子也放大了，当日我就决定和他们一道上嘉兴去读书。

第二天早晨，别了哥哥，别了那位老秀才，和同学们一起四个，便上了火车，向东的上离家更远的嘉兴府去。在把杭州已经当作极边看了的当时，到了言语风习完全不同的嘉兴府后，怀乡之念，自然是更加地迫切。半年之中，当寝室的油灯灭了，或夜膳刚毕，操场上暗沉沉没有旁的同学在的地方，我一个人真不知流尽了多少的思家的热泪。

忧能伤人，但忧亦能启智，在孤独的悲哀里沉浸了半年，暑假中重回到故乡的时候，大家都说我长成得像一个大人了。事实上，因为在学堂里，被怀乡的愁思所苦扰，我没有别的办法好想，就一味地读书，一味地作诗。并且这一次自嘉兴回来，路过杭州，又住了一日；看看袋里的钱，也还有一点盈余，湖山的赏玩，当然不再去空费钱了，从梅花碑的旧书铺里，我竟买来了一大堆书。

这一大堆书里，对我的影响最大，使我那一年的暑假期，过得非常快活的，有三部书。一部是黎城靳氏的《吴诗集览》，因为吴梅村的夫人姓郁，我当时虽则还不十分懂得他的诗的好坏，但一想到他是和我们郁氏有姻戚关系的时候，就莫名其妙地感到了一种亲热。一部是无名氏编的《庚子拳匪始末记》，这一部书，从戊戌政变说起，说到六君子的被害，李莲英的受宠，联军的入京，圆明园的纵火等地方，使我满肚子激起了义愤。还有一部，是署名曲阜鲁阳生孔氏编定的《普天忠愤集》，甲午前后的章奏议论，诗词赋颂等慷慨激昂的文章，收集得很多；读了之后，觉得中国还有不少的人才在那里，亡国大约是不会亡的。而这三部书读后的一个总感想，是恨我出世得太迟了，前既不能见吴梅村那样的诗人，和他去做个朋友，后又不曾躬逢着甲午庚子的两次大难，去冲锋陷阵地尝一尝打仗的滋味。

这一年的暑假过后，嘉兴是不想再去了，所以秋期始业的时候，我就仍旧转入了杭府中学的一年级。

原载1935年2月5日第21期《人间世》

孤独者

——自传之六

里外湖的荷叶荷花,已经到了凋落的初期,堤边的杨柳,影子也淡起来了。几只残蝉,刚在告人以秋至的七月里的一个下午,我又带了行李,到了杭州。

因为是中途插班进去的学生,所以在宿舍里,在课堂上,都和同班的老学生们,仿佛是两个国家的国民。从嘉兴府中,转到了杭州府中,离家的路程,虽则是近了百余里,但精神上的孤独,反而更加深了!不得已,我只好把热情收敛,转向了内,固守着我自己的壁垒。

当时的学堂里的课程,英文虽也是重要的科目,但究竟还是旧习难除,中国文依旧是分别等第的最大标准。教国文的那一位桐城派的老将王老先生,于几次作文之后,对我有点注意起来了,所以进校后将近一个月光景的时候,同学们居然赠了我一个"怪物"的绰号;因为由他们眼里看来,这一个不善交际,衣装朴素,说话也不大会说的乡下蠢才,做起文章来,竟也会得压倒侪辈,当然是一件非怪物不能的天大的奇事。

杭州终于是一个省会，同学之中，大半是锦衣肉食的乡宦人家的子弟。因而同班中衣饰美好，肉色细白，举止娴雅，谈吐温存的同学，不知道有多少。而最使我惊异的，是每一个这样的同学，总有一个比他年长一点的同学，附随在一道的那一种现象。在小学里，在嘉兴府中里，这一种风气，并不是说没有，可是决没有像当时杭州府中那么的风行普遍。而有几个这样的同学，非但不以被视作女性为可耻，竟也有熏香傅粉，故意在装腔作怪，卖弄富有的。我对这一种情形看得真有点气，向那一批所谓face的同学，当然是很明显地表示了恶感，就是向那些年长一点的同学，也时时露出了敌意；这么一来，我的"怪物"之名，就愈传愈广，我与他们之间的一条墙壁，自然也愈筑愈高了。

在学校里既然成了一个不入伙的孤独的游离分子，我的情感，我的时间与精力，当然只有钻向书本子去的一条出路。于是几个由零用钱里节省下来的仅少的金钱，就做了我的唯一娱乐积买旧书的源头活水。

那时候的杭州的旧书铺，都聚集在丰乐桥，梅花碑的两条直角形的街上。每当星期假日的早晨，我仰卧在床上，计算计算在这一礼拜里可以省下来的金钱，和能够买到的最经济最有用的册籍，就先可以得着一种快乐的预感。有时候在书店门前徘徊往复，稽延得久了，赶不上回宿舍来吃午饭，手里夹了书籍上大街羊汤饭店间壁的小面馆去吃一碗清面，心里可以同时感到十分的懊恨与无限的快慰。恨的是一碗清面的几个铜子的浪费，快慰的是一边吃面一边翻阅书本时的那一刹那的恍惚；这恍惚之情，大约是和哥伦布当发现新大陆的时候所感到的一样。

真正指示我以作诗词的门径的，是《留青新集》里的《沧浪诗话》和《白香词谱》。《西湖佳话》中的每一篇短篇，起码我总读了两遍以上。以后是流行本的各种传奇杂剧了，我当时虽则还不能十分欣赏它们的好处，但不知怎么，读了之后的那一种朦胧的回味，仿佛是当三春天气，喝醉了几十年陈的醇酒。

既与这些书籍发生了暧昧的关系，自然不免要养出些不自然的私生儿子！在嘉兴也曾经试过的稚气满幅的五七言诗句，接二连三地在一册红格子的作文簿上写满了；有时候兴奋得厉害，晚上还妨碍了睡觉。

模仿原是人生的本能，发表欲，也是同吃饭穿衣一样地强的青年作者内心的要求。歌不像歌诗不像诗的东西积得多了，第二步自然是向各报馆的匿名的投稿。

一封信寄出之后，当晚就睡不安稳了，第二天一早起来，就溜到阅报室去看报有没有送来。早餐上课之类的事情，只能说是一种日常行动的反射作用；舌尖上哪里还感得出滋味？讲堂上更哪里还有心思去听讲？下课铃一摇，又只是逃命似的向阅报室的狂奔。

第一次的投稿被采用的，记得是一首模仿宋人的五古，报纸是当时的《全浙公报》。当看见了自己缀联起来的一串文字，被植字工人排印出来的时候，虽然是用的匿名，阅报室里也决没有人会知道作者是谁，但心头正在狂跳着的我的脸上，马上就变成了朱红。洪的一声，耳朵里也响了起来，头脑摇晃得像坐在船里。眼睛也没有主意了，看了又看，看了又看，虽则从头至尾，把那一串文字看了好几遍，但自己还在疑惑，怕这并不是由我投去的稿子。再狂奔出去，上操场去跳绕一圈，回来重新又拿起那张报纸，按住心头，复看一遍，这才放心，于是乎方始感到了快活，快活得想大叫起来。

第一辑 自述

当时我用的假名很多很多，直到两三年后，觉得投稿已经有七八成的把握了，才老老实实地用上了我的真名实姓。大约旧报纸的收藏家，翻起二十几年前的《全浙公报》《之江日报》以及上海的《神州日报》来，总还可以看到我当时所作的许多狗屁不通的诗句。现在我非但旧稿无存，就是一联半句的字眼也想不起来了，与当时的废寝忘食的热心情形来一对比，进步当然可以说是进了步，但是老去的颓唐之感，也着实可以催落我几滴自伤的眼泪。

就在那一年（一九〇九年）的冬天，留学日本的长兄回到了北京，以小京官的名义被派上了法部去行走。入陆军小学的第二位哥哥，也在这前后毕了业，入了一处隶属于标统底下的旁系驻防军队，而任了排长。

一文一武的这两位芝麻绿豆官的哥哥，在我们那小小的县里，自然也耸动了视听；但因家里的经济，稍稍宽裕了一点的结果，在我的求学程序上，反而促生了一种意外的脱线。

在外面的学堂里住足了一年，又在各报上登载了几次诗歌之后，我自以为学问早就超出了和我同时代的同年辈者，觉得按部就班地和他们在一道读死书，是不上算也是不必要的事情。所以到了宣统二年（一九一〇年）的春期始业的时候，我的书桌上竟收集起了一大堆大学中学招考新生的简章！比较着，研究着，我真想一口气就读完了当时学部所定的大学及中学的学程。

中文呢，自己以为总可以对付得了；科学呢，在前面也曾经说过，为大家所不重视的；算来算去，只有英文是顶重要而也是我所最欠缺的一门。"好！就专门去读英文吧！英文一通，万事就好办了！"这一个幼稚可笑的想头，就是使我离开了正规的中学，去走教会学堂那一条捷径的原动力。

清朝末年，杭州的有势力的教会学校，有英国圣公会和美国长老会浸礼会的几个系统。而长老会办的育英书院，刚在山水明秀的江干新建校舍，改称大学。头脑简单，只知道崇拜大学这一个名字的我这毛头小子，自然是以进大学为最上的光荣，另外更还有什么奢望哩？但是一进去之后，我的失望，却比在省立的中学里读死书更加大了。

每天早晨，一起床就是祷告，吃饭又是祷告；平时九点到十点是最重要的礼拜仪式，末了又是一篇祷告。《圣经》，是每年级都有的必修重要课目；礼拜天的上午，除出了重病，不能行动者外，谁也要去做半天礼拜。礼拜完后，自然又是祷告，又是查经。这一种信神的强迫，祷告的迭来，以及校内枝节细目的窒塞，想是在清朝末年曾进过教会学校的人，谁都晓得的事实，我在此地落得可以不说。

这种叩头虫似的学校生活，过上两月，一位解放的福音宣传者，竟从免费读书的候补牧师中间，揭起叛旗来了；原因是为了校长袒护厨子，竟被厨子殴打了学膳费全纳的不信教的学生。

学校风潮的发生，经过，和结局，大抵都是一样的；起始总是全体学生的罢课退校，中间是背盟者的出来复课，结果便是几个强硬者的开除。不知是幸呢还是不幸，在这一次的风潮里，我也算是强硬者的一个。

一九三五年二月十九日

原载1935年3月5日第23期《人间世》

大风圈外

——自传之七

人生的变化,往往是从不可测的地方开展开来的;中途从那一所教会学校退出来的我们,按理是应该额上都负着了该隐的烙印,无处再可以容身了啦,可是城里的一处浸礼会的中学,反把我们当作了义士,以极优待的条件欢迎了我们进去。这一所中学的那位美国校长,非但态度和蔼,中怀磊落,并且还有着外国宣教师中间所绝无仅见的一副很聪明的脑筋。若要找出一点他的坏处来,就在他的用人的不当;在他手下做教务长的一位绍兴人,简直是那种奴颜婢膝,谄事外人,趾高气扬,压迫同种的典型的洋狗。

校内的空气,自然也并不平静。在自修室,在寝室,议论纷纭,为一般学生所不满的,当然是那只洋狗。

"来它一下吧!"

"吃吃狗肉看!"

"顶好先敲他一顿!"

像这样的各种密议与策略,虽则很多,可是终于也没有一个敢首先发难的人。满腔的怨愤,既找不着一条出路,不得已就只好在作文的时候,发些纸上的牢骚。于是各班的文课,不管出的是什么题目,总是横一个呜呼,竖一个呜呼地悲啼满纸,有几位同学的卷子,从头至尾统共还不满五六百字,而呜呼却要写着一二百个。那位改国文的老先生,后来也没法想了,就出了一个禁令,禁止学生,以后不准再读再做那些呜呼派的文章。

那时候这一种"呜呼"的倾向,这一种不平,怨愤,与被压迫的悲啼,以及人心跃跃山雨欲来的空气,实在还不只是一个教会学校里的舆情;学校以外的各层社会,也像是在大浪里的楼船,从脚到顶,都在颠摇波动着的样子。

愚昧的朝廷,受了西宫毒妇的阴谋暗算,一面虽想变法自新,一面又不得不利用了符咒刀枪,把红毛碧眼的鬼子,尽行杀戮。英法各国屡次的进攻,广东津沽再三的失陷,自然要使受难者的百姓起来争夺政权。洪杨的起义,两湖山东捻子的运动,回民苗族的独立等等,都在暗示着专制政府满清的命运,孤城落日,总崩溃是必不能避免的下场。

催促被压迫至二百余年之久的汉族结束奋起的,是徐锡麟、熊成基诸先烈的牺牲勇猛的行为;北京的几次对满清大员的暗杀事件,又是当时热血沸腾的一般青年们所受到的最大激刺。而当这前后,此绝彼起地在上海发行的几家报纸,像《民吁》《民立》之类,更是直接灌输种族思想,提倡革命行动的有力的号吹。到了宣统二年的秋冬(一九一○年庚戌),政府虽则在忙着召开资政院,组织内阁,赶制宪法,冀图挽回颓势,欺骗百姓,但四海汹汹,革命的气运,早就成了矢在弦上、不得不发的局面了。

是在这一年的年假放学之前,我对当时的学校教育,实在是真的感到了绝望,于是自己就定下了一个计划,打算回家去做从心所欲的自修工夫。第一,外界社会的声气,不可不通,我所以想去订一份上海发行的日报。第二,家里所藏的四部旧籍,虽则不多,但也尽够我的两三年的翻读,中学的根底,当然是不会退步的。第三,英文也已经把第三册文法读完了,若能刻苦用工,则比在这种教会学校里受奴隶教育,心里又气、进步又慢的半死状态,总要痛快一点。自己私私决定了这大胆的计划以后,在放年假的前几天,也着实去添买了些预备带回去作自修用的书籍。等年假考一考完,于一天冬晴的午后,向西跟着挑行李的脚夫,走出候潮门上江干去坐夜航船回故乡去的那一刻的心境,我到现在还不能忘记。

"牢狱变相的你这座教会学校啊!以后你对我还更能加以压迫么?"

"我们将比比试试,看将来还是你的成绩好,还是我的成绩好?"

"被解放了!以后便是凭我自己去努力,自己去奋斗的远大的前程!"

这一种喜悦,这一种充满着希望的喜悦,比我初次上杭州来考中学时所感到的,还要紧张,还要肯定。

在故乡索居独学的生活开始了,亲戚友属的非难讪笑,自然也时时使我的决心动摇,希望毁灭;但我也已经有十六岁的年纪了,受到了外界的不了解我的讥讪之后,当然也要起一种反拨的心理作用。人家若明显地问我"为什么不进学堂去读书?"不管他是好意还是恶意，我总以"家里再没有钱供给我去浪费了"的一句话回报他们。有几个满怀着十分的好意，劝告我"在家里闲住着终不是青年的出路"的时候，我总以"现在正在预备，打算下年就去考大学"的一句衷心话来作答。而实际上这将近两年的独居苦学，对我的一生，却是收获最多、影响最大的一个预备时代。

每日侵晨，起床之后，我总面也不洗，就先读一个钟头的外国文。早餐吃过，直到中午为止，是读中国书的时间，一部《资治通鉴》和两部《唐宋诗文醇》，就是我当时的课本。下午看一点科学书后，大抵总要出去散一回步。节季已渐渐地进入到了春天，是一九一一宣统辛亥年的春天了，富春江的两岸，和往年一样地绿遍了青青的芳草，长满了袅袅的垂杨。梅花落后，接着就是桃李的乱开；我若不沿着江边，走上城东鹳山上的春江第一楼去坐看江天，总或上北门外的野田间去闲步，或出西门向近郊的农村里去游行。

附廓的农民的贫穷与无智，经我几次和他们接谈及观察的结果，使我有好几晚不能够安睡。譬如一家有五六口人口，而又有着十亩田的己产，以及一间小小的茅屋的自作农吧，在近郊的农民中间，已经算是很富有的中上人家了。从四五月起，他们先要种秧田，这二分或三分的秧田大抵是要向人家去租来的，因为不是水旱无伤的上田，秧就不能种活。租秧用的费用，多则三五元，少到一二元，却不能再少了。五六月在烈日之下分秧种稻，即使全家出马，也还有赶不成同时插种的危险；因为水的关系，气候的关系，农民的时间，却也同交易所里的闲食者们一样，是一刻也差错不得的。即使不雇工人，和人家交换做工，而把全部田稻种下之后，三次的耘植与用肥的费用，起码也要合二三元钱一亩的盘算。倘使天时凑巧，最上的丰年，平均一亩，也只能收到四五石的净谷；而从这四五石谷里，除去完粮纳税的钱，除去用肥料租秧田及间或雇用忙工的钱后，省下来还够得一家五口的一年之食么？不得已自然只好另外想法，譬如把稻草拿来做草纸，利用田的闲时来种麦种菜种豆类等等，但除稻以外的副作物的报酬，终竟是有限得很的。

耕地报酬渐减的铁则，丰年谷贱伤农的事实，农民们自然哪里会有这样的知识；可怜的是他们不但不晓得去改良农种，开辟荒地，一年之中，岁时伏腊，还要把他们汗血钱的大部，去花在求神佞佛，与满足许多可笑的虚荣的高头。

所以在二十几年前头，即使大地主和军阀的掠夺，还没有像现在那么的厉害，中国农村是实在早已濒于破产的绝境了，更哪里还经得起廿年的内乱，廿年的外患，与廿年的剥削呢？

从这一种乡村视察的闲步回来，在书桌上躺着候我开拆的，就是每日由上海寄来的日报。忽而英国兵侵入云南占领片马了，忽而东三省疫病流行了，忽而广州的将军被刺了；凡见到的消息，又都是无能的政府，因专制昏庸，而酿成的惨剧。

黄花岗七十二烈士的义举失败，接着就是四川省铁路风潮的勃发，在我们那一个一向是沉静得同古井似的小县城里，也显然地起了动摇。市面上敲着铜锣卖朝报的小贩，日日从省城里到来。脸上画着八字胡须，身上穿着披开的洋服，有点像外国人似的革命党员的画像，印在薄薄的有光洋纸之上，满贴在茶坊酒肆的壁间，几个日日在茶酒馆中过日子的老人，也降低了喉咙，皱紧了眉头，低低切切，很严重地谈论到了国事。

这一年的夏天，在我们的县里西北乡，并且还出了一次青洪帮造反的事情。省里派了一位旗籍都统，带了兵马来杀了几个客籍农民之后，城里的街谈巷议，更是颠倒错乱了；不知从哪一处地方传来的消息，说是每夜四更左右，江上东南面的天空，还出现了一颗光芒拖得很长的扫帚星。我和祖母、母亲，发着抖，赶着四更起来，披衣上江边去看了好几夜，可是扫帚星却终于没有看见。

到了阴历的七八月，四川的铁路风潮闹得更凶，那一种谣传，更来得神秘奇异了，我们的家里，当然也起了一个波澜，原因是因为祖母、母亲想起了在外面供职的我那两位哥哥。

几封催他们回来的急信发后，还盼不到他们的复信的到来。八月十八（阳历十月九日）的晚上，汉口俄租界里炸弹就爆发了。从此急转直下，武昌革命军的义旗一举，不消旬日，这消息竟同晴天的霹雳一样，马上就震动了全国。

报纸上二号大字的某处独立、拥某人为都督等标题，一日总有几起；城里的谣言，更是青黄杂出，有的说"杭州在杀没有辫子的和尚"，有的说"抚台已经逃了"，弄得一般居民、乡下人逃上了城里，城里人逃往了乡间。

我也日日地紧张着，日日地渴等着报来；有几次在秋寒的夜半，一听见喇叭的声音，便发着抖穿起衣裳，上后门口去探听消息，看是不是革命党到了。而沿江一带的兵船，也每天看见驶过，洋货铺里的五色布匹，无形中销售出了大半。终于有一天阴寒的下午，从杭州有几只张着白旗的船到了，江边上岸来了几十个穿灰色制服，荷枪带弹的兵士。县城里的知县，已于先一日逃走了，报纸上也报着前两日，上海已为民军所占领。商会的巨头，绅士中的几个有声望的，以及残留着在城里的一位贰尹，联合起来出了一张告示，开了一次欢迎那几十位穿灰色制服的兵士的会，家家户户便接上了五色的国旗；杭城光复，我们的这个直接附属在杭州府下的小县城，总算也不遭兵燹，而平平稳稳地脱离了满清的压制。

平时老喜欢读悲歌慷慨的文章，自己捏起笔来，也老是痛哭淋漓，呜呼满纸的我这一个热血青年，在书斋里只想去冲锋陷阵，参加战斗。为众舍身、为国效力的我这一个革命志士，际遇着了这样的机会，却也终于没有一点作为，只呆立在大风圈外，捏紧了空拳头，滴了几滴悲壮的旁观者的哑泪而已。

原载1935年4月20日第26期《人间世》

海 上

——自传之八

大风暴雨过后,小波涛的一起一伏,自然要继续些时。民国元年二月十二,满清的末代皇帝宣统下了退位之诏,中国的种族革命,总算告了一个段落。百姓剪去了辫发,皇帝改作了总统。天下骚然,政府惶惑,官制组织,尽行换上了招牌,新兴权贵,也都改穿了洋服。为改订司法制度之故,民国二年(一九一三年)的秋天,我那位在北京供职的哥哥,就拜了被派赴日本考察之命,于是我的将来的修学行程,也自然而然地附带着决定了。

眼看着革命过后,余波到了小县城里所惹起的是是非非,一半也抱了希望,一半却拥着怀疑,在家里的小楼上闷过了两个夏天,到了这一年的秋季,实在再也忍耐不住了,即使没有我那位哥哥的带我出去,恐怕也得自己上道,到外边来寻找出路。

几阵秋雨一落,残暑退尽了,在一天晴空浩荡的九月下旬的早晨,我只带了几册线装的旧籍,穿了一身半新的夹服,跟着我那位哥哥离开了乡井。

上海街路树的洋梧桐叶,已略现了黄苍,在日暮的街头,那些租界上的熙攘的居民，似乎也森岑地感到了秋意，我一个人呆立在一品香朝西的露台栏里，才第一次受到了大都会之夜的威胁。

远近的灯火楼台，街下的马龙车水，上海原说是不夜之城，销金之窟，然而国家呢？社会呢？像这样的昏天黑地般过生活，难道是人生的目的么？金钱的争夺，犯罪的公行，精神的浪费，肉欲的横流，天虽则不会掉下来，地虽则也不会陷落去，可是像这样地过去，是可以的么？在仅仅阅世十七年多一点的当时我那幼稚的脑里，对于帝国主义的险毒，物质文明的糜烂，世界现状的危机，与夫国计民生的大略等明确的观念，原是什么也没有，不过无论如何，我想社会的归宿，做人的正道，总还不在这里。

正在对了这魔都的夜景，感到不安与疑惑的中间，背后房里的几位哥哥的朋友，却谈到了天蟾舞台的迷人的戏剧；晚餐吃后，有人做东道主请去看戏，我自然也做了花楼包厢里的观众的一人。

这时候梅博士还没有出名，而社会人士的绝望胡行，色情倒错，也没有像现在那么的彻底，所以全国上下，只有上海的一角，在那里为男扮女装的旦角而颠倒；那一晚天蟾舞台的压台名剧，是贾璧云的全本《棒打薄情郎》，是这一位色艺双绝的小旦的拿手风头戏；我们于九点多钟，到戏院的时候，楼上楼下观众已经是满坑满谷，实实在在地到了更无立锥之地的样子了。四周的珠玑粉黛，鬓影衣香，几乎把我这一个初到上海的乡下青年，窒塞到回不过气来；我感到了眩惑，感到了昏迷。

最后的一出贾璧云的名剧上台的时候，舞台灯光加了一层光亮，台下的观众也起了动摇。而从脚灯里照出来的这一位旦角的身材，容貌，举止与服装，也的确是美，的确足以挑动台下男女的柔情。在几个钟头之前，那样地对上海的颓废空气感到不满的我这不自觉的精神主义者，到此也有点固持不住了。这一夜回到旅馆之后，精神兴奋，直到了早晨的三点，方才睡去，并且在熟睡的中间，也曾做了色情的迷梦。性的启发，灵肉的交哄，在这次上海的几日短短逗留之中，早已在我心里，起了发酵的作用。

为购买船票杂物等件，忙了几日；更为了应酬来往，也着实费去了许多精力与时间，终于在一天侵早，我们同去者三四人坐了马车向杨树浦的汇山码头出发了，这时候马路上还没有行人，太阳也只出来了一线。自从这一次的离去祖国以后，海外漂泊，前后约莫有十余年的光景，一直到现在为止，我在精神上，还觉得是一个无祖国无故乡的游民。

太阳升高了，船慢慢地驶出了黄浦，冲入了大海；故国的陆地，缩成了线，缩成了点，终于被地平的空虚吞没了下去；但是奇怪得很，我鹄立在船舱的后部，西望着祖国的天空，却一点儿离乡去国的悲感都没有。比到三四年前初去杭州时的那种伤感的情怀，这一回仿佛是在回国的途中。大约因为生活沉闷，两年来的蛰伏，已经把我的恋乡之情，完全割断了。

海上的生活开始了，我终日立在船楼上，饱吸了几天天空海阔的自由的空气。傍晚的时候，曾看了伟大的海中的落日；夜半醒来，又上甲板去看了天幕上的秋星。船出黄海，驶入了明蓝到底的日本海的时候，我又深深地深深地感受到了海天一碧，与白鸥水鸟为伴时的被解放的情趣。我的喜欢大海，喜欢登高以望远，喜欢遗世而独处，怀恋大自然而嫌人的倾向，虽则一半也由于天性，但是正当青春的盛日，在四面是海的这日本孤岛上过去的几年生活，大约总也发生了不可磨灭的绝大的影响无疑。

船到了长崎港口，在小岛纵横、山青水碧的日本西部这通商海岸，我才初次见到了日本的文化、日本的习俗与民风。后来读到了法国罗底的记载这海港的美文，更令我对这位海洋作家，起了十二分的敬意。嗣后每次回国经过长崎，心里总要跳跃半天，仿佛是遇见了初恋的情人，或重翻到了几十年前写过的情书。长崎现在虽则已经衰落了，但在我的回忆里，它却总保有着那种活泼天真，像处女似的清丽的印象。

半天停泊，船又起锚了，当天晚上，就走到了四周如画，明媚到了无以复加的濑户内海。日本艺术的清淡多趣，日本民族的刻苦耐劳，就是从这一路上的风景，以及四周海上的果园垦植地看来，也大致可以明白。蓬莱仙岛，所指的不知是否就在这一块地方，可是你若从中国东游，一过濑户内海，看看两岸的山光水色，与夫岸上的渔户农村，即使你不是秦朝的徐福，总也要生出神仙窟宅的幻想来，何况我在当时，正值多情多感，中国岁是十八岁的青春期哩！

由神户到大坂，去京都，去名古屋，一路上且玩且行，到东京小石川区一处高台上租屋住下，已经是十月将终，寒风有点儿可怕起来了。改变了环境，改变了生活起居的方式，言语不通，经济行动，又受了监督，没有自由，我到东京住下的两三个月里，觉得是入了一所没有枷锁的牢狱，静静儿地回想起来，方才感到了离家去国之悲，发生了不可遏止的怀乡之病。

在这郁闷的当中，左思右想，唯一的出路，是在日本语的早日的谙熟，与自己独立的经济的来源。多谢我们国家文化的落后，日本与中国，曾有国立五校，开放收受中国留学生的约定。中国的日本留学生，只教能考上这五校的入学试验，以后一直到毕业为止，每月的衣食零用，就有官费可以领得；我于绝望之余，就于这一年的十一月，入了学日本文的夜校，与补习中学功课的正则预备班。

早晨五点钟起床，先到附近的一所神社的草地里去高声朗诵着"上野的樱花已经开了""我有着许多的朋友"等日文初步的课文，一到八点，就嚼着面包，步行三里多路，走到神田的正则学校去补课。以二角大洋的日用，在牛奶店里吃过午餐与夜饭，晚上就是三个钟头的日本文的夜课。

天气一日一日地冷起来了，这中间自然也少不了北风的雨雪。因为日日步行的结果，皮鞋前开了口，后穿了孔。一套在上海做的夹呢学生装，穿在身上，仍同裸着的一样；幸亏有了几年前一位在日本曾入过陆军士官学校的同乡，送给了我一件陆军的制服，总算在晴日当作了外套，雨日当作了雨衣，御了一个冬天的寒。这半年中的苦学，我在身体上，虽则种下了致命的呼吸器的病根，但在知识上，却比在中国所受的十余年的教育，还有一程的进境。

第二年的夏季招考期近了，我为决定要考入官费的五校去起见，更对我的功课与日语，加紧了速力。本来是每晚于十一点就寝的习惯，到了三月以后，也一天天地改过了；有时候与教科书本茕茕相对，竟会到了附近的炮兵工厂的汽笛早晨放五点钟的夜工时，还没有入睡。

必死的努力，总算得到了相当的酬报，这一年的夏季，我居然在东京第一高等学校的入学考试里占取了一席。到了秋季始业的时候，哥哥因为一年的考察期将满，准备回国来复命，我也从他们的家里，迁到了学校附近的宿店。于八月底边，送他们上了归国的火车，领到了第一次的自己的官费，我就和家庭，和戚属，永久地断绝了联络。从此野马缰弛，风筝线断，一生中潦倒漂浮，变成了一只没有舵楫的孤舟，计算起时日来，大约与第一次世界大战的开始，差不多是在同一的时候。

原载1935年7月5日第31期《人间世》

雪 夜
——自传之一章

日本的文化，虽则缺乏独创性，但她的模仿，却是富有创造的意义的；礼教仿中国，政治、法律、军事以及教育等设施法德国，生产事业泛效欧美，而以她固有的那种轻生爱国、耐劳持久的国民性做了中心的支柱。根底虽则不深，可枝叶却张得极茂，发明发现等创举虽则绝无，而进步却来得很快。我在那里留学的时候，明治的一代，已经完成了它的维新的工作；老树上接上了青枝，旧囊装入了新酒，浑成圆熟，差不多丝毫的破绽都看不出来了；新兴国家的气象，原属雄伟，新兴国民的举止，原也豁荡，但对于奄奄一息的我们这东方古国的居留民，尤其是暴露己国文化落伍的中国留学生，却终于是一种绝大的威胁。说侮辱当然也没有什么不对，不过咎由自取，还是说得含蓄一点叫作威胁的好。

只在小安逸里醉生梦死、小圈子里夺利争权的黄帝之子孙，若要教他领悟一下国家的观念的，最好是叫他到中国领土以外的无论哪一国去住上两三年。印度民族的晓得反英，高丽民族的晓得抗日,就因为他们的祖国,都变成了外国的缘故。有知识的中上流日本国民,对中国留学生,原也在十分地笼络;但笑里藏刀,深感着"不及错觉"的我们这些神经过敏的青年,胸怀哪里能够坦白到像现在当局的那些政治家一样;至于无知识的中下流——这一流当然是国民中的最大多数——大和民种,则老实不客气,在态度上、言语上、举动上处处都直叫出来在说:"你们这些劣等民族,亡国贱种,到我们这管理你们的大日本帝国来做什么!"简直是最有成绩的对于中国人使了解国家观念的高等教师了。

是在日本,我开始看清了我们中国在世界竞争场里所处的地位;是在日本,我开始明白了近代科学——不问是形而上或形而下——的伟大与湛深;是在日本,我早就觉悟到了今后中国的运命,与夫四万万五千万同胞不得不受的炼狱的历程。而国际地位不平等的反应,弱国民族所受的侮辱或欺凌,感觉得最深切而亦最难忍受的地方,是在男女两性,正中了爱神毒箭的一刹那。

日本的女子,一例地是柔和可爱的;她们历代所受的,自从开国到如今,都是顺从男子的教育。并且因为向来人口不繁,衣饰起居简陋的结果,一般女子对于守身的观念,也没有像我们中国那么的固执。又加以缠足深居等习惯毫无,操劳工作,出入里巷,行动都和男子无差;所以身体大抵总长得肥硕完美,决没有临风弱柳、瘦似黄花等的病貌。更兼岛上火山矿泉独多,水分富含异质,因而关东西靠山一带的女人,皮色滑腻通明,细白得像似磁体;至如东北内地雪国里的娇娘,就是在日本也有雪美人的名称,她们的肥白柔美,更可以不必说了。所以谙熟了日本的言语风气，谋得了自己独立的经济来源，揖别了血族相连的亲戚弟兄，独自一个在东京住定以后，于旅舍寒灯的底下，或街头漫步的时候，最恼乱我的心灵的，是男女两性间的种种牵引，以及国际地位落后的大悲哀。

两性解放的新时代，早就在东京的上流社会——尤其是知识阶级，学生群众——里到来了。当时的名女优像衣川孔雀、森川律子辈的妖艳的照相，化装之前的半裸体的照相，《妇女画报》上的淑女名姝的记载，东京闻人的姬妾的艳闻等等，凡足以挑动青年心理的一切对象与事件，在这一个世纪末的过渡时代里，来得特别的多，特别的杂。伊孛生的问题剧，爱伦凯的恋爱与结婚，自然主义派文人的丑恶暴露论，富于刺激性的社会主义两性观，凡这些问题，一时竟如潮水似的杀到了东京，而我这一个灵魂洁白、生性孤傲、感情脆弱、主意不坚的异乡游子，便成了这洪潮上的泡沫，两重三重地受到了推挤，涡旋，淹没，与消沉。

当时的东京，除了几个著名的大公园，以及浅草附近的娱乐场外，在市内小石川区的有一座植物园，在市外武藏野的有一个井之头公园，是比较高尚清幽的园游胜地；在那里有的是四时不断的花草，青葱欲滴的列树，涓涓不息的清流，和讨人欢喜的驯兽与珍禽。你若于风和日暖的春初，或天高气爽的秋晚，去闲行独步，总能遇到些年龄相并的良家少女，在那里采花，唱曲，涉水，登高。你若和她们去攀谈，她们总一例地来酬应；大家谈着，笑着，草地上躺着，吃吃带来的糖果之类，像在梦里，也像在醉后，不知不觉，一日的光阴，会箭也似的飞度过去。而当这样的一度会合之后，有时或竟在会合的当中，从欢乐的绝顶，你每会立时掉入到绝望的深渊底里去。这些无邪的少女，这些绝对服从男子的丽质，她们原都是受过父兄的熏陶的，一听到了弱国的支那两字，哪里还能够维持她们的常态，保留她们的人对人的好感呢？支那或支那人的这一个名词，在东邻的日本民族，尤其是妙年少女的口里被说出的时候，听取者的脑里心里，会起怎么样的一种被侮辱、绝望、悲愤、隐痛的混合作用，是没有到过日本的中国同胞，绝对地想象不出来的。

在东京第一高等学校的预科里住满了一年，像上面所说过的那种强烈的刺激，不知受尽了多少次，我于民国四年（一九一五年乙卯）的秋天，离开东京，上日本西部的那个商业都会名古屋去进第八高等学校的时候，心里真充满了无限的悲凉与无限的咒诅；对于两三年前曾经抱了热望，高高兴兴地投入到她怀里去的这异国的首都，真想第二次不再来见她的面。

名古屋的高等学校，在离开街市中心有两三里地远的东乡区域。到了这一区中国留学生比较得少的乡下地方，所受的日本国民的轻视虐待，虽则减少了些，但因为二十岁的青春，正在我的体内发育伸张，所以性的苦闷，也昂进到了不可抑止的地步。是在这一年的寒假考考了之后，关西的一带，接连下了两天大雪。我一个人住在被厚雪封锁住的乡间，觉得怎么也忍耐不住了，就在一天雪片还在飞舞着的午后，踏上了东海道线开往东京去的客车。在孤冷的客车里喝了几瓶热酒，看看四面并没有认识我的面目的旅人，胆子忽而放大了，于到了夜半停车的一个小驿的时候，我竟同被恶魔缠附着的人一样，飘飘然跳下了车厢。日本的妓馆，本来是到处都有的；但一则因为怕被熟人的看见，再则虑有病毒的纠缠,所以我一直到这时候为止,终于只在想象里冒险,不敢轻易地上场去试一试过。这时候可不同了,人地既极生疏,时间又到了夜半;几阵寒风和一天雪片,把我那已经喝了几瓶酒后的热血,更激高了许多度数。踏出车站,跳上人力车座,我把围巾向脸上一包,就放大了喉咙叫车夫直拉我到妓廊的高楼上去。

受了龟儿鸨母的一阵欢迎,选定了一个肥白高壮的花魁卖妇,这一晚坐到深更,于狂歌大饮之余,我竟把我的童贞破了。第二天中午醒来,在锦被里伸手触着了那一个温软的肉体,更模糊想起了前一晚的痴乱的狂态,我正如在大热的伏天,当头被泼上了一身冰水。那个无知的少女,还是袒露着全身,朝天酣睡在那里;窗外面的大雪晴了,阳光反射的结果,照得那一间八席大的房间,分外的晶明爽朗。我看看玻璃窗外的半角晴天,看看枕头边上那些散乱着的粉红樱纸,竟不由自主地流出来了两条眼泪。

"太不值得了!太不值得了!我的理想,我的远志,我的对国家所抱负的热情,现在还有些什么?还有些什么呢?"

心里一阵悔恨,眼睛里就更是一阵热泪;披上了妓馆里的缊袍,斜靠起了上半身的身体,这样地悔着呆着,一边也不断地暗泣着,我真不知坐尽了多少的时间;直到那位女郎醒来,陪我去洗了澡回来,又喝了几杯热酒之后,方才回复了平时的心状。三个钟头之后,皱着长眉,靠着车窗,在向御殿场一带的高原雪地里行车的时候,我的脑里已经起了一种从前所绝不曾有过的波浪,似乎在昨天的短短一夜之中,有谁来把我全身的骨肉都完全换了。

"沉索性沉到底吧!不入地狱,哪见佛性,人生原是一个复杂的迷宫。"

这就是我当时混乱的一团思想的翻译。

一九三六年一月末日

原载1936年2月16日第11期《宇宙风》

还乡记

一

大约是午前四五点钟的样子，我的过敏的神经忽而颤动了起来。张开了半只眼，从枕上举起非常沉重的头，半醒半觉地向窗外一望，我只见一层灰白色的云丛，密布在微明的空际，房里的角上桌下，还有些暗夜的黑影流荡着，满屋沉沉，只充满了睡声，窗外也没有群动的声息。

"还早哩！"

我的半年来睡眠不足的昏乱的脑经，这样地忖度了一下，将还有些昏痛的头颅仍复投上了草枕，睡着了。

第二次醒来，急急地跳出了床，跑到窗前去看跑马厅的大自鸣钟的时候，心里忽而起了一阵狂跳。我的模糊的睡眼，虽看不清那大自鸣钟的时刻，然而第六官却已感得了时间的迟暮，八点钟的快车大约总赶不到了。

天气不晴也不雨，天上只浮满了些不透明的白云，黄梅时节将过的时候，像这样的天气原是很多的。

我一边跑下楼去匆匆地梳洗,一边催听差的起来,问他是什么时候。因为我的一个镶金的钢表,在东京换了酒吃,一个新买的爱而近,去年在北京又被人偷了去,所以现在只落得和桃花源里的乡老一样,要知道时刻,只能问问外来的捕鱼者"今是何世?"

听说是七点三刻了,我忽而衔了牙刷,莫名其妙地跑上楼跑下楼地跑了几次,不消说心中是在懊恼的。忙乱了一阵,后来又仔细想了一想,觉得终究是赶不上八点的早车了,我的心倒渐渐地平静了下去。慢慢地洗完了脸,换了衣服,我就叫听差的去雇了一乘人力车来,送我上火车站去。

我的故乡在富春山中,正当清冷的钱塘江的曲处。车到杭州,还要在清流的江上坐两点钟的轮船。这轮船有午前午后两班,午前八点,午后二点,各有一只同小孩的玩具似的轮船由江干开往桐庐去的。若在上海乘早车动身,则午后四五点钟,当午睡初醒的时候,我便可到家,与闺中的儿女相见,但是今天已经是不行了。(是阴历的六月初二。)

不能即日回家,我就不得不在杭州过夜,但是羞涩的阮囊,连买半斤黄酒的余钱也没有的我的境遇,叫我哪里更能忍此奢侈。我心里又发起恼来了。可恶的我的朋友,你们既知道我今天早晨要走,昨夜就不该谈到这样的时候才回去的。可恶的是我自己,我已决定于今天早晨走,就不该拉住了他们谈那些无聊的闲话的。这些也不知是从哪里来的话?这些话也不知有什么兴趣?但是我们几个人愁眉蹙额地聚首的时候,起先总是默默,后来一句两句,话题一开,便倦也忘了,愁也丢了,眼睛就放起怖人的光来了,有时高笑,有时痛哭,讲来讲去,去岁今年,总还是这几句话：

"世界真是奇怪，像这样轻薄的人，也居然能成中国的偶像的。"

"正唯其轻薄，所以能享盛名。"

"他的著作是什么东西？连抄人家的著书还要抄错！"

"唉唉！"

"还有××呢！比××更卑鄙，更不通，而他享的名誉反而更大！"

"今天在车上看见的那个犹太女子真好哩！"

"她的屁股真大得爱人。"

"她的臂膊！"

"啊啊！"

"恩斯来的那本《彭思生里参拜记》，你念到什么地方了？"

"三个东部的野人，三个方正的男子，他们起了崇高的心愿，想去看看什，泻，奥夫，欧耳。"

"你真记得牢！"

像这样的毫无系统、漫无头绪的谈话，我们不谈则已，一谈起头，非要谈到块垒消尽、悲愤泄完的时候不止。唉，可怜的有识无产者，这些清谈，这些不平，与你们的脆弱的身体，高亢的精神，究有何补？罢了罢了，还是回头到正路上去，理点生产吧！

昨天晚上有几位朋友，也在我这里，谈了些这样的闲话，我入睡迟了，所以弄得今天赶车不及，不得不在西子湖边，住宿一宵，我坐在人力车上，孤冷冷地看着上海的清淡的早市，心里只在怨恨朋友，要使我多破费几个旅费。

二

人力车到了北站，站上人物萧条。大约是正在快车开出之后，慢车未发之先，所以现出这沉静的状态。我得了闲空，心里倒生出了一点余裕来，就以北站构内，闲走了一回。因为我此番归去，本来想去看看故乡的景状，能不能容我这零余者回家高卧，所以我所带的，只有两袖清风，一只空袋，和填在鞋底里的几张钞票——这是我的脾气，有钱的时候，老把它们填在鞋子底里。一则可以防止扒手，二则因为我受足了金钱的迫害，借此可以满足我对金钱复仇的心思，有时候我真有用了全身的气力，拼死踩践它们的举动——而已，身边没有行李，在车站上跑来跑去是非常自由的。

天上的同棉花似的浮云，一块一块地消散开来，有几处竟现出青苍的笑靥来了。灰黄无力的阳光，也有几处看得出来。虽有霏微的海风，一阵阵夹了灰土煤烟，吹到这灰色的车站中间，但是伏天的暑热，已悄悄地在人的腋下腰间送信来了。啊啊！三伏的暑热，你们不要来缠扰我这消瘦的行路病者！你们且上富家的深闺里去，钻到那些丰肥红白的腿间乳下去，把她们的香液蒸发些出来吧！我只有这一件半旧的夏布长衫，若被汗水流污了，那明天就没得更换的呀！

在车站上踏来踏去地走了几遍，站上的行人，渐渐地多起来了。男的女的，行者送者，面上都堆着满贮希望的形容，在那里左旋右转。但是我——单只是我一个人——也无朋友亲戚来送我的行，更无爱人女弟，来做我的伴，只在脆弱的心中，无端地充满了万千的哀感：

"论才论貌，在中国的二万万男子中间，我也不一定说是最下流的人，何以我会变成这样的孤苦的呢！我前世犯了什么罪来？我生在什么星的底下的？我难道真没有享受快乐的资格的么？我不能信，我怎么也不能信。"

这样地一想，我就跑上车站的旁边入口处去，好像是看见了我认识的一位美妙的女郎来送我回家的样子。刚走到门口，果真见了几个穿时样的白衣裙的女子，正从人力车下来。其中有一个十七八岁的、戴白色运动软帽的女学生，手里提了三个很重的小皮箧，走近了我的身边。我不知不觉竟伸出了一只手去，想为她代拿一个皮箧，好减轻她一点负担，但她站住了脚，放开了黑晶晶的两只大眼反很诧异地对我看了一眼。

"啊啊！我错了，我昏了，好妹妹，请你不要动怒，我不是坏人，我不是车站上的小窃，不过我的想象力太强，我把你当作了我的想象中的人物，所以得罪了你。恕我恕我，对不起，对不起，你的两眼的责罚，是我所甘受的，你即用了你那只柔软的小手，批我一顿，我也是甘受的，我错了，我昏了。"

我被她的两眼一看，就同将睡的人受了电击一样，立即涨红了脸，发出了一身冷汗，心里作了一遍谢罪之辞，缩回了手，低下了头，匆匆地逃走了。

啊啊！这不是衣锦的还乡，这不是罗皮康（Rubicon）的南渡，有谁来送我的行，有谁来做我的伴呢！我的空想也未免太不自量了，我避开了那个女学生，逃到了车站大门口的边上人丛中躲藏的时候，心里还在跳跃不住。凝神屏气地立了一会儿，向四边偷看了几眼，一种不可捉摸的感情，笼罩上我的全身，我就不得不把我的夏布长衫的小襟拖上面去了。

三

"已经是八点四十五分了。我在这里躲藏也躲藏不过去的，索性快点去买一张票来上车去吧！但是不行不行，两边买票的人这样的多，也许她是在内的，我还是上口头的那扇近大门的窗口去买吧！这里买票的人正少得很！"

这样地打定了主意，我就东探西望地走上了那玻璃窗口，去买了一张车票。伏倒了头，气喘吁吁地跑进了月台，我方晓得刚才买的是一张二等车票，想想我脚下的余钱，又想想今晚在杭州不得不付的膳宿费，我心里忽而清了一清。经济与恋爱是不能两立的，刚才那女学生的事情，也渐渐地被我忘了。

浙江虽是我的父母之邦，但是浙江的知识阶级的腐败，一班教育家政治家对军人的谄媚，对平民的压制，以及小政客的婢妾的行为，无厌的贪婪，平时想起就要使我作呕。所以我每次回浙江去，总抱了一腔羞嫌的恶怀，障扇而过杭州，不愿在西子湖头作半日的勾留。只有这一回到了山穷水尽，我萎萎颓颓地逃返家中，仍想到我所嫌恶的故土去求一个息壤，投林的倦鸟，返壑的衰狐，当没有我这样的懊丧落胆的。啊啊！浪子的还家，只求老父慈兄不责备我就对了，哪里还有批评故乡、憎嫌故乡的心思？我一想到这一次的卑微的心境，又不觉泫泫地落下泪来了。

我孤苦伶仃地坐在车里，看看外面月台上跑来跑去的旅人，和穿黄色制服的挑夫，觉得模糊零乱。他们与我中间，有一道冰山隔住的样子。一面看看车站附近各工厂的高高的烟囱，又觉得我的头上身边，都被一层灰色的烟雾包围在那里。我深深地吸了一口气，把车窗打开来看梅雨晴时的空际。天上虽还不能说是晴朗，但一斛晴云，和几道光线，却在那里安慰旅人说："雨是不会下了，晴不晴开来，却看你们的运气吧！"

不多一忽，火车慢慢儿地开了。北站附近的贫民窟，同坟墓似的江北人的船室，污泥的水塘，晒在坍败的晒台上的女人的小衣、秽布，劳动者的破烂的衣衫等，一幅一幅地呈到我的眼前来，好像是老天故意把人生的疾苦，编成了这一部有系统的纪录，来安慰我的样子。

啊啊，载人离别的你这怪兽！你不终不息地前进，不休不止地前进吧！你且把我的身体，搬到世界尽处去，搬入虚无之境去，一生一世，不要停止，尽是行行，行到世界万物都化作青烟，你我的存在都变成乌有的时候，那我就感激你不尽了。

由现代的物质文明产生出来的贫苦之景，渐渐地被大自然掩盖了下去，贫民窟过了，大都会附近之小镇过了，路线的两岸，只有平绿的田畴，美丽的别墅，洁净的野路，和壮健的农夫。在这调和的盛夏的野景中间，就是在路上行走的那一乘黄色人力车夫，也带有些浪漫的色彩。他好像是童话里的人物，并不是因为衣食的原因，却是为了自家的快乐，拉了车在那里行走的样子。若要在这大自然的微笑中间，指出一件令人不快的事物来，那就是野草中间横躺着的棺冢了。穷人的享乐，只有陶醉在大自然怀里的一刹那。在这一刹那中间，他能把现实的痛苦，忘记得干干净净，与悠久的天空，广漠的大地，化而为一。这是何等的残虐，何等的恶毒呢！当这样的地方，这样的时候，偏要把人间的归宿，生物的运命，赤裸裸地指给他看！

我是主张把中国的坟冢，把野外的枯骨，都掘起来付之一炬，或投入汪洋的大海里去的。

四

过了徐家汇、梵王渡，火车一程一程地进去，车窗外的绿色也一程一程地浓润起来了；啊啊，我自失业以来，同鼠子蚊虫，蛰居在上海的自由牢狱里，已经有半年多了。我想不到野外的自然，竟长得如此的清新，郊原的空气，会酿得如此的爽健。啊啊，自然呀，大地呀，生生不息的万物呀，我错了，我不应该离开了你们，到那秽浊的人海中间去觅食去的。

车过了莘庄，天完全变晴了。两旁的绿树枝头，蝉声犹如雨降。我侧耳倾听，回想我少年时的景象，像在做梦。悠悠的碧落，只留着几条云影，在空际作霓裳的雅舞。一道阳光，遍洒在浓绿的树叶、匀称的稻秧，和柔软的青草上面。被黄梅雨盛满的小溪，奇形的野桥，水车的茅亭，高低的土堆，与红墙的古庙，洁净的农场，一幅一幅同电影似的尽在那里更换。我以车窗作了镜框，把这些天然的图画看得迷醉了，直等火车到松江停住的时候止，我的眼睛竟瞬息也没有移动。唉，良辰美景奈何天，我在这样的大自然里怕已没有生存的资格了吧，因为我的腕力，我的精神，都被现代的文明撒下了毒药，恶化成零，我哪里还有执了锄耙，去和农夫耕作的能力呢！

正直的农夫呀，你们是世界的养育者，是世界的主人公，我情愿为你们做牛做马，代你们的劳，你们能分一杯麦饭给我么？

车过了松江，风景又添了一味和平的景色。弯了背在田里工作的农夫，草原上散放着的羊群，平桥浅渚，野寺村场，都好像在那里作会心的微笑。火车飞过一处乡村的时候，一家泥墙草舍里忽有几声鸡唱声音，传了出来。草舍的门口有一个赤膊的农夫，吸着烟站在那里对火车呆看。我看了这样纯朴的村景，就不知不觉地叫了起来：

"啊啊！这和平的村落，这和平的村落，我几年不与你相接了。"

大约是叫得太响了，我的前后的同车者，都对我放起惊异的眼光来。幸而这是慢车，坐二等车的人不多，否则我只能半途跳下车去，去躲避这一次的羞耻了。我被他们看得不耐烦，并且肚里也觉得有些饥了，用手向鞋底里摸了一摸，迟疑了一会儿，便叫过茶房来，命他为我搬一客番菜来吃。我动身的时候，脚底下只藏着两张钞票。火车票买后，左脚下的一张钞票已变成了一块多的找头，依理而论是不该在车上大吃的。然而愈有钱愈想节省，愈贫穷愈要瞎花，是一般的心理，我此时也起了自暴自弃的念头：

"横竖是不够的，节省这个钱，有什么意思，还是吃吧！"

一个欲望满足了的时候，第二个欲望马上要起来的，我喝了汤，吃了一块面包之后，喉咙觉得干渴起来，便又起了一种自暴自弃的念头，率性叫茶房把啤酒汽水拿两瓶来。啊啊，危险危险，我右脚下的一张钞票，已有半张被茶房撕去了。

一边饮食，一边我仍在赏玩窗外的水光云影。在几个小车站上停了几次，轰轰地过了几处铁桥，等我中餐吃完的时候，火车已经过了嘉兴驿了。吃了个饱满，并且带了三分醉意，我心里虽然时时想到今晚在杭州的膳宿费，和明天上富阳去的轮船票，不免有些忧郁，但是以全体的气概讲来，这时候我却是非常快乐、非常满足的：

"人生是现在一刻的连续，现在能够满足，不就好了么？一刻之后的事情，又何必去想它，明天明年的事情，更可丢在脑后了。一刻之后，谁能保得火车不出轨！谁能保得我不死？罢了罢了，我是满足得很！哈哈哈哈……"

我心里这样地很满足地在那里想，我的脚就慢慢地走上车后的眺望台去。因为我坐的这挂车是最后的一挂，所以站在眺望台上，既可细看野景，又可静听蝉鸣，接受些天风。我站在台上，一手捏住铁栏，一手用了半根火柴在剔牙齿。凉风一阵阵地吹来，野景一幅幅地过去，我真觉得太幸福了。

五

我平生感得幸福的时间，总不能长久。一时觉得非常满足之后，其后必有绝大的悲怀相继而起。我站在车台上，正在快乐的时候，忽而在万绿丛中看见了一幅美满的家庭团叙图，一个年约三十一二岁的壮健的农夫，两手擎了一个周岁的小孩，在桑树影下笑乐。一个穿青布衫的与农夫年纪相仿的农妇，笑微微地站在旁边守着他们。在他们上面晒着的阳光树影,更把他们的美满的意情表现得明显。地上摊着一只饭箩,一瓶茶,几只茶饭碗,这一定是那农妇送来飨她男人的。啊啊,桑间陌上,夫唱妇随,更有你两个爱情的结晶,在中间作姻缘的缔带,你们是何等幸福呀!然而我呢!啊啊我啊!我是一个有妻不能爱,有子不能抚的无能力者,在人生战斗场上的惨败者,现在是在逃亡的途中的行路病者,啊!农夫啊农夫,愿你与你的女人和好终身,愿你的小孩聪明强健,愿你的田谷丰多,愿你幸福!你们的灾殃,你们的不幸,全交给了我,凡地上一切的苦恼、悲哀、患难,索性由我一人负担了去吧!

我心里虽这样地在替他祝福,我的眼泪却连连续续地落了下来。半年以来,因为失业的原因,在上海流离的苦处,我想起来了。三个月前头,我的女人和小孩,孤苦伶仃地由这条铁路上经过,萧萧索索地回家去的情状,我也想出来了。啊啊,农家夫妇的幸福,读书阶级的飘零!我女人经过的悲哀的足迹,现在更由我一步步地践踏过去!若是有情,怎得不哭呢!

四围的景色,忽而变了,一刻前那样丰润华丽的自然的美景,都好像在那里嘲笑我的样子:"你回来了么?你在外国住了十几年,学了些什么回来?你的能力怎么不拿些出来让我们看看?现在你有养老婆儿子的本领么?哈哈!你读书无术,到头来还是归到乡间去啮你祖宗的积聚!"

我俯首看看飞行车轮,看看车轮下的两条白闪闪的铁轨和枕木卵石,忽而感得了一种强烈的死的诱惑。我的两脚抖了起来,踉跄前进了几步,又呆呆地俯视了一忽,两手捏住了铁栏,我闭着眼睛,咬紧牙齿,在脚尖上用了一道死力,便把身体轻轻地抬挑起来了。

六

啊啊,死的胜利吓!我当时若志气坚强一点,就早脱离了这烦恼悲苦的世界,此刻好坐在天神Beatrice的脚下拈花作微笑了。但是我那一跳,气力没有用足。我打开眼睛来看时,大地高天,稻田草地,依旧在火车的四周驰骋,车轮的辗声,依旧在我的耳朵里雷鸣,我的身体却坐在栏杆的上面,绝似病了的鹦鹉,被锁住在铁条上待毙的样子。我看看两旁的美景,觉得半点钟以前的称颂自然美的心境,怎么也回复不过来。我以泪眼与硤石的灵山相对,觉得硤西公园后石山上在太阳光下游玩的几个男女青年,都是挤我出世界外去的魔鬼。车到了临平,我再也不能细赏那荷花世界柳丝乡的风景。我只觉得青翠的临平山,将要变成我的埋骨之乡。先桥过了,民山门过了。灵秀的宝叔山,奇兀的北高峰,清泰门外贯流着的清浅的溪流,溪流上摇映着的萧疏的杨柳,野田中交叉的窄路,窄路上的行人,前朝的最大遗物,参差婉绕的城墙,都不能唤起我的兴致来。车到了杭州城站,我只同死刑囚上刑场似的下了月台。一出站内,在青天皎日的底下,看看我儿时所习见的红墙旅舍,酒馆茶楼,和年轻气锐的生长在都会中的妙年人士,我心里只是怦怦地乱跳,仰不起头来。这种幻灭的心理,若硬要把它写出来的时候,我只好用一个比喻。譬如当青春的年少,我遇着了一位绝世的佳人,她对我本是初恋,我对她也是第一次的破题儿。两人相携相挽，同睡同行，春花秋月地过了几十个良宵。后来我的金钱用尽，女人也另外有了心爱的人儿，她就学了樊素，同春去了。我只得和悲哀孤独、贫困恼羞结成伴侣。几年在各地流浪之余，我年纪也大了，身体也衰了，披了一身破褴的衣服，仍复回到当时我两人并肩携手的故地来。山川草木，星月云霓，仍不改其美观。我独坐湖滨，正在临流自吊的时候，忽在水面看见了那弃我而去的她的影像。她容貌同几年前一样的娇柔，衣服同几年前一样的华丽，项下挂着的一串珍珠，比从前更加添了一层光彩，额上戴着的一圈玛瑙，比曩时更红艳得多了。且更有难堪者，回头来一看，看见了一位文秀娴雅的美少年，站在她的背后，用了两手在那里摸弄她的腰背。

啊啊！这一种譬喻，值得什么？我当时一下车站，对杭州的天地感得的那一种羞惭懊丧，若以言语可以形容的时候，我当时的夏布衫袖，就不会被泪汗湿透了，因为说得出比喻得出的悲怀，还不是世上最伤心的事情呀。我慢慢俯了首，离开了刚下车的人群与争揽客人的车夫和旅馆的招待者，独行踽踽地进了一家旅馆，我的心里好像有千斤重的一块铅石坠在那里的样子。

开了一个单房间，洗了一个脸，茶房拿了一张纸来，要我写上姓名年岁籍贯职业。我对他呆呆地看了一忽，他好像是疑我不曾出过门，不懂这规矩的样子，所以又仔仔细细地解说了一遍。啊啊，我哪里是不懂规矩，我实在是没有写的勇气哟，我的无名的姓氏，我的故乡的籍贯，我的职业！啊啊！叫我写出什么来？

被他催迫不过，我就提起笔来写了一个假名，填上了"异乡人"的三字，在职业栏下写了一个"无"字。不知不觉我的眼泪竟噗嗒噗嗒地滴了两滴在那张纸上。茶房也看得奇怪,向纸上看了一看,又问我说:"先生府上是哪里,请你写上了吧,职业也要写的。"

我没有方法,就把"异乡人"三字圈了,写上"朝鲜"两字,在职业之下也圈了一圈,填了"浮浪"两字进去。茶房出去之后,我就关上了房门,倒在床上尽情地暗泣起来了。

七

伏在床上暗泣了一阵,半日来旅行的疲倦,征服了我的心身。在朦胧半觉的中间,我听见了几声咯咯的叩门声。糊糊涂涂地起来开了门,我看见祖母,不言不语地站在门外。天色好像晚了,房里只是灰黑的辨不清方向。但是奇怪得很,在这灰黑的空气里,祖母面上的表情,我却看得清清楚楚。这表情不是悲哀,当然也不是愉乐,只是一种压人的庄严的沉默。我们默默地对坐了几分钟,她才移动了她那皱纹很多的嘴说:"达!你太难了,你何以要这样的孤洁呢!你去看看那窗外吧!"

我向她指着的方向一望,只见窗下街上黑暗嘈杂的人丛里有两个大火把在那里燃烧,再仔细一看,火把中间坐着一位木偶,但是奇极怪极。这木偶的面貌,竟完全与我的一个朋友的面貌一样。依这情景看来,大约是赛会了,我回转头来正想和祖母说话,房内的电灯啪地响了一声,放起光来了,茶房站在我的床前,问我晚饭如何?我只呆呆地不答,因为祖母是今年二月里刚死的,我正在追想梦里的音容,哪里还有心思回茶房的话哩?

遣茶房走了，我洗了一个面，就默默地走出了旅馆。夕阳的残照，在路旁的层楼屋脊上还看得出来。店头的灯火，也星星地上了。日暮的空气，带着微凉，拂上面来。我在羊市街头走了几转，穿过车站的庭前，踏上清泰门前的草地上去。沉静的这杭州故郡，自我去国以来，也受了不少的文明的侵害，各处的旧迹，一天一天地被拆毁了。我走到清泰门前，就起了一种怀古之情，走上将拆而犹在的城楼上去。城外一带杨柳桑树上的鸣蝉，叫得可怜。它们的哀吟，一声声沁入了我的心脾，我如同海上的浮尸，把我的情感，全部付托了蝉声，尽做梦似的站在丛残的城堞上看那西北的浮云和暮天的激情，一种淡淡的悲哀，把我的全身溶化了。这时候若有几声古寺的钟声，当当地一下一下，或疾或徐地飞传过来，怕我就要不自觉地从城墙上跳入城濠，把我的灵魂和入在晚烟之中，去笼罩着这故都的城市。然而南屏不远，Curfew今晚上是不会鸣了。我独自一个冷清清地立了许久，看西天只剩了一线红云，把日暮的悲哀尝了个饱满，才慢慢地走下城来。这时候天已黑了，我下城来在路上的乱石上钩了几脚，心里倒起了一种莫名其妙的恐怖。我想想白天在火车上谋自杀的心思和此时的恐怖心一比，就不觉微笑了起来，啊啊，自负为灵长的两足动物哟，你的感情思想，原只是矛盾的连续呀！说什么理性？讲什么哲学？

走下了城，踏上清冷的长街，暮色已经弥漫在市上了。各家的稀淡的灯光，比数刻前增加了一倍势力。清泰门直街上的行人的影子，一个一个从散射在街上的电灯光里闪过，现出一种日暮的情调来。天气虽还不曾大热，然而有几家却早把小桌子摆在门前，露天地在那里吃晚饭了。我真成了一个孤独的异乡人，光了两眼，尽在这日暮的长街上行行前进。

我在杭州并非没有朋友，但是他们或当厅长，或任参谋，现在正是非常得意的时候；我若飘然去会，怕我自家的心里比他们见我之后憎嫌我的心思更要难受。我在沪上，半年来已经饱受了这种冷眼，到了现在，万一家里容我，便可回家永住，万一情状不佳，便拟自决的时候，我再也犯不着去讨这些没趣了。我一边默想，一边看看两旁的店家在电灯下围桌晚餐的景象，不知不觉两脚便走入了石牌楼的某中学所在的地方。啊啊，桑田沧海的杭州，旗营改变了，湖滨添了些邪恶的中西人的别墅，但是这一条街，只有这一条街，依旧清清冷冷，和十几年前我初到杭州考中学的时候一样。物质文明的幸福，些微也享受不着，现代经济组织的流毒，却受得很多的我，到了这条黑暗的街上，好像是已经回到了故乡的样子，心里忽感得了一种安泰，大约是兴致来了，我就踏进了一家巷口的小酒店里去买醉去。

八

在灰黑的电灯底下，面朝了街心，靠着一张粗黑的桌子，坐下喝了几杯高粱，我终觉得醉不成功。我的头脑，愈喝酒愈加明晰，对于我现在的境遇反而愈加自觉起来了。我放下酒杯，两手托着了头，呆呆地向灰暗的空中凝视了一会儿，忽而有一种沉郁的哀音夹在黑暗的空气里，渐渐地从远处传了过来。这哀音有使人一步一步在感情中沉没下去的魔力，真可以说是中国管弦乐所独具的神奇。过了几分钟，这哀音的发动者渐渐地走近我的身边，我才辨出了胡琴与碰击瓷器的谐音来。啊啊！你们原来是流浪的声乐家，在这半开化的杭州城里想来卖艺糊口的可怜虫！

他们两三人的瘦长的清影，和后面跟着看的几个小孩，在酒馆前头掠过了。那一种凄楚的谐音，也一步一步地幽咽了，听不见了。我心里忽起了一种绝大的渴念，想追上他们，去饱尝一回哀音的美味。付清了酒账，我就走出店来，在黑暗中追赶上去。但是他们的几个人，不知走上了什么方向，我拼死地追寻，终究寻他们不着。唉，这昙花的一现，难道是我的幻觉么？难道是上帝显示给我的未来的预言么？但是那悠扬沉郁的弦音和瓷盘碰击的声响，还缭绕在我的心中。我在行人稀少的黑暗的街上东奔西走地追寻了一会儿，没有方法，就只好从丰乐桥直街走到了湖边上去。

湖上没有月华，湖滨的几家茶楼旅馆，也只有几点清冷的电灯，在那里放淡薄的微光；宽阔的马路上，行人也寥落得很。我横过了湖塍马路，在湖边上立了许久。湖的三面，只有沉沉的山影，山腰山脚的别庄里，有几点微明的灯火，要静看才看得出来。几颗淡淡的星光，倒映在湖里，微风吹来，湖里起了几声豁豁的浪声。四边静极了。我把一支吸尽的纸烟头丢入湖里，啾的响了一声，纸烟的火就熄了。我被这一种静寂的空气压迫不过，就放大了喉咙，对湖心噢噢的发了一声长啸，我的胸中觉得舒畅了许多。沿湖向西走了一段，我忽在树荫下椅子上，发现了一对青年男女。他和她的态度太无忌惮了，我心里便忽而起了一种不快之感，把刚才长啸之后的畅怀消尽了。

啊啊！青年的男女哟！享受青春，原是你们的特权，也是我平时的主张。但是你们在不幸的孤独者前头，总应该谦逊一点，方能完全你们的爱情的美处。你们且牢牢记着吧！对了贫儿，切不要把你们的珍珠宝物给他看，因为贫儿看了，愈要觉得他自家的贫困的呀！

我从人家睡尽的街上，走回城站附近的旅馆里来的时候，已经是深夜了。解衣上床，躺了一会儿，终觉得睡不着。我就点上一支纸烟，一边吸着，一边在看帐顶。在沉闷的旅舍夜半的空气里，我忽而听见了一阵清脆的女人声音，和门外的茶房，在那里说话。

"来哉来哉！噢哟，等得诺（你）半业（日）嗒哉！"

这是轻佻的茶房的声音。

"是哪一位叫的？"

啊啊！这一定是土娼了！

"仰（念）三号里！"

"你同我去呵！"

"噢哟，根（今）朝诺（你）个（的）面孔真白嗒！"

茶房领了她从我门口走过，开入了间壁念三号的房里。

"好哉，好哉！活菩萨来哉！"

茶房领到之后，就关上门走下楼去了。

"请坐。"

"不要客气！先生府上是哪里？"

"阿拉（我）宁波。"

"是到杭州来耍子的么？"

"来宵（烧）香个。"

"一个人么？"

"阿拉邑个宁（人），京（今）教（朝）体（天）气轧业（热），查拉（为什么）勿赤膊？"

"啥话语！"

"诺（你）勿脱，阿拉要不（替）诺脱哉。"

"不要动手，不要动手！"

"回（还）朴（怕）倒霉索啦？"

"不要动手，不要动手，我自家来解吧。"

"阿拉要摸一摸！"

吃吃的窃笑声，床壁的震动声。

啊啊！本来是神经衰弱的我，即在极安静的地方，尚且有时睡不着觉，哪里还经得起这样淫荡的吵闹呢！北京的浙江大佬诸君呀，听说杭州有人倡设公娼的时候，你们曾经竭力地反对，你们难道还不晓得你们的子女姊妹在干这种营业，而在扰乱及贫苦的旅人么？盘踞在当道，只知敲剥百姓的浙江的长官呀！你们若只知聚敛，不知济贫，怕你们的妻妾，也要为快乐的原因，学她们的妙技了。唉唉！"邑有流亡愧俸钱"，你们曾听人说过这句诗否！

九

我睡在床上，被间壁的淫声挑拨得不能合眼，没有方法，只得起来上街去闲步。这时候大约是后半夜的一两点钟的样子，上海的夜车已到着，羊市街福缘巷的旅店，都已关门睡了。街上除了几乘散乱停住的人力车外，只有几个敝衣凶貌的罪恶的子孙在灰色的空气里阔步。我一边走一边想起了留学时代在异国的首都里每晚每晚的夜行,把当时的情状与现在在这中国的死灭的都会里这样的流离的状态一对照,觉得我的青春,我的希望,我的生活,都已成了过去的云烟,现在的我和将来的我只剩得极微极细的一些儿现实味,我觉得自家实际上已经成了一个幽灵了。我用手向身上摸了一摸,觉得指头触着了一种极粗的夏布材料,又向脸上用了力摘了一把,神经也感得了一种痛苦。

"还好还好,我还活在这里,我还不是幽灵,我还有知觉哩!"

这样地一想,我立时把一刻前的思想打消,恰好脚也正走到了拐角头的一家饭馆前了。在四邻已经睡寂的这深更夜半,只有这一家店同睡相不好的人的嘴似的空空洞洞地开在那里。我晚上不曾吃过什么,一见了这家店里的锅子炉灶,便也觉得饥饿起来,所以就马上踏了进去。

喝了半斤黄酒,吃了一碗面,到付钱的时候,我又痛悔起来了。我从上海出发的时候,本来只有五元钱的两张钞票。坐二等车已经是不该的了,况又在车上大吃了一场。此时除付过了酒面钱外,只剩得一元几角余钱,明天付过旅馆宿费,付过早饭账,付过从城站到江干的黄包车钱,哪里还有钱购买轮船票呢?我急得没有方法,就在静寂黑暗的街巷里乱跑了一阵,我的身体,不知不觉又被两脚搬到了西湖边上。湖上的静默的空气,比前半夜,更增加了一层神秘的严肃。游戏场也已经散了,马路上除了拐角头边上的没有看见车夫的几乘人力车外,生动的物事一个也没有。我走上了环湖马路,在一家往时也曾投宿过的大旅馆的窗下立了许久。看看四边没有人影,我心里忽然来了一种恶魔的诱惑。

"破窗进去吧,去摄取几个钱来吧!"

我用了心里的手，把那扇半掩的窗门轻轻地推开，把窗门外的铁杆，细心地拆去了二三枝，从墙上一踏，我就进了那间屋子。我的心眼，看见床前白帐子下摆着一双白花缎的女鞋，衣架上挂着一件纤巧的白华丝纱衫，和一条黑纱裙。我把洗面台的抽斗轻轻抽开，里边在一个小小儿的粉盒和一把白象牙骨折扇的旁边，横躺着一个沿口有光亮的钻珠绽着的女人用的口袋。我向床上看了几次，便把那口袋拿了，走到窗前，心里起了一种怜惜羞悔的心思，又走回去，把口袋放归原处。站了一忽，看看那狭长的女鞋，心里忽又起了一种异想，就伏倒去把一只鞋子拿在手里。我把这双女鞋闻了一回，玩了一回，最后又起了一种残忍的决心，索性把口袋鞋子一齐拿了，跳出窗来。我幻想到了这里，忽而回复了我的意识，面上就立时变得绯红，额上也钻出了许多汗珠。我眼睛眩晕了一阵，我就急急地跑回城站的旅馆来了。

十

　　奔回到旅馆里，打开了门，在床上静静地躺了一忽，我的兴奋，渐渐地镇静了下去。间壁的两位幸福者也好像各已倦了，只有几声短促的鼾声和时时从半睡状态里漏出来的一声两声的低幽的梦话，击动我的耳膜。我经了这一番心里的冒险，神经也已倦竭，不多一会儿，两只眼包皮就也沉沉地盖下来了。

　　一睡醒来，我没有下床，便放大了喉咙，高叫茶房，问他是什么时候。

　　"十点钟哉，鲜散（先生）！"

啊啊！我记得接到我祖母的病电的时候，心里还没有听见这一句回话时的恼乱！即乘早班轮船回去，我的经济，已难应付，哪里还更禁得在杭州再留半日的呢？况且下午两点钟开的轮船是快班，价钱比早班要贵一倍。我没有方法，把脚在床上蹬踢了一回，只得悻悻地起来洗面。用了许多愤激之辞，对茶房发了一回脾气，我就付了宿费，出了旅馆从羊市街慢慢地走出城来。这时候我所有的财产，除了一个瘦黄的身体之外，就是一件半旧的夏布长衫，一套白洋纱的小衫裤，一双线袜，两只半破的白皮鞋和八角小洋。

太阳已经升上了中天，光线直射在我的背上。大约是因为我的身体不好，走不上半里路，全身的黏汗竟流得比平时更多一倍。我看看街上的行人，和两旁的住屋中的男女，觉得他们都很满足地在那里享乐他们的生活，好像不晓得忧愁是何物的样子。背后忽而起了一阵铃响，来了一乘包车，车夫向我骂了几句，跑过去了，我只看见了一个坐在车上穿白纱长衫的少年绅士的背形，和车夫的在那里跑的两只光腿。我慢慢地走了一段，背后又起了一阵车夫的威胁声，我让开了路，回转头来一看，看见了三部人力车，载着三个很纯朴的女学生，两腿中间各夹着些白皮箱铺盖之类，在那里向我冲来。她们大约是放了暑假赶回家去的。我此时心里起了一种悲愤，把平时祝福善人的心地忘了，却用了憎恶的眼睛，狠狠地对那些威胁我的人力车夫看了几眼。啊啊，我外面的态度虽则如此凶恶，但一边我却在默默地原谅他们的呀！

"你们这些可怜的走兽，可怜你们平时也和我一样，不能和那些年轻的女性接触。这也难怪你们的，难怪你们这样地乱冲，这样地兴高采烈的。这几个女性的身体岂不是载在你们的车上的么？她们的白嫩的肉体上岂不是有一种电气会传到你们的身上来的么？虽则原因不同，动机卑微，但是你们的汗，岂不是为了这几个女性的肉体而流的么？啊啊，我若有气力，也愿跟了你们去典一乘车来，专拉这样的如花少女。我更愿意拼死地驰驱，消尽我的精力。我更愿意不受她们的金钱酬报。"

走出了凤山门，站住了脚，默默地回头来看了一眼，我的眼角又忽然涌出了两颗珠露来！

"珍重珍重，杭州的城市！我此番回家，若不马上出来，大约总要在故乡永住了，我们的再见，知在何日？万一情状不佳，故乡父老不容我在乡间终老，我也许到严子陵的钓石矶头，去寻我的归宿的，我这一瞥，或将成了你我的最后的诀别！我到此刻，才知道我胸际实在痛爱你的明媚的湖山，不过盘踞在你的地上的那些野心狼子，不得不使我怨你恨你而已。啊啊，珍重珍重，杭州的城市！我若在波中淹没的时候，最后映到我的心眼上来的，也许是我儿时亲睦的你的这媚秀的湖山吧！"

一九二三年七月

原载1923年7月23日至8月2日第2期《中华新报·创造日》

《第一辑 自述》

海上通信

晚秋的太阳，只留下一道金光，浮映在烟雾空濛的西方海角。本来是黄色的海面被这夕照一烘，更加红艳得可怜了。从船尾望去，远远只见一排陆地的平岸，参差隐约地在那里对我点头。这一条陆地岸线之上，排列着许多一二寸长的桅樯细影，绝似画中的远草，依依有惜别的余情。

海上起了微波，一层一层的细浪，受了残阳的返照，一时光辉起来。飒飒的凉意，逼入人的心脾。清淡的天空，好像是离人的泪眼，周围边上，只带着一道红圈。是薄寒浅冷的时候，是泣别伤离的日暮。扬子江头，数声风笛，我又上了这天涯漂泊的轮船。

以我的性情而论，在这样的时候，正好陶醉在惜别的悲伤里，满满地享受一场 Sentimental Sweetness。否则也应该自家制造一种可怜的情调，使我自家感到自家的风尘仆仆，一事无成。若上举两事都办不到的时候，至少也应该看看海上的落日，享受享受那伟大的自然的烟景。但是这三种情怀，我一种也酿造不成，呆呆地立在龌龊杂乱的海轮中层的舱口，我的心里，只充满了一种愤恨，觉得坐也不是，立也不是，硬要想拿一把快刀，杀死几个人，才肯甘休。这愤恨的原因是在什么地方呢？一是因为上船的时候，海关上的一个下流的外国人，定要把我的书箱打开来检查，检查之后，并且想把我所崇拜的列宁的一册著作拿去。二是因为新开河口的一家卖票房，收了我头等舱的船钱，骗我入了二等的舱位。

啊啊，掠夺欺骗，原是人的本性，若能达观，也不合有这一番气愤，但是我的度量却狭小得同耶稣教的上帝一样，若受着不平，总不能忍气吞声地过去。我的女人曾对我说过几次，说这是我的致命伤，但是无论如何，我总改不过这个恶习惯来。

轮船愈行愈远了，两岸的风景，一步一步地荒凉起来了，天色也垂暮了，我的怨愤，才渐渐地平了下去。

沫若呀，仿吾、成均呀，我老实对你们说，自从你们下船上岸之后，我一直到了现在，方想起你们三人的孤凄的影子来。啊啊，我们本来是反逆时代而生者，吃苦原是前生注定的。我此番北行，你们不要以为我是为寻快乐而去，我的前途风波正多得很呀！

天色暗了下来了，我想起了家中在楼头凝望着我的女人，我想起了乳母怀中，在那里伊吾学语的孩子，我更想起了几位比我们还更苦的朋友，啊啊，大海的波涛，你若能这样地把我吞咽了下去，倒好省却我的一番苦恼。我愿意化成一堆春雪，躺在五月的阳光里，我愿意代替了落花，陷入污泥深处去，我愿意背负了天下青年男女的肺痨恶疾，就在此处消灭了我的残生。

这些感伤的（Sentimental）咏叹，只能博得恶魔的一脸微笑，几个在资本家跟前俯伏的文人，或者将要拿了我这篇文字，去佐他们的淫乐的金樽，我不说了，我不再写了，我等那一点西方海上的红云消尽的时候,且上舱里去喝一杯白兰地吧,这是日本人所说的 Yakezake!

十月五日七时书

昨天晚上,因为多喝了一杯白兰地,并且因为前夜在F. E. 饭店里的一夜疲劳,还没有恢复,所以一到床上就睡着了。我梦见了一个十五六的少女和我同舱,我硬要求她和我亲嘴的时候,她回复我说:

> 你若要宝石,我可以给你 Rajahs diamond,
> 你若要王冠,我可以给你世上最大的国家,
> 但是这绯红的嘴唇,这未开的蔷薇花瓣,
> 我要保留着等世上最美的人来!

我用了武力,捉住了她,结果竟做了一个风月宝鉴里的迷梦,所以今天头昏得很,什么也想不出来。但是与海天相对,终觉得无聊,我把佐藤春夫的一篇小说《被剪的花儿》读了。

在日本现代的小说家中,我所最崇拜的是佐藤春夫。他的小说,周作人君也曾译过几篇,但那几篇并不是他的最大的杰作。他的作品中的第一篇当然要推他的出世作《病了的蔷薇》,即《田园的忧郁》了。其他如《指纹》《李太白》等,都是优美无比的作品。最近发表的小说集《太孤寂了》,我还不曾读过,依我看来,这一篇《被剪的花儿》也可说是他近来的最大的收

获。书中描写主人公失恋的地方真是无微不至,我每想学到他的地步,但是终于画虎不成。他在日本现代的作家中,并不十分流行,但是读者中间的一小部分,却是对他抱着十二分的好意的。有一次何畏对我说:

达夫!你在中国的地位,同佐藤在日本的地位一样。但是日本人能了解佐藤的清洁高傲,中国人却不能了解你,所以你想以作家立身是办不到的。

惭愧惭愧!我何敢望佐藤春夫的肩背!但是在目下的中国,想以作家立身,非但干枯的我没有希望,即使 Victor Hugo, Charles Dickens, Gerhart Hauptmann 等来,也是无望的。

沫若!仿吾!我们都是笨人,我们弃康庄的大道不走,偏偏要寻到这一条荆棘丛生的死路上来。我们即使在半路上气绝身死,也同野狗的毙于道旁一样,却是我们自家寻得的苦恼,谁也不能来和我们表同情,谁也不能来收拾我们的遗骨的。呵呵!又成了牢骚了,"这是中国文人最丑的恶习,非绝灭它不可的地方",我且收住不说了吧!

单调的海和天,单调的船和我,今日使我的精神萎缩得不堪。十二时中,足破这单调的现象,只有晚来海中的落日之景,我且搁住了笔,去看 The glorious sun-setting 吧!

十月六日　日暮的时候

这一次的航海，真奇怪得很，一点儿风浪也没有，现在船已到了烟台了。烟台港同长崎门司那些港埠一些儿也没有分别，可惜我没有金钱和时间的余裕，否则上岸去住他一二星期，享受一番异乡的 exotic 情调，倒也很有趣味。烟台的结晶真是东首临海的烟台山。在这座山上，有领事馆，有灯台，有别庄，正同长崎市外的那所检疫所的地点一样。沫若，你不是在去年的夏天有一首在检疫所作的诗么？我现在坐在船上，遥遥地望着这烟台的一带山市，也起了拿破仑在媛来娜岛上之感，啊啊，漂流人所见大抵略同——我们不是英雄，我们且说漂流人吧！

山东是产苦力的地方，烟台是苦力的出口处。船一停锚，抢上来的凶猛的搭客和售物的强人，真把我骇死，我足足在舱里躲了三个钟头，不敢出来。

到了日暮，船将起锚的时候，那些售物者方散退回去，我也出了舱，上船舷上来看落日。在海船里，除非有衣摆奈此的小说《默示录的四骑士》中所描写的那种同船者的恋爱事体外，另外实没有一件可以慰寂寥的事情，所以我这一次的通信里所写的也只是落日，Sun Setting，Abend Roethe，etc.，etc.。请你们不要笑我的重复！

我刚才说过，烟台港和长崎门司一样，是一条狭长的港市，环市的三面，都是浅淡的连山。东面是烟台山，一直西去，当太阳落下去的那一支山脉，不知道是什么名字？但是我想这一支山若要命名，要比"夕阳""落照"等更好的名字，怕没有了。

一带连山，本来有近远深浅的痕迹可以看得出来的，现在当这落照的中间，都只成了淡紫。市上的炊烟，也濛濛地起了，便使我想起故乡城市的日暮的景色来，因为我的故乡，也是依山带水，与这烟台市不相上下的。

　　日光没了，天上的红云也淡了下去。一阵凉风吹来，使人起一种莫名其妙的哀感。我站在船舷上，看看烟台市中一点两点渐渐增加起来的灯火，看看甲板上几个落了伍急急忙忙赶回家去的卖物的土人，忽而索落索落地滴下了两粒眼泪来。我记得我女人有一次说，小孩子到了日暮，总要哭着寻他的娘抱，因为怕晚上没有睡觉的地方。这时候我的心里，大约也被这一种 Nostalgia 笼罩住了吧，否则何以会这样的落寞！这样的伤感！这样的悲愁无着处呢！

　　这船今晚上是要离开烟台上天津去的，以后是在渤海里行路了。明天晚上可到天津。我这通信，打算一上天津就去投邮。愿你与婀娜和小孩全好，仿吾也好，成均也好，愿你们的精神能够振刷；啊啊，这样在勉励你们的我自家，精神正颓丧得很呀！我还要说什么？我还有说话的资格么？

十月七日晚八时　烟台舱中

　　不知在什么时候，我记得你曾说过，沫若，你说："我们的拿起笔来要写，大约是已经成了习惯了，无论如何，我此后总不能绝对地废除笔墨的。"这一种冯妇之习，不但是你免不了，怕我也一样的吧。现在精神定了一定，我又想写了。

　　昨天船离了烟台，即起大风，船中的一班苦力，个个头上都淋成五色。这是什么理由呢？因为他们都是连绵席地而卧，所以你枕我的头,我枕你的脚。一人吐了,二人就吐,三人四人,传染过去。铤而走险,急不能择,他们要吐的时候就不问是人头人足,如长江大河地直泻下来。起初吐的是杂物,后来吐黄水,最后就赤化了。我在这一个大吐场里,心里虽则难受,但却没有效他们的颦,大约是曾经沧海的结果,也许是我已经把心肝呕尽,没有吐的材料了。

今天的落日,是在七十二沽的芦草上看的。几堆泥屋,一滩野草,野草里的鸡犬,泥屋前的穿红布衣服的女孩,便是今日的落照里的风景。

船靠岸的时候,已经是夜半了。二哥哥在埠头等我。半年不见,在青白的瓦斯光里他说我又瘦了许多。非关病酒,不是悲秋,我的瘦,却是杜甫之瘦,儒冠之害呀!

从清冷的长街上,在灰暗凉冷的空气里,把身体搬上这家旅店里之后,哥哥才把新总统明晚晋京的话,告诉我听。好一个魏武之子孙,几年来的大愿总算成就了,但是,但是只可怜了我们小百姓,有苦说不出来。听说上海又将打电报,抬菩萨,祭旗拜斗地大耍猴子戏。我希望那些有主张的大人先生,要干快干,不要虚张声势地说:"来来来!干干干!"因为调子唱得高的时候,胡琴有脱板的危险。中国的没有真正革命起来的原因,大约是受的"发明电报者"之害哟!

几天不看报,倒觉得清净得很。明天一到北京,怕又不得不目睹那些中国特有的承平气象,我生在这样的一个太平时节,心里实在是怕看这些黄帝之子孙的文明制度了。

夜也深了,老车站的火车轮声,也渐渐地听不见了,这一间奇形怪状的旅舍里,也只充满了鼾声。窗外没月亮,冷空气一阵一阵地来包围我赤裸裸的双脚。我虽则到了天津,心里依然是犹豫不定:

"究竟还是上北京去做流氓去呢?还是到故乡家里去做隐士?"

名义上自然是隐士好听,实际上终究是漂流有趣。等我来问一个诸葛神卦,再决定此后的行止吧!

敕敕敕,弟子郁……

……

……

十月八日夜三时,书于天津的旅馆内

原载1923年10月20日第24期《创造周报》

《第一辑 自述

一个人在途上

在东车站的长廊下和女人分开以后，自家又剩了孤零丁的一个。频年漂泊惯的两口儿，这一回的离散，倒也算不得什么特别。可是端午节那天，龙儿刚死，到这时候北京城里虽已起了秋风，但是计算起来，去儿子的死期，究竟还只有一百来天。在车座里，稍稍把意识恢复转来的时候，自家就想起了卢梭晚年的作品《孤独散步者的梦想》头上的几句话：

> 自家除了己身以外，已经没有弟兄，没有邻人，没有朋友，没有社会了，自家在这世上，像这样的，已经成了一个孤独者了……

然而当年的卢梭还有弃养在孤儿院内的五个儿子，而我自己哩，连一个抚育到五岁的儿子都还抓不住！

离家的远别，本来也只为想养活妻儿。去年在某大学的被逐，是万料不到的事情。其后兵乱迭起，交通阻绝，当寒冬的十月，会病倒在沪上，也是谁也料想不到的。今年二月，好容易到得南方，静息了一年之半，谁知这刚养得出趣的龙儿，又会遭此凶疾呢？

龙儿的病报，本是在广州得着，匆促北航，到了上海，接连接了几个北京来的电报。换船到天津，已经是旧历的五月初十。到家之夜，一见了门上的白纸条儿，心里已经是跳得忙乱，从苍茫的暮色里赶到哥哥家中，见了衰病的她，因为在大众之前，勉强将感情压住。草草吃了夜饭，上床就寝，把电灯一灭，两人只有紧抱的痛哭，痛哭，痛哭，只是痛哭，气也换不过来，更哪里有说一句话的余裕？

受苦的时间，的确脱煞过去得太悠徐，今年的夏季，只是悲叹的连续。晚上上床，两口儿，哪敢提一句话？可怜这两个迷散的灵心，在电灯灭黑的黝暗里，所摸走的荒路，每凑集在一条线上，这路的交叉点里，只有一块小小的墓碑，墓碑上只有"龙儿之墓"的四个红字。

妻儿因为在浙江老家内不能和母亲同住，不得已而搬往北京当时我在寄食的哥哥家去，是去年的四月中旬。那时候龙儿正长得肥满可爱，一举一动，处处教人欢喜。到了五月初，从某地回京，觉得哥哥家太狭小，就在什刹海的北岸，租定了一间渺小的住宅。夫妻两个，日日和龙儿伴乐，闲时也常在北海的荷花深处，及门前的杨柳荫中带龙儿去走走。这一年的暑假，总算过得最快乐，最闲适。

秋风吹叶落的时候，别了龙儿和女人，再上某地大学去为朋友帮忙，当时他们俩还往西车站去送我来哩！这是去年秋晚的事情，想起来还同昨日的情形一样。

过了一月，某地的学校里发生事情，又回京了一次，在什刹海小住了两星期，本来打算不再出京了，然碍于朋友的面子，又不得不于一天寒风刺骨的黄昏，上西车站去乘车。这时候因为怕龙儿要哭，自己和女人，吃过晚饭，便只说要往哥哥家里去，只许他送我们到门口。记得那一天晚上他一个人和老妈子立在门口，等我们俩去了好远，还"爸爸！爸爸！"的叫了几声。啊啊，这几声的呼唤，是我在这世上听到的他叫我的最后的声音！

出京之后，到某地住了一宵，就匆促逃往上海。接续便染了病，遇了强盗辈的争夺政权，其后赴南方暂住，一直到今年的五月，才返北京。

想起来，龙儿实在是一个填债的儿子，是当乱离困厄的这几年中间，特来安慰我和他娘的愁闷的使者！

自从他在安庆生落地以来，我自己没有一天脱离过苦闷，没有一处安住到五个月以上。我的女人，也和我分担着十字架的重负，只是东西南北的奔波漂泊。然当日夜难安，悲苦得不了的时候，只教他的笑脸一开，女人和我，就可以把一切穷愁，丢在脑后。而今年五月初十待我赶到北京的时候，他的尸体，早已在妙光阁的广谊园地下躺着了。

他的病，说是脑膜炎。自从得病之日起，一直到旧历端午节的午时绝命的时候止，中间经过有一个多月的光景。平时被我们宠坏了的他，听说此番病里，却乖顺得非常。叫他吃药，他就大口地吃，叫他用冰枕，他就很柔顺地躺上。病后还能说话的时候，只问他的娘："爸爸几时回来？""爸爸在上海为我定做的小皮鞋，已经做好了没有？"我的女人，于惑乱之余，每幽幽地问他:"龙!你晓得你这一场病,会不会死的?"他老是很不愿意地回答说:"哪儿会死的哩?"据女人含泪地告诉我说,他的谈吐,绝不似一个五岁的小儿。

未病之前一个月的时候,有一天午后他在门口玩耍,看见西面来了一乘马车,马车里坐着一个戴灰白帽子的青年。他远远看见,就急忙丢下了伴侣,跑进屋里叫他娘出来,说:"爸爸回来了,爸爸回来了!"因为我去年离京时所戴的,是一样的一顶白灰呢帽。他娘跟他出来到门前,马车已经过去了,他就死劲地拉住了他娘,哭喊着说:"爸爸怎么不家来吓?爸爸怎么不家来吓?"他娘说慰了半天,他还尽是哭着,这也是他娘含泪和我说的。现在回想起来,自己实在不该抛弃了他们,一个人在外面流荡,致使那小小的灵心,常有望远思亲之痛。

去年六月,搬往什刹海之后,有一次我们在堤上散步,因为他看见了人家的汽车,硬是哭着要坐,被我痛打了一顿。又有一次,也是因为要穿洋服,受了我的毒打。这实在只能怪我做父亲的没有能力,不能做洋服给他穿,雇汽车给他坐。早知他要这样的早死,我就是典当强劫,也应该去弄一点钱来,满足他的无邪的欲望,到现在追想起来,实在觉得对他不起,实在是我太无容人之量了。

我女人说,濒死的前五天,在病院里,叫了几夜的爸爸!她问他:"叫爸爸干什么?"他又不响了,停一会儿,就又再叫起来。到了旧历五月初三日,他已入了昏迷状态,医师替他抽骨髓,他只会直叫一声:"干吗?"喉头的气管,咯咯在抽咽,眼睛只往上吊送,口头流些白沫,然而一口气总不肯断。他娘哭叫几声"龙！龙！"他的眼角上，就迸流些眼泪出来，后来他娘看他苦得难过，倒对他说：

"龙，你若是没有命的，就好好地去吧！你是不是想等爸爸回来？就是你爸爸回来，也不过是这样的替你医治罢了。龙！你有什么不了的心愿呢？龙！与其这样的抽咽受苦，你还不如快快地去吧！"

他听了这段话，眼角上的眼泪，更是涌流得厉害。到了旧历端午节的午时，他竟等不着我的回来，终于断气了。

丧葬之后，女人搬往哥哥家里，暂住了几天。我于五月十日晚上，下车赶到什刹海的寓宅，打门打了半天，没有应声。后来抬头一看，才见了一张告示邮差送信的白纸条。

自从龙儿生病以后连日连夜看护久已倦了的她，又哪里经得起最后的这一个打击？自己当到京之夜，见了她的衰容，见了她的眼泪，又哪里能够不痛哭呢？

在哥哥家里小住了两三天，我因为想追求龙儿生前的遗迹，一定要女人和我仍复搬回什刹海的住宅去住他一两个月。

搬回去那天，一进上屋的门，就见了一张被他玩破的今年正月里的花灯。听说这张花灯，是南城大姨妈送他的，因为他自家烧破了一个窟窿，他还哭过好几次来的。

其次，便是上房里砖上的几堆烧纸钱的痕迹！系当他下殓时烧的。

院子有一架葡萄，两棵枣树，去年采取葡萄枣子的时候，他站在树下，兜起了大褂，仰头在看树上的我。我摘取一颗，丢入了他的大褂兜里，他的哄笑声，要继续到三五分钟。今年这两棵枣树，结满了青青的枣子，风起的半夜里，老有熟极的枣子辞枝自落。女人和我，睡在床上，有时候且哭且谈，总要到更深人静，方能入睡。在这样的幽幽的谈话中间，最怕听的，就是这滴答的坠枣之声。

到京的第二日，和女人去看他的坟墓。先在一家南纸铺里买了许多冥府的钞票，预备去烧送给他。直到到了妙光阁的广谊园茔地门前，她方从呜咽里清醒过来，说："这是钞票，他一个小孩如何用得呢？"就又回车转来，到琉璃厂去买了些有孔的纸钱。她在坟前哭了一阵，把纸钱钞票烧化的时候，却叫着说：

"龙！这一堆是钞票，你收在那里，待长大了的时候再用。要买什么，你先拿这一堆钱去用吧！"

这一天在他的坟上坐着，我们直到午后七点，太阳平西的时候，才回家来。临走的时候，他娘还哭叫着说：

"龙！龙！你一个人在这里不怕冷静的么？龙！龙！人家若来欺你，你晚上来告诉娘吧！你怎么不想回来了呢？你怎么梦也不来托一个呢？"

箱子里，还有许多散放着的他的小衣服。今年北京的天气，到七月中旬，已经是很冷了。当微凉的早晚，我们俩都想换上几件夹衣，然而因为怕见他旧时的夹衣袍袜，我们俩却尽是一天一天地挨着，谁也不说出口来，说"要换上件夹衫"。

有一次和女人在那里睡午觉，她骤然从床上坐了起来，鞋也不拖，光着袜子，跑上了上房起居室里，并且更掀帘跑上外面院子里去。我也莫名其妙跟着她跑到外面的时候，只见她在那里四面找寻什么。找寻不着，呆立了一会儿，她忽然放声哭了起来，并且抱住了我急急地追问说:"你听不听见?你听不听见?"哭完之后,她才告诉我说,在半醒半睡的中间,她听见"娘!娘!"的叫了两声,的确是龙的声音,她很坚定地说:"的确是龙回来了。"

北京的朋友亲戚,为安慰我们起见,今年夏天常请我们俩去吃饭听戏,她老不愿意和我同去,因为去年的六月,我们无论上哪里去玩,龙儿是常和我们在一处的。

今年的一个暑假,就是这样的,在悲叹和幻梦的中间消逝了。

这一回南方来催我就道的信,过于匆促,出发之前,我觉得还有一件大事情没有做了。

中秋节前新搬了家,为修理房屋,部署杂事,就忙了一个星期。出发之前,又因了种种琐事,不能抽出空来,再上龙儿的墓地去探望一回。女人上东车站来送我上车的时候,我心里尽是酸一阵痛一阵地在回念这一件恨事。有好几次想和她说出来,教她于两三日后再往妙光阁去探望一趟,但见了她的憔悴尽的颜色,和苦忍住的凄楚,又终于一句话也没有讲成。

现在去北京远了,去龙儿更远了,自家只一个人,只是孤零丁的一个人。在这里继续此生中大约是完不了的漂泊。

一九二六年十月五日,在上海旅馆内

原载1926年7月1日第1卷第5期《创造月刊》(此期延期出版)

村居日记

（1927年1月1日至31日）

一九二七年一月一日，在上海郊外，艺术大学楼上客居。

自一九二六年十一月三日起，到十二月十四日止，在广州闲居，日常琐事，尽记入《劳生日记》《病闲日记》二卷中。去年十二月十五，自广州上船，赶回上海，作整理创造社出版部及编辑月刊《洪水》之理事。开船在十七日，中途阻风，船行三日，始过汕头。第四天中午，到福建之马尾，为十二月廿一日。翌日上船去马尾看船坞，参谒罗星塔畔之马水忠烈王庙，求签得第二十七签；文曰："国泰民安，风调雨顺，山明水秀，海晏河清。"是日为冬至节，庙中管长，正在开筵祝贺，见了这签诗，很向我称道福利。翌日船仍无开行消息，就和同船者二人，上福州去。福州去马尾马江，尚有中国里六十里地。先去马江，换乘小火轮去南台，费时约三小时。南台去城门十里，为闽江出口处，帆樯密集，商务殷繁，比福州城内更繁华美丽。十二点左右，在酒楼食蚝，饮福建自制黄酒，痛快之至。一路北行，天气日日晴朗，激刺游兴。革命军初到福州，一切印象，亦活泼令人生爱。我们步行入城,先去督军署看了何应钦的威仪,然后上粤山去瞭望全城的烟火。北望望海楼,西看寺楼钟塔,大有河山依旧,人事全非之感。午后三时,在日斜的大道上,奔回南台,已不及赶小火轮了,只好雇小艇一艘,逆风前进,日暮途穷,小艇濒于危急者四五次,终于夜间八点钟到船上,饮酒压惊。第二天船启行,又因风大煤尽,在海上行了二个整天,直至自福州开行后的第四日,始到上海,已经是一年将尽的十二月二十七了。

到上海后,又因为检查同船来的自福建运回之缴械军队,在码头远处,直立了五小时。风大天寒,又没有饮食品疗饥。真把我苦死了。那一天午后到创造社出版部,在出版部里住了一宵。

第二天廿八,去各处访朋友,在周勤豪家里打了一夜麻雀牌。廿九日午后,始迁到这市外的上海艺术大学里来。三十日去各旧书铺买了些书,昨天晚上又和田寿昌、蒋光赤去俄国领事馆看"伊尔玛童感"的跳舞,到一点多钟才回来宿。

这艺术大学的宿舍,在江湾路虹口公园的后边,四面都是乡农的田舍。往西望去,看得见一排枯树,几簇荒坟,和数间红屋顶的洋房。太阳日日来临,窗外的草地也一天一天地带起生意来了,冬至一阳生也。

昨晚在俄国领事馆看"伊尔玛童感"的新式跳舞,总算是实际上和赤俄艺术相接触的头一次。伊尔玛所领的一队舞女,都是俄国墨斯哥国立跳舞学校的女学生,舞蹈的形式,都带革命的意义,处处是"力"的表现。以后若能常和这一种艺人接近,我相信自家的作风,也会变过。

今天是一九二七年的元日,我很想于今日起,努力于新的创造,再来作一次《创世记》里的耶和华的工作。

中午上出版部去,谈整理部务事,明日当可具体地决定。几日来因为放纵太过,头脑老是昏迷,以后当保养一点身体。

革命军入浙,孙传芳的残部和国民革命军第二十九军在富阳对峙。老母在富阳,信息不通,真不知如何是好。

今日风和日暖,午后从创造社回来独坐在家里,很觉得无聊,就出去找到了华林,和他同去江南大旅社看了一位朋友。顺便就去宁波饭馆吃晚饭,更在大马路买了许多物件,两人一同走回家来。烧煮龙井茶饮后,更烤了一块桂花年糕分食。谈到八点钟,华林去了,我读 William H. Davies 的 *The Autobiography of a Supertramp* 及其他的杂书。心总是定不下来,啊啊,这不安定的生活!

十点左右,提琴家的谭君来闲谈,一直谈到十二点钟才就寝。

一月二日,晴,日曜,旧历十一月廿九日。

早晨八点钟就醒了,想来想去,倍觉得自己的生涯,太无价值。

此地因为没有水,所以一起来就不能洗脸。含了烟卷上露台去看朝日,觉得这江南的冬景,实在可爱。东面一条大道,直通到吴淞炮台,屋旁的两条淞沪路轨,反映着潮红的初日,在那里祝贺我的新年,祝贺我的新生活。四周望去,尽是淡色的枯树林,和红白的住宅屋顶。小鸟的鸣声,因为量不宏多,很静寂,很萧瑟。

有早行的汽车,就在南面的江湾路上跑过,这些都是附近的乡村别墅里的阔人的夜来淫乐的归车,我在此刻,并不起嫉妒他们、咒诅他们的心思。

前几日上海的小报上，载了许多关于我的消息行动，无非是笑我无力攫取高官，有心甘居下贱的趣语，啊啊，我真老大了吗？我真没有振作的希望了吗？伤心哉，这不生不死的生涯！

十时左右上出版部去，略查了一回账，又把社内的一个小刊物的问题解决了。

午后去四马路剃发，见了徐志摩夫妇，谈浙杭战事，都觉伤心。

在马路上走了一回。理发后就去洗澡。温泉浴室真系资本家压榨穷人血肉的地方，共产政府成立的时候，就应该没收为国有。

晚上在老东明饮酒吃夜饭，醉后返寓，看《莲子居词话》，十二时睡觉。

三日，星期一，旧历十一月三十日，晴朗。

晨五时就醒了，四顾萧条，对壁间堆叠着的旧书，心里起了一种毒念。譬如一个很美的美人，当我有作有为的少日，她受了我的爱眷，使我得着了许多美满的饱富的欢情，然而春花秋月，等闲度了，到得一天早晨，两人于夜前的耽溺中醒来，嗒焉相对，四目空觑，当然说不出心里还是感谢，还是怀怨。啊啊，诗书误了我半生荣达！

起火烧茶，对窗外的朝日，着实存了些感叹的心思。写了三数页文章，题名未定，打算在第六期的月刊上发表。十时左右，去出版部，议昨天未了的事情。总算结了一结过去的总纠葛，此后是出版部重兴的时机了。

《洪水》第二十五期的稿子，打算于后天交出，明日当在家中伏处一天。

在出版部吃中饭，饭后出去看蒋光赤、徐葆炎兄妹，及其他的友人，都没有遇见，买了一本记 Wagner 的小说名 *Barrikader*，是德国 Zdenko von Kraft 做的，千九百二十年出版。看了数页，觉得作者的想象力很丰富，然而每章书上，总引有 Wagner 的自传一节，证明作者叙述的出处，我觉得很不好，容易使读者感到 disillusion 的现实。四点钟左右，坐公共汽车回家，路上遇见了周勤豪夫妇。周夫人是我所喜欢的一个女性，她教我去饮酒，我就同她去了，直喝到晚上的十点钟才回家睡觉。

四日，星期二，阴历十二月初一，晴爽。

早起看报，晓得富阳已经开火了，老母及家中亲戚，正不知逃在何处，心里真不快活。

早膳后读《莲子居词话》后两卷，总算读完了。感不出好处来，只觉得讨论韵律，时有可取的地方而已。有几首词，却很好，如海盐彭仲谋《茗斋诗余》内的《霜天晓角》（《卖花》用竹山《摘花》韵）：

睡起煎茶，听低声卖花。留住卖花人问，红杏下，是谁家？

儿家花肯赊，却怜花瘦些。花瘦关卿何事，且插朵，玉搔斜。

《寻芳草》(和稼轩韵):

这里一双泪,却愁湿,那厢儿被。被窝中,忘却今夜里,上床时,不曾睡。

睡也没心情,搅恼杀。雪狸撺戏。怎月儿,不会人儿意。单照见,阑干字。

无锡王宛先(一元)《芙蓉舫集》中之《醉春风》:

记得送郎时,春浓如许,满眼东风正飞絮。香车欲上,揾着啼痕软语。归期何日也,休教误。

忽听疏砧,又惊秋暮。冷落黄花澹无绪。半帘残月,和着愁儿同住。相思都尽了,休重铸。

《绮罗香》(用梅溪词韵《将别西湖》):

对月魂销,寻花梦短,此地恰逢春暮。绝胜湖山,能得几回留住。吊苏小,红粉西陵,咏江令,绿波南浦。看纷纷,油壁青骢,六桥总是断肠路。

重来楼上凝眺,指点斜阳外,扁舟归渡。过雨垂杨,换尽旧时媚妩。牵愁绪,双燕来时,萦别恨,一莺啼处,为情痴,欲去还留,对空樽自语。

十时顷,剧作家徐葆炎君来,与谈至午后一点,出访华林,约他同到市上去闲步。天气晴暖,外面亦没有风,走过北四川路伊文思书铺,买了几本好书。

Austin Dobson：*Samuel Richardson*

J. H. E. Crees：*George Meredith*

Trotzky：*Literature and Revolution*

用了二十元钱。又到酒馆去喝酒,醉后上徐君寓,见了他的妹妹,真是一个极忠厚的好女子,见了她我不觉对欺负她的某氏怨愤起来,啊啊,毕竟某氏是一个聪明的才子。晚上在周勤豪家吃饭,太觉放肆了,真有点对周太太不起。吃完了晚饭,和华林及徐氏兄妹出来,在霞飞路一家小咖啡馆,吃了两杯咖啡,到家已经十一点钟了。

五日,星期三,十二月初二,晴。

午前醒来又是很早,起火煮茶后,就开始看《洪水》第二十五期稿子,于午前看毕,只剩我的《广州事情》及《编辑后》五千字未做了。一二日内,非做成交出不可。交稿子后,就去各地闲走,在五芳斋吃中饭。饭后返寓,正想动手做文章,来了许多朋友,和他们杂谈了半天,便与周勤豪夫妇去伊家夜膳,膳后去看 Gogol 的 *Tallas Bulba* 电影。十一时余,从电影馆出来,夜雾很大,醉尚未醒,坐洋车归。在床上看日人小说一篇,入睡时为午前一点。

六日，星期四，初三日，晴。

午前雾大，至十二时后，始见日光。看葛西善藏小说二短篇，仍复是好作品，感佩得了不得。昨天午后从街上古物商处买来旧杂志十册，中有小说二三十篇。我以为葛西的小说终是这二三十篇中的上乘作品。

有人来访，谈创造社出版部内部整理事宜，心里很不快乐，总之中国的现代青年，根底都太浅薄，终究是不能信任，不能用的。

吃饭后去创造社出版部，又开了一次会，决定一切整理事情自明朝起实行。从创造社出来，走了许多无头路，终于找到了四马路的浴室，去洗了一个澡，心身觉得轻快了一点。洗澡后，又上各处去找逃难的人民，打算找着母亲和二哥来，和他们抱头痛哭一场，然而终于找不到。自十六铺跳上电车的时候，天色已阴森森地向晚了。在法大马路一家酒馆里喝得微醉，回家来就上床入睡，今天觉得疲倦得很。

七日，星期五，阴，十二月初四。

早晨醒来，觉得头脑还清爽，拿起笔来就写《广州事情》，写了四千多字，总算把《洪水》二十五期的稿子写了了。一直到午后一点多钟，才拿了稿子上创造社出版部去。和同人开会议新建设的事情。到三点钟才毕。回家来的路上，买了三瓶啤酒，夜膳前喝完了两瓶。读了两三篇日文小说，晚上又出去上旧书铺闲看，买了两三本小说。一本是 Beresford 的 *Revolution*，想看看英国这一位新晋作家的态度看。

晚上看来看去，读了许多杂书，想写小说，终觉得倦了。明朝并且要搬回创造社出版部去住，所以只能不做通宵的夜工，到十二点钟就睡了。

八日，星期六，初五，雨大风急。

晨七时即醒，听窗外雨滴声，倍觉得凄楚。半生事业，空如轻气，至今垂老无家，栖托在友人处，起居饮食，又多感不便，啊，我的荃君，我的儿女，我的老母！

本欲于今日搬至创造社出版部住，因天雨不果。午前读日人小说一篇，赴程君演生招宴，今晚当开始编《创造》第六期。

想去富阳，一探母亲消息，因火车路不通，终不能行。写信去问人，当然没有回信。战争诚天地间最大的罪恶，今后当一意宣传和平，救我民族。

汉口英人，又欺我们的同胞，听说党军已经把英租界占领了，不知将来如何结果，大约总还有后文。

在陶乐春和程君等聚餐后，已近四点钟了，到邓仲纯的旅馆去坐了一个多钟头。这时候天已放晴，地上的湿气，也已经收敛起来，不过不能见太阳光而已。

和华林在浴堂洗了澡，又上法界去看徐葆炎兄妹。他们的杂志《火山月刊》停刊，意思要我收并他们到《创造》《洪水》中来，我马上答应了他们。

回来的时候，已经是十一点钟，在炉边和谭君兄妹谈了一会儿杂天，听窗外的风声很大，十二点就寝。

九日，日曜，初六，阴晴，西北风，凉冷。

早晨起来，就写小说，一直写到午后二点多钟，才到创造社出版部去。看信件后，仍复出来走了一趟。天色阴沉，心里很不快活。

三点半钟回到寓舍，正想继续做小说，田汉来了。坐谈了半点多钟，他硬要和我出去玩。

先和他上一位俄国人家里去，遇见了许多俄国的小姐太太们。谈尽三四个钟头，就在他们家里吃俄国菜。七点左右，叫了一乘汽车，请他们夫妇二人去看戏。十点前戏散，又和那两位俄国夫妇上大罗天去吃点心和酒。到十一点钟才坐汽车返寓。这一位俄国太太很好，可惜言语不通。

十日，月曜，初七，晴爽。

早晨起来，觉得天气太好，很想出去散步。但那篇小说还没有做完，第六期《创造》月刊也没有编好，所以硬是坐下来写，写到午后二点多钟，竟把那篇小说写完了，名《过去》，一共有万二千字。

出去约华林上创造社出版部去。看了许多信札，又看了我女人的来书，伤心极了。她责备我没有信给她，她说在雪里去前门寄皮袍子来给我，她又说要我买些东西送归北京去。我打算于《创造》六期编完后，再复她的信。

在酒馆和华林喝了许多酒，即上法界一位朋友那里去坐。他说上海法科大学要请我去教德文，月薪共四十八元，每一礼拜六小时，我也就答应了。

七点前后，在一家清真馆子里吃完晚饭，便上恩派亚戏园去看电影。是一个历史影片，主演者为 John Barrymore，情节还好，导演也好，可惜片子太旧了。明天若月刊编得好，当于午后三点钟去 Carlton 看 *Merry Widow* 去。

今天的一天，总算成绩不坏，以后每天总要写它三千字才行。月刊编好后，就要做《迷羊》了。这一篇小说，我本来不想把它做成，但已经写好了六千多字在这里，做成来也不大费事。并且由今天的经验看来，我的创作力还并不衰，勉强地要写，也还能够写得出来，且趁这未死前的两三年，拼它一拼命，多做些东西吧！

未成的小说，在这几月内要做成的，有三篇：一、《蜃楼》；二、《她是一个弱女子》；三、《春潮》。此外还有广东的一年生活，也尽够十万字写，题名可作《清明前后》，明清之际的一篇历史小说，也必须于今年写成才好。

为维持生活计，今年又必须翻译一点东西。现在且把可翻译或必翻译的书名开在下面：

一、杜葛纳夫小说 *Rudin*，*Rauchen*，*Frühlings Wogen*。

二、Lermontov 的 *Ein Held unserer Zeit*。

三、Sundermann 的 *Die Stille Mühle*。

四、Dante 的 *Das neue Leben*。

此外还有底下的几种计划：

一、做一本文学概论。

二、扩张小说论内容，做成一本小说研究。

三、做一本戏剧论。

四、做一部中国文学史。

五、介绍几个外国文人如 *Obermann* 作者 Sénancour, Amiel, George Gissing, Mark Rutherford, James Thomson（B.V.）, Clough, William Morris, Gottfried Keller, Carlyle 等，及各国的农民文学。

Thoreau 的 *Walden*，也有翻译介绍一番的必要。

十一日，星期二（旧历十二月初八）。

昨晚因为想起了种种事情，兴奋得很，一直到今日午前三点多钟，不能睡觉。天上的月亮很好，我的西南窗里，只教电灯一灭，就有银线似的月光流进来。

今天起来，已经是很迟了，把《创造》月刊第六期的稿子看了一遍，觉得李初梨的那篇戏剧《爱的掠夺》很好。月刊稿一共已合有六七万字了，我自己又做了一篇《关于编辑，介绍，以及私事等等》附在最后，月刊第六期，总算编好了。午后二点多钟，才拿到出版部去交出。

在出版部里，又听到了一个恶消息，说又有两三人合在一处弄了我们出版部的数千块钱去不计外，还有另外勾结一家书铺来和我们捣乱的计划。心里真是不快活，人之无良，一至于此。我在出版部里等候了好久，终没有人来，所以于五点前后，郁郁而出，没有法子，只好去饮酒。喝了许多白干，醉不成欢，就到 Carlton 去看 *Merry Widow* 的影片，看完了影片，已经是七点多了，又去福建会馆对门的那家酒馆，喝了十几碗酒，酒后上周家去坐谈两小时，入浴后回来，已经是半夜了。

十二日，晴快，星期三（旧历十二月初九）。

早晨起来后，就上华林那里去吃咖啡。太阳晒得和暖，也没有寒风吹至，很想尽情地玩它一天，华林的老母和徐葆炎、倪贻德、夏莱蒂三人，接着来了，我就请他们去市内吃饭，一直吃到午后三点，才分手散去。

从饭馆出来，又买了些旧书，四点前后，上出版部去。看了信札，候人不来，就又出去上徐葆炎那里，把他们的稿子拿了，和一位旧相识者上法大马路去喝酒。

酒后又去创造社，和叶某谈判了一两个钟头，心里更是忧郁，更觉得中国人的根性的卑劣，出来已经是将戒严的时候了——近日来上海中国界戒严，晚上八九点钟就不准行人往来——勉强地同那一位旧相识者上新世界去坐了半夜，对酒听歌，终感不出乐趣。到了十二点钟，郁郁而归，坐的是一路的最后一次电车。

十三日，星期四，虽不下雨，然多风，天上也有彤云满布在那里，是旧历的十二月初十了。

昨晚上接到邮局的通知书，告我皮袍子已由北京寄到，我心里真十分地感激荃君。除发信告以衷心感谢外，还想做一篇小说，卖几个钱寄回家去，为她做过年的开销。

中午云散天青，和暖得很，我一个人从邮局的包裹处出来，夹了那件旧皮袍子，心里只在想法子，如何地报答我这位可怜的女奴隶。想来想去，终究想不出好法子来。我想顶好还是早日赶回北京去，去和她抱头痛哭一场。

午膳后去出版部，开拆了许多信件以后，和他们杂谈，到午后四点钟，才走出来。本想马上回家，又因为客居孤寂，无以解忧，所以就走到四马路酒馆去喝酒。这时候夜已将临，路上的车马行人，来往得很多。我一边喝酒，一边在那里静观世态。古人有修道者，老爱拿一张椅子，坐在十字街心，去参禅理，我此刻仿佛也能了解这一种人的心理了。

喝完了酒，就去洗澡，从澡堂出来，往各处书铺去翻阅最近的出版物。在一种半月刊上，看见了一篇痛骂我做的那篇剧本《孤独的悲哀》的文字。现在年纪大了，对于这一种谩骂，终究发生不出感情来，大约我已经衰颓了吧，实在可悲可叹！怀了一个寂寞的心，走上周勤豪家去。在那里又遇到了张、傅二君，谈得痛快。又加以周太太的殷勤待我，真是难得得很。在周家坐到十点前后，方才拿了两本旧书——这是我午后在街上买的——走回家来，坐车到北四川路尽头，夜色苍凉，我也已经在车上睡着了，身体的衰弱，睡眠的不足，于此可见。

十四日，星期五，晴暖如春天。

午前洗了身，换了小褂裤，试穿我女人自北京寄来的寒衣。可惜天气太暖，穿着皮袍子走路，有点过于蒸热，走上汽车，身上已经出汗了。王独清自广东来信，说想到上海来而无路费，嘱为设法。我与华林，一清早就去光华为他去交涉寄四十元钱去。这事也不晓能不能成功，当于三日后，再去问他们一次，因为光华的主人不在。从光华出来，就上法界尚贤里一位同乡孙君那里去。在那里遇见了杭州的王映霞女士，我的心又被她搅乱了，此事当竭力地进行，求得和她做一个永久的朋友。

中午我请客，请她们痛饮了一场，我也醉了，醉了，啊啊，可爱的映霞，我在这里想她，不知她可能也在那里忆我？

午后三四点钟，上出版部去看信。听到了一个消息，说上海的当局，要来封锁创造社出版部，因而就去徐志摩那里，托他为我写了一封致丁文江的信。晚上在出版部吃晚饭，酒还没有醒。月亮好极了，回来之后，又和华林上野路上去走了一回。南风大，天气却温和，月明风暖，我真想煞了王君。

从明天起，当做一点正当的事情，或者将把《洪水》第二十六期编起来也。

十五日，星期六（旧历十二月十二）。

夜来风大，时时被窗门震动声搅醒。然而风系自南面吹来，所以爽而不凉，天上已被黑云障满了，我怕今天要下雨或雪。

午前打算迁入创造社出版部去住，预备把《洪水》二十六期来编好。

十时前后去创造社出版部，候梁君送信去，丁在君病未起床，故至十二时后，方见梁君拿了在君的复信回来。在君复信谓事可安全，当不至有意外惨剧也。饭后校《洪水》第二十五期稿，已校毕，明日再一校，后日当可出版。

午后二点，至 Carlton 参与盛家孙女嫁人典礼，遇见友人不少，四时顷礼毕，出至太阳公司饮咖啡数杯。新郎为邵洵美，英国留学生，女名盛佩玉。

晚上至杭州同乡孙君处，还以《出家及其弟子》译本一册，复得见王映霞女士。因即邀伊至天韵楼游，人多不得畅玩，遂出至四马路豫丰泰酒馆痛饮。王女士已了解我的意思，席间颇殷勤，以后当每日去看她。王女士生日为旧历之十二月廿二，我已答应她送酒一樽去。今天是十二月十二，此后只有十日了，我希望廿二这一天，早一点到来。今天接北京周作人信，作答书一，并作致徐耀辰、穆木天及荃君书。荃君信来，嘱我谨慎为人，殊不知我又在为女士颠倒。

今天一天，应酬忙碌，《洪水》廿六期，仍旧没有编成功，明日总要把它编好。

王映霞女士，为我斟酒斟茶，我今晚真快乐极了。我只希望这一回的事情能够成功。

十六日，星期日（十二月十三），雨雪。

昨晚上醉了回来，做了许多梦。在酒席上，也曾听到了一些双关的隐语，并且王女士待我特别地殷勤，我想这一回，若再把机会放过，即我此生就永远不再能尝到这一种滋味了，干下去，放出勇气来干下去吧！

窗外面在下雪，耳畔传来了许多檐滴之声。我的钱，已经花完了，今天午前，就在此地做它半天小说，去卖钱去吧！我若能得到王女士的爱，那么恐怕此后的创作力更要强些。啊，人生还是值得的，还是可以得到一点意义的。写小说，快写小说，写好一篇来去换钱去，换了钱来为王女士买一点生辰的礼物。

午后雪止，变成了凉雨。冒雨上出版部去谈了一会儿杂天，三时前后出来街上，去访问同乡李某，想问问他故乡劫后的情形何如，但他答说"也不知道"。

夜饭前，回到寓里，膳后徐葆炎来谈到十点钟才去。急忙写小说，写到十二点钟，总算写完了一篇，名《清冷的午后》，怕是我的作品中最坏的一篇东西。

十七日，星期一，十四，阴晴。

午前即去创造社出版部。编《洪水》第二十六期，做了一篇《无产阶级专政和无产阶级的文学》，共有二千多字。编到午后，才编毕，天又下微雨了，出至四马路洗澡，又向酒馆买小樽黄酒二，送至周勤豪家，差佣人去邀王女士来同饮，饮至夜九时，醉了，送她还家，心里觉得总不愿意和她别去，坐到十点左右，才回家来。

十八日，星期二，十五，阴晴。

因为《洪水》已经编好，没有什么事情了，所以早晨就睡到十点多钟。孙福熙来看我，和他谈到十二点钟，约华林共去味雅酒楼吃午饭。

饭后至创造社，看信件，得徐志摩报，说司令部要通缉的，共有百五十人，我不晓得在不在内。

郭爱牟昨有信来，住南昌东湖边三号，有余暇当写一封长信去复他。张资平亦有信来，住武昌鄂园内。

三四点钟，又至尚贤坊四十号楼上访王女士，不在。等半点多钟，方见她回来，醉态可爱，因有旁人在，竟不能和她通一语，即别去。

晚上在周家吃饭，谈到十点多钟方出来。又到尚贤坊门外徘徊了半天，终究不敢进去。夜奇寒。

十九日，星期三，十六，快晴。

天气真好极了，一早起来，心里就有许多幻想，终究不能静下来看书做文章。十时左右，跑上方光焘那里去，和他谈了些关于王女士的话，想约他同去访她，但他因事不能来，不得已只好一个人坐汽车到创造社出版部去看信札去。吃饭之后，蒋光赤送文章来了，就和他一道去访王女士。谈了二个钟头，仍复是参商咫尺。我真不能再忍了，就说明了为蒋光赤介绍的意思。

午后五点多钟和蒋去看电影。晚饭后又去王女士那里，请她们坐了汽车，再往北京大戏院去看 Elinor Glyn 的 *Beyond the Rock* 的影片。十一时前后看完影片出来，在一家小酒馆内请她们喝酒。回家来已经是午前一点多钟了。写了一封给王女士的短信，打算明天去交给她。

今晚上月亮很大，我一个人在客楼上，终竟睡不着。看看千里的月华，想想人生不得意的琐事，又想到了王女士临去的那几眼回盼，心里只觉得如麻的紊乱，似火的中烧，啊啊，这一回的恋爱，又从此告终了，可怜我孤冷的半生，可怜我不得志的一世。

茫茫来日，大难正多，我老了，但我还不愿意就此而死。要活，要活，要活着奋斗，我且把我的爱情放大，变作了对世界、对人类的博爱吧！

二十日，星期四（旧历十二月十七），晴。

早晨十点前起床，方氏夫妇来，就和他们上创造社去。天气晴快，一路走去，一路和他们说对于王女士的私情。说起来实在可笑，到了这样的年纪，还会和初恋期一样地心神恍惚。

在创造社出版部看信之后，就和他们上同华楼去吃饭，钱又完了，午后和他们一道去访王女士的时候，心里真不快活，而忽然又听到了她将要回杭州的消息。

三四点钟从她那里出来，心里真沉闷极了。想放声高哭，眼泪又只从心坎儿上流，眼睛里却只好装着微笑。又回到出版部去拿钱，遇见了徐志摩，谈到五点钟出来。在灰暗的街上摸走了一回，终是走投无路。啊啊，我真想不到今年年始，就会演到这一出断肠的喜剧，买了几本旧书，从北风寒冷的北四川路上走回家来，入室一见那些破旧书籍，就想一本一本地撕破了它们，谋一个"文武之道，今夜尽矣"的舒服，想来想去，终究是抛不了她，只好写一封信，仍旧摸出去去投邮。本来打算到邮局为止的，然而一坐汽车，竟坐到了大马路上。吃了咖啡，喝了酒，看看时间，还是八点多一点儿，从酒馆出来，就一直地又跑上她那里去，推门进去一看，有她的同住者三四人，正在围炉喝酒，而王女士却躲在被窝里暗泣。惊问她们，王女士为什么就这样地伤心？孙太太说："因为她不愿离我而去。"我摸上被窝边上，伸手进去拉她的手，劝她不要哭了，并且写了一张字条给她。停了三五分钟，她果然转哭为笑了。我总以为她此番之哭，却是为我，心里十分地快乐，二三个钟头以前的那一种抑郁的情怀，不晓消失到哪里去了。

从她那里出来，已经是十一点钟。我更走到大世界去听了两个钟头的戏，回家来已经是午前的两点钟了。

啊啊！我真快乐，我真希望这一回的恋爱能够成功，窗外北风很大，明天——否否——今天怕要下雪，我到了这三点多钟，还不能入睡。我只在幻想将来我与她的恋爱成就后的事情，老天爷呀老天爷，我情愿牺牲一切，但我不愿就此而失掉了我的王女士，失掉了我这可爱的王女士。努力努力，奋斗奋斗！我还是有希望的呀！

二十一日，星期五（旧历十二月十八日），晴。

完了，事情完全被破坏了，我不得不恨那些住在她周围的人。今天的一天，真使我失望到了极点。

早晨一早起来，就跑上一家她也认识，我也认识的人家去。

这一家的主人，本来是人格不高，也是做做小说之类的人，我托他去请她来。天气冷得很，太阳光晒在大地上，竟不发生一点效力出来。我本想叫一乘汽车去的，这几天因为英界电车罢工，汽车也叫不到。坐等了半点多钟，她只写了一个回片来说因病不能来，请我原谅。

已经是伤心了，勉强忍耐着上各处去办了一点事情，等到傍晚的六点左右，看见街上的电灯放光，我就忍不住地跑上她那里去。一进她的房，就有许多不相干的人在那里饮酒高笑。他们一看见我，更笑得不了，并且骗我说她已经回杭州去了。实际上她似乎刚出外去，在买东西。坐等了二个钟头，吃完晚饭，她回来了，但进在别一室里，不让我进去。我写给她的信，她已经在大家前公开。我只以为她是在怕羞，去打门打了好几次，她坚不肯开。啊啊！这就是这一场求爱的结束！

出了她们那里，心里只是抑郁。去大世界听妓女唱戏，听到午前一点多钟，心里更是伤悲难遣，就又去喝酒，喝到三点钟。回来之后，又只是睡不着觉，在室内走走，走到天明。

二十二日，星期六（十二月十九日），晴，奇寒。

冒冷风出去，十一点前后，去高昌庙向胡春藻借了一笔款。这几日来，为她而花的钱，实在不少，今日袋里一个钱也没有，真觉得穷极了。匆匆说了几句话，就和厂长的胡君别去，坐在车上，尽是一阵阵的心酸，逼我堕泪。不得已又只好上周家去托周家的佣人，再上她那里去请她来谈话。她非但不来，连字条也不写一个，只说头痛，不能来。

午后上志摩那里去赴约，志摩不在。便又上邵洵美那里去，谈了两三个钟头天。

六点到创造社出版部。看了些信，心里更是不乐，吃晚饭之后，只想出去，再上她那里去一趟。但想想前几回所受的冷遇，双脚又是踌躇不能前进。在暮色沉沉的街上走了半天，终究还是走回家来。我与她的缘分，就尽于此了，但是回想起来，这一场的爱情，实在太无价值，实在太无生气。总之第一只能怪我自家不好，不该待女人待得太神圣，太高尚，做事不该做得这样光明磊落，因为中国的女性，是喜欢偷偷摸摸的。第二我又不得不怪那些围在她左右的人，他们实在太不了解我，太无同情心了。

啊啊，人生本来是一场梦，这一次的短话，也不过是梦中间的一场恶景罢了，我也可以休矣。

二十三日，星期日，阴晴（十二月二十日）。

晚上又睡不着，早晨五点钟就醒了。起来开窗远望，寒气逼人。半边残月，冷光四射，照得地上的浓霜，更加凉冷。倒了一点凉水，洗完手脸，就冲寒出去，上北火车站去。街上行人绝少，一排街灯，光也不大亮了。

因为听人说，她于今天返杭州去，我想在车上再和她相会一次。等了二点多钟，到八点四十分，车开了，终不见她的踪影。在龙华站下来，看自南站来的客车，她也不在内。车又开了，我的票本来是买到龙华的，查票者来，不得已，只能补票到松江下来。

在松江守候了两点钟，吃了一点点心，去杭州的第二班车来了，我又买票到杭州，乘入车去遍寻遍觅，她又不来。车里的时光，真沉闷极了，车窗外的野景萧条，太阳也时隐时出，野田里看不见一个工作的农民，到处只是军人，军人，连车座里，也坐满了这些以杀人为职业的禽兽。午后五点多钟，到了杭州，就在一家城站附近的旅馆内住下，打算无论如何，总要等候她到来，和她见一次面。

七点钟的一次快车，半夜十二点的夜快车到的时候，我都去等了，倒被守站的军士们起了疑心，来问我直立在站头有何事情，然而她终究不来。

晚上上西湖去，街上萧条极了，湖滨连一盏灯火也看不见，人家十室九空，都用铁锁把大门锁在那里。

我和一位同乡在旅店里坐谈，谈到午前二点，方上床就寝，然而也一样地睡不着。

二十四日，星期一，阴晴（十二月廿一日）。

早晨九点钟起来，我想昨天白等了一天，今天她总一定要来了，所以决定不回富阳，再在城站死守一日。

车未到之前，我赶上女师她所出身的学校去打听她在杭州的住址。那学校的事务员，真昏到不能言喻，终究莫名其妙，一点儿结果也没有。

到十二点前，仍复回去城站，自上海来的早快车，还没有到。无聊之至，踏进旧书铺去买了五六块钱的旧书，有一部《红芜词钞》，是海昌嵩生钟景所作，却很好。

午后一点多钟，上海来的快车始到，我捏了一把冷汗，心里跳跃不住，尽是张大了眼，在看下车的人，有几个年轻的女人下车来，几乎被我错认了迎了上去，但是她仍复是没有来。

气愤之余，就想回富阳去看看这一次战争的毒祸，究竟糜烂到怎么一个地步，赶到江干，船也没有，汽车也没有，而灰沉沉的寒空里，却下起雪来了。

没有办法，又只好坐洋车回城站来坐守。看了第二班的快车的到来，她仍复是没有，在雪里立了两三个钟头，我想哭，但又哭不出来。天色阴森地晚了，雪尽是一片一片地飞上我的衣襟来，还有寒风，在向我的脸颊上吹着，我没有法子，就只好买了一张车票，坐夜车到上海来了。

午前一点钟，到上海的寓里，洗身更换衣服后，我就把被窝蒙上了头部，一个人哭了一个痛快。

二十五日，星期二（十二月廿二日），晴。

早晨仍复是不能安睡。到八点后起了床。上创造社出版部去，看了许多的信札。太阳不暖不隐，天气总算还好，正想出去，而叶某来了，就和他吵闹了一场，我把我对青年失望的伤心话都讲了。

办出版部事务，一直到晚上的七时，才与林微音出去。先上王女士寄住的地方去了一趟，终究不敢进去。就走上周家去，打算在那里消磨我这无聊的半夜。访周氏夫妇不在，知道他们上南国社去了，就去南国社，喝了半夜的酒，看了半夜的跳舞。但心里终是郁郁不乐，想王女士想得我要死。

十二点后，和叶鼎洛出来，上法界酒馆去喝酒。第一家酒不好，又改到四马路去痛饮。

到午前的两点，二人都喝醉了，就上马路上去打野鸡。无奈那些雏鸡老鸭，都见了我们而逃，走到十六铺去，又和巡警冲突了许多次。

终于在法界大路上遇见了一个中年的淫卖，就上她那里去坐到天明。

廿六日，星期三，旧历十二月廿三，晴。

从她那里出来，太阳已经很高了。和她吃了粥，又上她那里去睡了一睡。

九点前后和她去燕子窠吸鸦片，吸完了才回来，上澡堂去洗澡。

午饭前到出版部，办事直办到晚上的五点，写了两封信，给荃君和岳母。

回到寓里来，接到了一封嘉兴来的信，系说王女士对我的感情的，我又上了当了，就上孙君那里去探听她的消息。费了许多苦心，才知道她是果于前三日回去，住在金刚寺巷七号。我真倒霉，我何以那一天会看她不见的呢？我又何以这样地粗心，连她的住址都不曾问她的呢？

二十七日，星期四，旧历十二月廿四，晴。

昨天探出了王女士的住址，今晨起来，就想写信给她。可是不幸午前又来了一个无聊的人，和我谈天，一直谈到中午吃饭的时候。

十二点前到出版部去，看了许多信札，午饭后，跑上光华去索账。管账的某颇无礼，当想一个法子出来罚他一下才行。午后二点多钟，上周勤豪家去，只有周太太一个人在那里和小孩子吃饭。坐谈了一会儿，徐三小姐来了。她是友人故陈晓江夫人徐之音的妹妹。

晚上在周家吃饭，饭后在炉旁谈天，谈到十点多钟。周太太听了我和王女士恋爱失败的事情，很替我伤心，她想为我介绍一个好朋友，可以得点慰抚，但我总觉得忘不了王女士。

二十八日，星期五（十二月廿五），天气晴朗可爱，是一个南方最适意的冬天。

早晨十点前后，华林来看我，我刚起床，站在回廊上的太阳光底下漱口洗牙齿。和华林谈了许多我这一次的苦乐的恋情，吃饭之前，他去了。

我在创造社吃午饭，看了许多信，午后真觉得寂寥之至。仿吾有信来，说我不该久不作书，就写了一封快信给他。无聊之极，便跑上城隍庙去。一年将尽，处处都在表现繁华的岁暮，这城隍庙里也挤满了许多买水仙花、天竺的太太小姐们。我独自一个，在几家旧书摊上看好久，没有办法，就只好踏进茶店的高楼上去看落日。看了半天,吃了一碗素面,觉得是夜阴逼至了,又只得坐公共汽车,赶回出版部来吃晚饭。

晚饭后,终觉得在家里坐不住,便一直地走上周家去。陈太太实在可爱之至,比较起来,当然比王女士强得多,但是,但是一边究竟是寡妇,一边究竟还是未婚的青年女子。和陈太太谈了半夜,请她和周勤豪夫妇上四马路三山会馆对面的一家酒家去吃了排骨和鸡骨酱,仍复四人走回周家去。又谈到两点多钟,就在那里睡了。上床之后,想了许多空想。

今天午前曾发了一封信给王女士,且等她两天,看看有没有回信来。

周太太约我于旧历的除夕(十二月廿九),去开一间旅馆的大房间,她和陈太太要来洗澡,我已经答应她了。

二十九日,星期六(十二月廿六),晴爽。

午前十时从周家出来,到创造社出版部。看了几封信后,就打算搬家,行李昨天已经搬来了,今天只须把书籍全部搬来就行。

午后为搬书籍的事情,忙了半天,总算从江湾路的艺术大学,迁回到了创造社出版部的二楼亭子间里。此后打算好好地做点文章,更好好地求点生活。

晚上为改修创造社出版部办事细则的事情,费去了半夜工夫。十点后上床就寝,翻来覆去,终究睡不着,就起来挑灯看小说。看了几页,也终于看不下去,就把自己做的那一篇《过去》校阅了一遍。

三十日，星期日，阴晴。

今天是旧历的十二月二十七日，今年又是一年将尽了，想起这一年中间的工作来，心里很是伤心。

早晨七八点钟，见了北京《世界日报》副刊编辑的来信，说要我为他撑门面，寄点文字去。我的头脑，这几日来空虚得很，什么也不想做，所以只写了一封信去复他，向他提出了一点小小的意见。第一诫他不要贪得材料，去挑拨是非；第二教他要努力扶植新晋的作家；第三教他不要被恶势力所屈伏，要好好地登些富有革命性的文字。

午前整理书籍，弄得老眼昏迷，以后想不再买书了，因为书买得太多，也是人生的大累啊！

今天空中寒冷，灰色的空气罩满了全市，不晓得晚上会不会下雪。寒冬将尽了，若没有一天大雪来点缀，觉得也仿佛是缺少一点什么东西似的。

我在无意识的中间，也在思念北京的儿女，和目前问题尚未解决的两个女性，啊，人生的矛盾，真是厉害，我不晓得哪一天能够彻底，哪一天能够做一个完全没有系累的超人。

午后出去访徐氏兄妹，给了他们五块钱度岁，又和他们出去，上城隍庙去喝了两三点钟的茶。回来已经快六点钟了，接到了一封杭州王女士的来信。她信上说，是阴历十二月廿二日的早晨去杭州的，可惜我那一天没有上北火车站去等候。然而我和她的关系，怕还是未断，打算于阴历正月初二三，再到杭州去访她去。写了一封快信，去问她的可否，大约回信，廿九的中午总可以来，我索性于正月初一去杭州也好。

夜饭后，又上周家去，周太太不在家，之音却在灯下绣花，因为有一位生人在那里，她头也不抬起来，然而看了她这一种温柔的态度，更使我佩服得了不得。

坐了两三刻钟，没有和她通一句话的机会，到了十点前几分，只好匆匆赶回家来，因为怕闸北中国界内戒严，迟了要不能通行。临去的时候，我对她重申了后天之约，她才对我笑了一笑，点了一点头。

路过马路大街，两旁的人家都在打年锣鼓，请年菩萨。我见了他们桌上的猪头三牲及檀香红烛之类，不由得伤心入骨，想回家去，啊啊，这漂泊的生涯，究竟要到何时方止呢！

回家来又吃酒面，到十一点钟，听见窗外放爆竹的声音，远近齐鸣，怀乡病又忽然加重了。

一月三十一日，旧历十二月廿八，星期一。

一九二七年的一月，又过去了，旧历的十二月小，明天就是年终的一日。到上海后，仍复是什么也不曾做，初到的时候的紧张气氛，现在也已经消失了，这是大可悲的事情，这事情真不对，以后务必使这一种气氛回复转来才行。我想恋爱是针砭懒惰的药石，谁知道恋爱之后，懒惰反更厉害，只想和爱人在一块，什么事情也不想干了。

早晨一早起来，天气却很好，晴暖如春，究竟是江南的天候，昨日有人来找我要钱，今天打算跑出去，避掉他们。听说中美书店在卖廉价，很想去看看。伊文思也有一本 John Addington

Symonds 的小品文，今天打算去买了来。以后不再买书，不再虚费时日了。

午前早饭也不吃，就跑了出去，在五芳斋吃了一碗汤团，一碟汤包，出来之后，不知不觉就走上中美书店去了。结果终究买了下列的几本书：

The Heir，by V. Sackville-West

Nocturne，by Frank Swinnerton

Liza of Lambeth，by W. Somerset Maugham

The Book of Blanch，by Dorothy Richardson

In the Key of Blue，by John Addington Symonds

Studies in Several Literatures，by Peck

一共花了廿多块钱，另外还买了一本 Cross 著的 *Development of the English Novel*，可以抄一本书出来卖钱的。

午后，出版部的同人都出去了，我在家里看家。晚上听了几张留声机器片，看日本小说《沉下去的夕阳》。

一月来的日记，今天完了，以后又是新日记的开始，我希望我的生活，也能和日记一样地刷新一回，再开一个新纪元。

一九二七年一月三十一日

选自《达夫日记集》（上海北新书局1935年7月版）

移家琐记

一

"流水不腐",这是中国人的俗话,"Stagnant Pond",这是外国人形容固定的颓毁状态的一个名词。在一处羁住久了,精神上习惯上,自然会生出许多霉烂的斑点来。更何况洋场米贵,狭巷人多,以我这一个穷汉,夹杂在三百六十万上海市民的中间,非但汽车、洋房、跳舞、美酒等文明的洪福享受不到,就连吸一口新鲜空气,也得走十几里路。移家的心愿,早就有了;这一回却因朋友之介,偶尔在杭城东隅租着一所适当的闲房,筹谋计算,也张罗拢了二三百块洋钱,于是这很不容易成就的戋戋私愿,竟也猫猫虎虎地实现了。小人无大志,蜗角亦乾坤,触蛮鼎定,先让我来谢天谢地。

搬来的那一天,是春雨霏微的星期二的早上,为计时日的正确,只好把一段日记抄在下面:

一九三三年四月廿五(阴历四月初一),星期二,晨五点起床，窗外下着蒙蒙的时雨，料理行装等件，赶赴北站，衣帽尽湿。携女人儿子及一仆妇登车，在不断的雨丝中，向西进发。野景正妍，除白桃花、菜花、棋盘花外，田野里只一片嫩绿，浅淡尚带鹅黄。此番因自上海移居杭州，故行李较多，视孟东野稍为富有，沿途上落，被无产同胞的搬运夫，敲刮去了不少。午后一点到杭州城站，雨势正盛，在车上蒸干之衣帽，又涔涔湿矣。

新居在浙江图书馆侧面的一堆土山旁边，虽只东倒西斜的三间旧屋，但比起上海的一楼一底的弄堂洋房来，究竟宽敞得多了，所以一到寓居，就开始做室内装饰的工作。沙发是没有的，镜屏是没有的，红木器具，壁画纱灯，一概没有。几张板桌，一架旧书，在上海时，塞来塞去，只觉得没地方塞的这些铜烂铁，一到了杭州，向三间连通的矮厅上一摆，看起来竟空空洞洞，像煞是沧海中间的几颗粟米了。最后装上壁去的，却是上海八云装饰设计公司送我的一块石膏圆面。塑制者是江山徐葆蓝氏，面上刻出的是《圣经》里马利马格大伦的故事。看来看去，在我这间黝暗矮阔的大厅陈设之中，觉得有一点生气的，就只是这一块同深山白雪似的小小的石膏。

二

向晚雨歇，电灯来了。灯光灰暗不明，问先搬来此地住的王母以"何不用个亮一点的灯球？"方才知道朝市而今虽不是秦，但杭州一隅，也决不是世外的桃源，这样要捐，那样要税，居民的负担，简直比世界哪一国的首都，都加重了；即以电灯一项来说，每一个字，在最近也无法地加上了好几成的特捐。"烽火满天孖满地，儒生何处可逃秦？"这是几年前作过的叠秦韵的两句山歌，我听了这些话后，嘴上虽则不念出来，但心里却也私私地转想了好几次。腹诽若要加刑，则我这一篇琐记，已是自己招认的供状了，罪过罪过。

三更人静，门外的巷里，忽传来了些笃笃笃的敲小竹梆的哀音。问是什么？说是卖馄饨圆子的小贩营生。往年这些担头很少，现在却冷街僻巷，都有人来卖到天明了，百业的凋敝，城市的萧条，这总也是民不聊生的一点点的实证吧？

新居落寞，第一晚睡在床上，翻来覆去，总睡不着觉。夜半挑灯，就只好拿出一本新出版的《两地书》来细读。有一位批评家说，作者的私记，我们没有阅读的义务。当时我对这话，倒也佩服得五体投地，所以书店来要我出书简集的时候，我就坚决地谢绝了，并且还想将一本为无钱过活之故而拿去出卖的日记都教他们毁版，以为这些东西，是只好于死后，让他人来替我印行的；但这次将鲁迅先生和密斯许的书简集来一读，则非但对那位批评家的信念完全失掉，并且还在这一部两人的私记里，看出了许多许多平时不容易看到的社会黑暗面来。至如鲁迅先生的诙谐愤俗的气概，许女士的诚实庄严的风度，还是在长书短简里自然流露的余音，由我们熟悉他们的人看来，当然更是味中有味，言外有情，可以不必提起，我想就是绝对不认识他们的人，读了这书，至少也可以得到几多的教训，私记私记，义务云乎哉？

从夜半读到天明,将这《两地书》读完之后,神经觉得愈兴奋了,六点敲过,就率性走到楼下去洗了一洗手脸,换了一身衣服,踏出大门,打算去把这杭城东隅的清晨朝景,看它一个明白。

三

夜来的雨,是完全止住了,可是外貌像马加弹姆式的沙石马路上,还满涨着淤泥,天上也还浮罩着一层明灰的云幕。路上行人稀少,老远老远,只看得见一部慢慢在向前拖走的人力车的后形。从狭巷里转出东街,两旁的店家,也只开了一半,连挑了菜在沿街赶早市的农民,都像是没有灌气的橡皮玩具。四周一看,萧条复萧条,衰落又衰落,中国的农村,果然是破产了,但没有实业生产机关,没有和平保障的像杭州一样的小都市,又何尝不在破产的威胁下战栗着待毙呢?中国目下的情形,大抵总是农村及小都市的有产者,集中到大都会去。在大都会的帝国主义保护之下变成殖民地的新资本家,或变成军阀官僚的附属品的少数者,总算是找着了出路。他们的货财,会愈积而愈多,同时为他们所牺牲的同胞,当然也要加速度地倍加起来。结果就变成这样的一个公式:农村中的有产者集中小都市,小都市的有产者集中大都会,等到资产化尽,而生财无道的时候,则这些素有恒产的候鸟就又得倒转来从大都会而小都市而仍返农村去做贫民。转转循环,丝毫不爽,这情形已经继续了二三十年了,再过五年十年之后的社会状态,自然可以不卜而知了啦,社会的症结究在哪里?唯一的出路究在哪里?难道大家还不明白么?空喊着抗日抗日,又有什么用处?

一个人在大街上踱着想着，我的脚步却于不知不觉的中间，开了倒车，几个弯儿一绕，竟又将我自己的身体，搬到了大学近旁的一条路上来了。向前面看过去，又是一堆土山。山下是平平的泥路和浅浅的池塘。这附近一带，我儿时原也来过的。二十几年前头，我有一位亲戚曾在报国寺里当过军官，更有一位哥哥，曾在陆军小学堂里当过学生。既然已经回到了寓居的附近，那就爬上山去看它一看吧，好在一晚没有睡觉，头脑还有点儿糊涂，登高望望四境，也未始不是一帖清凉的妙药。

天气也渐渐开朗起来了，东南半角，居然已经露出了几点青天和一丝白日。土山虽则不高，但眺望倒也不坏。湖上的群山，环绕的西北的一带，再北是空间，更北是湖州境内的发样的青山了。东面迢迢，看得见的，是临平山、皋亭山、黄鹤山之类的连峰叠嶂。再偏东北行，大约是唐栖镇上的超山山影，看去虽则不远，但走走怕也有半日好走哩。在土山上环视了一周，由远及近，用大量观察法来一算，我才明白了这附近的地理。原来我那新寓，是在军装局的北方，而三面的土山，系遥接着城墙，围绕在军装局的框外的。怪不得今天破晓的时候，还听见了一阵喇叭的吹唱，怪不得走出新寓的时候，还看见了一名荷枪直立的守卫士兵。

"好得很！好得很！……"我心里在想，"前有图书，后有武库，文武之道，备于此矣！"我心里虽在这样地自作有趣，但一种没落的感觉，一种不能再在大都会里插足的哀思，竟渐渐地渐渐地溶浸了我的全身。

原载1933年5月4日至6日《申报·自由谈》

《《第一辑　自述》

住所的话

自以为青山到处可埋骨的漂泊惯的流人，一到了中年，也颇以没有一个归宿为可虑；近来常常有求田问舍之心，在看书倦了之后，或夜半醒来，第二次再睡不着的枕上。

尤其是春雨萧条的暮春，或风吹枯木的秋晚，看看天空，每会作赏雨茅屋及江南黄叶村舍的梦想；游子思乡，飞鸿倦旅，把人一年年弄得意气消沉的这时间的威力，实在是可怕，实在是可恨。

从前很喜欢旅行，并且特别喜欢向没有火车、飞机、轮船等近代交通利器的偏僻地方去旅行。一步一步地缓步着，向四面绝对不曾见过的山川风物回视着，一刻有一刻的变化，一步有一步的境界。到了地旷人稀的地方，你更可以高歌低唱，袒裼裸裎，把社会上的虚伪的礼节，谨严的态度，一齐洗去。人与自然，合而为一，大地高天，形成屋宇，蠛蠓蚁虱，不觉其微，五岳昆仑，也不见其大。偶或遇见些茅篷泥壁的人家，遇见些性情纯朴的农牧，听他们谈些极不相干的私事，更可以和他们一道地悲，一道地喜。半岁的鸡娘，新生一蛋，其乐也融融，与国王年老，诞生独子时的欢喜，并无什么分别。黄牛吃草，嚼断了麦穗数茎，今年的收获，怕要减去一勺，其悲也戚戚，与国破家亡的流离惨苦，相差也不十分远。

至于有山有水的地方呢，看看云容岩影的变化，听听大浪嗒矶的音乐，应临流垂钓，或松下息阴。行旅者的乐趣，更加可以多得如放翁的入蜀道，刘阮的上天台。

这一种好游旅、喜漂泊的情性，近年来渐渐地减了；连有必要的事情，非得上北平上海去一次不可的时候，都一天天地拖延下去，只想不改常态，在家吃点精致的菜，喝点芳醇的酒，睡睡午觉，看看闲书，不愿意将行动和平时有所移易；总之是懒得动。

而每次喝酒，每次独坐的时候，只在想着计划着的，却是一间洁净的小小的住宅，和这住宅周围的点缀与铺陈。

若要住家，第一的先决问题，自然是乡村与城市的选择。以清静来说，当然是乡村生活比较地和我更为适合。可是把文明利器——如电灯自来水等——的供给，家人买菜购物的便利，以及小孩的教育问题等合计起来，却又觉得住城市是必要的了。具城市之外形，而又富有乡村的景象之田园都市，在中国原也很多。北方如北平，就是一个理想的都城；南方则未建都前之南京，濒海的福州等处，也是住家的好地。可是乡土的观念，附着在一个人的脑里，同毛发的生于皮肤一样，丛长着原没有什么不对，全脱了却也势有点儿不可能。所以三年之前，也是在一个春雨霏微的节季，终于听了霞的劝告，搬上杭州来住下了。

杭州这一个地方，有山有湖，还有文明的利器，儿童的学校，去上海也只有四个钟头的火车路程，住家原没有什么不合适。可是杭州一般的建筑物，实在太差，简直可以说没有一间合乎理想的住宅,旧式的房子呢,往往没有院子,顶多顶多也不过有一堆不大有意义的假山,和一条其实是只能产生蚊子的鱼池。所谓新式的房子呢,更加恶劣了,完全是上海弄堂洋房的抄袭,冬天住住,还可以勉强,一到夏天,就热得比蒸笼还要难受。而大抵的杭州住宅,都没有浴室的设备,公共浴场呢,又觉得不卫生而价贵。

所以自从迁到杭州来住后,对于住所的问题,更觉得切身地感到了。地皮不必太大,只教有半亩之宫,一亩之隙,就可以满足。房子亦不必太讲究,只须有一处可以登高望远的高楼,三间平屋就对。但是图书室、浴室、猫狗小舍、儿童游嬉之处、灶房,却不得不备。房子的四周,一定要有阔一点的回廊;房子的内部,更需要亮一点的光线。此外是四周的树木和院子里的草地了,草地中间的走路,总要用白沙来铺才好。四面若有邻舍的高墙,当然要种些爬山虎以掩去墙头,若系旷地,只须植一道矮矮的木栅,用黑色一涂就可以将就。门窗当一例以厚玻璃来做,屋瓦应先钉上铅皮,然后再覆以茅草。

照这样的一个计划来建筑房子,大约总要有二千元钱来买地皮四千元钱来充建筑费,才有点儿希望。去年年底,在微醉之后,将这私愿对一位朋友说了一遍,今年他果然送给了我一块地,所以起楼台的基础,倒是有了。现在只在想筹出四千元钱的现款来建造那一所理想的住宅。胡思乱想的结果,在前两三个月里,竟发了疯,将烟钱酒钱省下了一半,去买了许多奖券;可是一回一回地买了几次,连末尾也不曾得过,而吃了坏烟坏酒的结果,身体却显然受了损害了。闲来无事,把这一番经过,对朋友一说，大家笑了一场之后，就都为我设计，说从前的人，曾经用过的最上妙法，是发自己的讣闻，其次是做寿，再其次是兜会。

可是为了一己的舒服，而累及亲戚朋友，也着实有点说不过去，近来心机一转，去买了些《芥子园》《三希堂》等画谱来，在开始学画了；原因是想靠了卖画，来造一所房子，万一画画，仍旧是不能吃饭，那么至少至少，我也可以画许多房子，挂在四壁，给我自己的想象以一顿醉饱，如饥者的画饼，旱天的画云霓。这一个计划，若不至于失败，我想在半年之后，总可以得到一点慰安。

原载1935年7月1日第5卷第1号《文学》

记风雨茅庐

自家想有一所房子的心愿,已经起了好几年了;明明知道创造欲是好的,所有欲是坏的事情,但一轮到了自己的头上,总觉得衣食住行四件大事之中的最低限度的享有,是不可以不保住的。我衣并不要锦绣,食也自甘于藜藿,可是住的房子,代步的车子,或者至少也必须一双袜子与鞋子的限度,总得有了才能说话。况且从前曾有一位朋友劝过我说,一个人既生下了地,一块地却不可以没有,活着可以住住立立,或者睡睡坐坐,死了便可以挖一个洞,将己身来埋葬;当然这还是没有火葬,没有公墓以前的时代的话。

自搬到杭州来住后,于不意之中,承友人之情,居然弄到了一块地,从此葬的问题总算解决了;但是住呢,占据的还是别人家的房子。去年春季,写了一篇短短的应景而不希望有什么结果的文章,说自己只想有一所小小的住宅,可是发表了不久,就来了一个回响。一位做建筑事业的朋友先来说:"你若要造房子,我们可以完全效劳。"一位有一点钱的朋友也说:"若通融得少一点,或者还可以想法。"四面一凑,于是起造一个风雨茅庐的计划即便成熟到了百分之八十，不知我者谓我有了钱，深知我者谓我冒了险，但是有钱也罢，冒险也罢，入秋以后，总之把这笑话勉强弄成了事实，在现在的寓所之旁，也竟丁丁笃笃地动起了工，造起了房子。这也许是我的Folly，这也许是朋友们对于我的过信，不过从今以后，那些破旧的书籍，以及行军床、旧马子之类，却总可以不再去周游列国，学夫子的栖栖一代了。在这些地方，所有欲原也有它的好处。

本来是空手做的大事，希望当然不能过高；起初我只打算以茅草来代瓦，以涂泥来作壁，起它五间不大不小的平房，聊以过过自己有一所住宅的瘾的；但偶尔在亲戚家一谈，却谈出来了事情。他说："你要造房屋，也得拣一个日，看一看方向；古代的周易，现代的天文地理，却实在是有至理存在那里的呢！"言下他还接连举出了好几个很有征验的实例出来给我听，而在座的其他三四位朋友，并且还同时做了填具脚踏手印的见证人。更奇怪的，是他们所说的这一位具有通天入地眼的奇迹创造者，也是同我们一样，读过哀皮西提，演过代数几何，受过现代高等教育的学校毕业生。经这位亲戚的一介绍，经我的一相信，当初的计划，就变了卦，茅庐变作了瓦屋，五开间的一排营房似的平居，拆作了三开间两开间的两座小蜗庐。中间又起了一座墙，墙上更挖了一个洞；住屋的两旁，也添了许多间的无名的小房间。这么的一来，房屋原多了不少，可同时债台也已经筑得比我的风火围墙还高了几尺。这一座高台基石的奠基者郭相经先生，并且还在劝我说："东南角的龙手太空，要好，还得造一间南向的门楼，楼上面再做上一层水泥的平台才行。"他的这一句话，又恰巧打中了我的下意识里的一个痛处；在这只空角上，我实在也在打算盖起一座塔样的楼来，楼名是十五六年前就想好的，叫作"夕阳楼"。现在这一座塔楼，虽则还没有盖起，可是只打算避避风雨的茅庐一所，却也涂上了朱漆，嵌上了水泥，有点像是外国乡镇里的五六等贫民住的样子了；自己虽则不懂阳宅的地理，但在光线不甚明亮的清早或薄暮看起来，倒也觉得郭先生的设计，并没有弄什么玄虚，和科学的方法，仍旧还是对的。所以一定要在光线不甚明亮的时候看的原因，就因为我的胆子毕竟还小，不敢空口说大话要包工用了最好的材料来造我这一座贫民住宅的缘故。这倒还不在话下，有点儿觉得麻烦的，却是预先想好的那个风雨茅庐的风雅名字与实际的不符。皱眉想了几天，又觉得中国的山人并不入山，儿子的小犬也不是狗的玩意儿，原早已有人在干了，我这样地小小地再说一个并不害人的谎，总也不至于有死罪。况且西湖上的那间巍巍乎有点像先施、永安的堆栈似的高大洋楼之以××草舍作名称，也不曾听见说有人去干涉过。多一事不如少一事，九九归原，还是照最初的样子，把我的这间贫民住宅，仍旧叫作了避风雨的茅庐。横额一块，却是因为君武先生这次来杭之便，硬要他伸了疯痛的右手，替我写上的。

一九三六年一月十日

原载1936年2月15日第8卷第1期《黄钟》

孤独患者：郁达夫自述

在警报声里

从台儿庄回来的第三天，我们在徐州的花园饭店前面的一家叫作致美楼的饭馆子楼上吃午饭。

淮北的春夏之交，自然日日是朗晴的天气，天上蓝得连一点儿云翳也没有。敌机日日来炸，十字路口的那一个警报钟楼，忙得像似圣诞节前夜的教堂里的悬钟。

一阵紧急警报声过去了，街面上就来一阵人跑车滚的声音，和店铺子上排门的声音，静默到五六分钟，飞机推进机的嗡嗡嗡的声音就来了，接着就是轰隆轰隆的连续的炸弹声，房屋地壳震动一下，嗡嗡嗡的机声再响一下，或则再轰隆隆的炸弹爆裂几下，一次的轰炸也就完了。静候上五分十分钟的时候，老百姓总不必等警报解除的钟声再响，就会从防空壕疏散地走回来。被轰炸的次数愈多，逃飞机的经验也愈足，习以为常，就觉得敌机的施虐也并不足怕。

所以，那一天中午，我们仍在紧急警报声中继续吃我们的饭，谈我们的天。只是当炸弹连续在响的中间，话听不清楚了，大家就只能停止不说话。我们看见屋顶上震落了一串灰来，掉入了菜碗，一碗汤面起了细微圆致的波纹，几只碗因震动之故而互碰了几下。

那一天同我们吃饭的有一位是在孙仿鲁连仲总指挥麾下的池师长峰城，也就是那位在台儿庄打过一次大胜仗的英雄。他的喉咙是沙哑的，原因是从前在新疆边界打仗的时候，有一颗子弹伤了他地颈项，穿破了他的声带。

他的长方形面孔，不短不长的结实的身体，和他的稳重安详的沙喉咙正能够相配，在警报声里笑着谈着的他的态度，却很奇异地使我想起了扮演张飞的北平那位名伶郝寿臣。

他所告诉我们的，就是台儿庄的一役，也并不是他一个人的功劳。长官指挥的坚决，军民合作的不懈，就是这一次打胜仗的最大凭借。

台儿庄，本来是只有二三百人家的一个在陇海支线上的小镇，南岸凭一条运河，东西北三面，是有矮矮的土城筑在那里的。火车站在庄的西面，路基离平地高约丈余，到了庄的北面，铁路支线也已到尽头了。村庄的土堡，是筑在铁路的东面的。

三四月的北方乡村，四面都是苍黄的小麦田，在麦浪头上，各处的小村子，或拥着一簇树林，或显着几垛黄里带白的墙头，只教登上稍高一点的地方，就用不着望远镜而都了了可见。台儿庄的东北两方面及西北方的几个村子，全已在前日被敌人于重炮火之下占据了去。那一天，台儿庄亦被占据了一半的晚上（四月二日），将近半夜的时候，池师长底下的两位团长，因为牺牲得太厉害，也有点支持不住的样子。他们到师部来请教师长，说与其全部将血肉牺牲，还不如一时暂退，再图反攻的好。但池师长是已经受了总指挥的命的,总指挥说:"你们若在上峰没有退却命令之前而想退却的话,请先来把我杀死!"池师长当然也只能以这最后命令,同样地传给那几位团长。

团长回去了,重新配备了些补充的士兵和武器。同时又下了一道紧急命令,问军中有没有敢死的义勇兵士,能以手榴弹去向西绕道,而一冲敌人的右翼后方。

言下应募的志愿者,有四十七位之多。四十七位义士,于装置好手榴弹、轻机枪、迫击炮、大刀、手枪,换上草鞋轻装,渡过运河,沿铁道线向西北迂回出发之后,东面的运河边上,忽然寒水里爬上了一位五十岁左右的乡下的农妇。

她的衣服是被河水浸透了,手上脸上,只在蒸发出因天寒水湿之故的热气。脸上一层像被涂了油似的汗水,汗水下分明现出了因兴奋而涨得红紫的血潮。两眼炯炯,泪珠亦干了,包得紧紧的一张嘴,显示出了她必死的决心。当她在黑暗里一步一跌被带到了有掩蔽物围着的师部的时候,她的第一句话,就连叫着说:"你们的炮打得不准,你们的炮打得不准。"

据她的报告,敌人已从东北面进到了庄的东头的泰山行宫东头庙里了,现在正在挖掘战壕。而我军的大炮,还在向早晨的敌人集中地点轰击,距离泰山行宫,约有大半里路的样子,炮的射程应该改近一点,就可以把敌人的弹药及集中部队打得片甲不留。至于她自己呢?这几天日日地受了敌人的蹂躏,弄得两条腿都不便行走了,她自己想迟早总不免一死的,所以今晚才下了决心,偷渡过了运河,来报告一下敌人的虚实。池师长令救护队把她送上了后方去后,就依她的话,下令改短了大炮的射程。不出十几发的试射，果然爆炸声和火光将这农妇的报告证实了。

"这真是我们的老圣女祥，大克了，我们要恭祝她的健康！"

我们同志中间的一位盛成先生，在飞机警报解除的声里，就举起了他那只小小的高粱酒杯。

"还有那四十七位敢死的义士呢？"

我干了一口高粱酒后，急切地想知道知道他们几位的命运。

"他们么？"池师长又张着沙喉，镇定地说，"也完成了他们的任务。"

这四十七位义士，于向西北复转向南，在麦田里绕道的中间，就解决了一小队敌人右翼的哨兵，敌人因为只注意着正面炮火的轰炸，所以，当我们四十七位义士接近他们身边的时候，他们却是面向着东南的居多。等到一大半被解决以后，向前逃的有两个敌哨兵开放信号枪的时候，我们的熟悉地理的义士们已经分散成了两部。一部分赶向了南，接近了台儿庄西北面的土堡，一部分在向东向北地追赶，开放轻机枪和迫击炮；敌人们以为有大队的士兵，从西北抄到他们的右翼后面来了，一阵混乱，西北角竟起了绝大的动摇。同时在正面跟踪了我们大炮弹之后，补充来的生力军也已经冲到了台儿庄前运河的对面。

敌人在黎明之前，开始退却了，我军就在第二天早晨冲到了东岳行宫。

掩护敌人退却的残留部队，和我军对峙到了日暮，才一一就了擒和正了法。但是我们的四十七位义士，也牺牲了四十五位。还有两位负着重伤的义士，于那一日午后在被担架抬回来的路上，忽而清醒了一下。

他们问起了台儿庄的有没有被完全克服；问起了同道出发的其他的各位义士。没有经验的一位年轻的服务士兵，将实情一一地告诉了他们。他们先发了一次胜利的欢呼，后来又忽而叫出了一声痛楚，随后就默默地不响了。但等到渡过运河，将要把他们从担架转移上救伤列车的时候，他们两个人各伸出了手，互相紧捏着，而把身体向侧面空地里跳跃了下去。大家着了急，自然忙抢着仍复抬起了他们。但是太迟了，伤口各出了多量的血，他们俩都已经昏睡了过去。

其中的一位，在列车上就殉了义；还有一位，列车送到了徐州战地医院，于清醒转来的时候，只流了几点泪说："请你们快点把我杀死，我们出发的时候，就大家约定好的是决定大家不再回来的。"他在延挨了三日痛楚之后，也就和其他的四十六位义士一道升天去了。

本来常带笑容的池师长，讲到了最后，面部也显出了一种阴戚的表情，那一口沙喉咙，似也低灭了些。

正在大家沉默了一下的当中，忽而十字路口的那一座警报钟又响起来了；我们大家就从座位里跳了起来。大家不约而同地发出了一句愤怒的咒词，并且大声地说：

"我们一定要为义士们复仇！"

"复仇！"

"复仇！"

原载1939年4月第4卷第2期《抗战文艺》

第二辑　乐游

杭　州

杭州的出名，一大半是为了西湖。而人工的建设，都会的形成，初则是由于唐末五代，武肃王钱镠（西历十世纪初期）的割据东南——"隋朝特创立此郡城，仅三十六里九十步；后武肃钱王发民丁与十三寨军卒，增筑罗城，周围七十里许。……"（吴自牧《梦粱录》卷七）——再则是由于南宋建炎三年（一一二九年），高宗的临安驻跸，奠定国都。至若唐白乐天与宋苏东坡的筑堤导水，原也有功于杭郡人民，可是仅仅一位醉酒吟诗携妓的郡守的力量，无论如何，也是不能和帝王匹敌的。

据说，杭州的杭字，是因"禹末年，巡会稽至此，舍航登陆，乃名杭，始见于文字"（柴虎臣著《杭州沿革大事考》）。因之，我们可以猜想，禹以前，杭州总还是一个泽国。而这一个四千余年前的泽国，后来为越为吴，也为吴越的战场，为东汉的浙江，为三国吴的富春，为晋的吴郡，为隋唐的杭州，两为偏安国都，迭为省治，现在并且成了东南五省交通的孔道，歌舞喧天，别庄满地，简直又要恢复南宋当时的首都旧观了。

我的来住杭州，本不是想上西湖来寻梦，更不是想弯强弩来射潮，不过妻杭人也，雅擅杭音，父祖富春产也，歌哭于斯，叶落归根，人穷返里，故乡鱼米较廉，借债亦易——今年可不敢说——屋租尤其便宜，铩羽归来，正好在此地偷安苟活，坐以待亡。搬来住后，岁月匆匆，一眨眼间，也已经住了一年有半了。朋友中间晓得我的杭州住址者，于春秋佳日，旅游西湖之余，往往肯命高轩来枉顾。我也因独处穷乡，孤寂得可怜，我朋自远方来，自然喜欢和他们谈谈旧事，说说杭州。这么一来，不几何时，大家似乎已经把我看成了杭州的管钥，山水的东家。《中学生》杂志编者的特地写信来，要我写点关于杭州的文章，大约原因总也在于此。

关于杭州一般的兴废沿革，有《浙江通志》《杭州府志》《仁钱县志》诸大部的书在；关于杭州的掌故、湖山的史迹等等，也早有了光绪年间钱塘丁申、丁丙两氏编刻的《武林掌故丛编》《西湖集览》，与新旧《西湖志》《湖山便览》，以及诸大书局大文豪的西湖游记或西湖游览指南诸书，可作参考。所以在这里，对这些，我不想再来饶舌，以虚费纸面和读者的光阴。第一，我觉得还值得一写，而对于读者，或者也不至于全然没趣的，是杭州人的性格。所以，我打算先从"杭州人"讲起。

第一个杭州人，究竟是哪里来的？这杭州人种的起源问题，怕同先有鸡蛋呢还是先有鸡一样，就是叫达尔文从阴司里复活转来，也很不容易解决。好在这些并非是我们的主题，故而假定当杭州这一块陆土出水不久，就有些野蛮的、好渔猎的人来住了，这些蛮人，我们就姑且当他们是杭州人的祖宗。吴越国人，一向是好战、坚忍、刻苦、猜忌，而富于巧智的。自从用了美人计，征服了姑苏以来，兵事上虽则占了胜利，但民俗上却吃了大亏，喜斗、坚忍、刻苦之风，渐渐地消灭了，倒是猜忌、使计诸官能，逐步发达了起来。其后经楚威王、秦始皇、汉高帝等的挞伐，杭州人就永远处入了被征服者的地位，隶属在北方人的胯下。三国纷纷，孙家父子崛起，国号曰吴，杭州人总算又吐了一口气，这一口气，隐忍过隋唐两世，至钱武肃王而吐尽。不久南宋迁都，固有的杭州人的骨里，混入了汴京都的人士的文弱血球，于是现在的杭州人的性格，就此决定了。

意志的薄弱，议论的纷纭；外强中干，喜撑场面；小事机警，大事糊涂；以文雅自夸，以清高自命；只解欢娱，不知振作等等，就是现在的杭州人的特性。这些，虽然是中国一般人的通病，但是看来看去，我总觉得以杭州人为尤甚。所以由外乡人说来，每以为杭州人是最狡猾的人，狡猾得比上海滩上的滑头还要厉害。但其实呢，杭州人只晓得占一点眼前的小利小名，暗中在吃大亏，可是不顾到的。等到大亏吃了，杭州人还要自以为是，自命为直，无以名之，名之曰"杭铁头"，以自慰自欺。生性本是勤而且俭的杭州人，反以为勤俭是倒霉的事情，是贫困的暴露，是与面子有关的，所以父母教子弟的第一个原则，就是教他们游惰过日，摆大少爷的架子。等空壳大少爷的架子学成，父母年老，财产荡尽的时候，这些大少爷在白天，还要上西湖去逛逛，弄件把长衫来穿穿，饿着肚皮而高使着牙签，到了晚上上黑暗的地方去跪着讨饭，或者扒点东西，倒满不在乎，因为在黑暗里人家看不见，与面子还是无关，而大少爷的架子却不可不摆。至于做匪做强盗呢，却不会，决不会，杭州人并不是没有这个胆量，但杀头的时候要反绑着手去游街示众，与面子有关。最勇敢的杭州人，亦不过做做小窃而已。

唯其是如此，所以现在的杭州人，就永远是保有着被征服的资格的人，风雅倒很风雅，浅薄的知识也未始没有，小名小利，一着也不肯放松，最厉害的尤其是一张嘴巴。外来的征服者，征服了杭州人后，过不上三代，就也成了杭州人了，于是剃头者人亦剃其头，几十年后，仍复要被新的征服者来征服。照例类推，一年一年地下去，现在残存在杭州的固有杭州老百姓，计算起来，怕已经不上十个指头了。

人家说这是因为杭州的山水太秀丽了的缘故。西湖就像是一位"二八佳人体似酥"的狐狸精，所以杭州决出不出好子弟来。这话哩，当然也含有着几分真理。可是日本的山水，秀丽处远在杭州之上；瑞士我不晓得，意大利的风景画片我们总也时常看见的吧，何以外国人都可以不受着地理的限制，独有杭州人会陷入这一个绝境去的呢？想来想去，我想总还是教育得不好。杭州的家庭教育，社会教育，学校教育，总非要彻底地改革一下不可。

其次是该讲杭州的风俗了。岁时习俗，显露在外表的年中行事，大致是与江南各省相通的；不过在杭州像婚丧喜庆等事，更加要铺张一点而已。关于这一方面，同治年间有一位钱塘的范月桥氏，曾做过一册《杭俗遗风》，写得比较详细，不过现在的杭州风俗，细看起来，还是同南宋吴自牧在《梦粱录》里所说的差仿不多，因为杭州人根本还是由那个时候传下来，在那个时候改组过的人。都会文化的影响，实在真大不过。

一年四季，杭州人所忙的，除了生死两件大事之外，差不多全是为了空的仪式，就是婚丧生死，一大半也重在仪式。丧事人家可以出钱去雇人来哭，喜事人家也有专门说好话的人雇在那里借讨彩头。祭天地、祀祖宗、拜鬼神等等，无非是为了一个架子。甚至于四时的游逛，都列在仪式之内，到了时候，若不去一定的地方走一遭，仿佛是犯了什么大罪，生怕被人家看不起似的。所以明朝的高濂，做了一部《四时幽赏录》，把杭州人在四季中所应做的闲事，详细列叙了出来。现在我只教把这四时幽赏的简目，略抄一下，大家就可以晓得吴自牧所说的"临安风俗，四时奢侈，赏观殆无虚日"的话的不错了。

一、春时幽赏：孤山月下看梅花，八卦田看菜花，虎跑泉试新茶，西溪楼啖煨笋，保俶塔看晓山，苏堤看桃花，等等。

二、夏时幽赏：苏堤看新绿，三生石谈月，飞来洞避暑，湖心亭采莼，等等。

三、秋时幽赏：满家巷赏桂花，胜果寺望月，水乐洞雨后听泉，六和塔夜玩风潮，等等。

四、冬时幽赏：三茅山顶望江天雪霁，西溪道中玩雪，雪后镇海楼观晚炊，除夕登吴山看松盆，等等。

将杭州人的坏处，约略在上面说了之后，我却终觉不得不对杭州的山水，再来一两句简单的批评。西湖的山水，若当盆景来看，好处也未始没有，就是在它的比盆景稍大一点的地方。若要在西湖近处看山的话，那你非要上留下向西向南再走二三十里路不行。从余杭的小和山走到了午潮山顶，你向四面一看，就有点可以看出浙西山脉的大势来了。天晴的时候，西北你能够看得见天目，南面脚下的横流一线，东下海门，就是钱塘江的出口，龛赭二山，小得来像天文镜里的游星。若嫌时间太费，脚力不继的话，那至少你也该坐车下江干，过范村，上五云山头去看看隔岸的越山，与钱塘江上游的不断的峰峦。况且五云山足，西下是云栖，竹木清幽，地方实在还可以。从五云山向北若沿郎当岭而下天竺，在岭脊你就可以看到西岭下梅家坞的别有天地，与东岭下西湖全面的镜样的湖光。

若要再近一点，来玩西湖，我觉得南山终胜于北山，凤凰山胜果寺的荒凉远大，比起灵隐、葛岭来，终觉回味要浓厚一点。

还有北面秦亭山、法华山下的西溪一带呢，如花坞、秋雪庵、茭芦庵等处，散疏雅逸之致，原是有的，可是不懂得南画，不懂得王维、韦应物的诗意的人，即使去看了，也是毫无所得的。

离西湖十余里，在拱宸桥的东首，地当杭州的东北，也有一簇山脉汇聚在那里。俗称"半山"的皋亭山，不过因近城市而最出名，讲到景致，则断不及稍东的黄鹤峰，与偏北的超山。况且超山下的居民，以植果木为业，旧历二月初、正月底边的大明堂外（吴昌硕的坟旁）的梅花，真是一个奇观，俗称"香雪海"的这个名字，觉得一点儿也不错。

此外还有关于杭州的饮食起居的话，我不是做西湖旅行指南的人，在此地只好不说了。

二十三年三月

选自《达夫游记》（上海文学创造社1936年3月初版）

花　坞

"花坞"这一个名字，大约是到过杭州，或在杭州住上几年的人，没有一个不晓得的，尤其是游西溪的人，平常总要一到花坞。二三十年前，汽车不通，公路未筑，要去游一次，真不容易，所以明明知道这花坞的幽深清绝，但脚力不健，非好游如好色的诗人，不大会去。现在可不同了，从湖滨向北向西地坐汽车去，不消半个钟头，就能到花坞口外。而花坞的住民，每到了春秋佳日的放假日期，也会成群结队，在花坞口的那座凉亭里鹄候，预备来做一个临时导游的脚色，好轻轻快快地赚取游客的两毛小洋。现在的花坞，可真成了第二云栖，或第三九溪十八涧了。

花坞的好处，是在它的三面环山、一谷直下的地理位置，石人坞不及它的深，龙归坞没有它的秀，而竹木萧疏，清溪蜿绕，庵堂错落，尼媪翩翩，更是花坞独有的迷人风韵。将人来比花坞，就像浔阳商妇，老抱琵琶；将花来比花坞，更像碧桃开谢，未死春心；将菜来比花坞，只好说冬菇烧豆腐，汤清而味隽了。

我的第一次去花坞，是在松木场跑马山背后养病的时候，记得是一天日和风定的清秋的下午，坐了黄包车，过古荡，过东岳，看了伴凤居，访过凤木庵（是钱塘丁氏的别业），感到了口渴，就问车夫："这附近可有清静的乞茶之处？"他就把我拉到了花坞的中间。

伴凤居虽则结构堂皇，可是里面却也坍败得可以。至于杨家牌楼附近的凤木庵哩，丁氏的手迹尚新，茅庵的木架也在，但不晓怎么，一走进去，就感到了一种扑人的霉灰冷气。当时大厅上停在那里的两口丁氏的棺材，想是这一种冷气的发源之处，但泥墙倾圮，蛛网绕梁，与壁上挂在那里的字画屏条一对比，极自然地令人生出了"俯仰之间，已成陈迹"的感想。因为刚刚在看了这两处衰落的别墅之后，所以一到花坞，就觉得清新安逸，像世外桃源的样子了。

自北高峰后，向北直下的这一条坞里，没有洋楼，也没有伟大的建筑，而从竹叶杂树中间透露出来的屋檐半角，女墙一围，看将过去却又显得异常的整洁，异常的清丽。英文字典里有 Cottage 的这一个名字，而形容这些茅屋田庄的安闲小洁的字眼，又有着许多像 Tiny、Dainty、Snug 的绝妙佳词，我虽则还没有到过英国的乡间，但到了花坞，看了这些小庵却不能自已地便想起了这种只在小说里读过的英文字母。我手指着那些在林间散点着的小小的茅庵，回头来就问车夫："我们可能进去？"车夫说："自然是可以的。"于是就在一曲溪旁，走上了山路高一段的地方，到了静掩在那里的，双黑板的墙门之外。

车夫使劲敲了几下，庵里的木鱼声停了，接着门里头就有一位女人的声音，问外面谁在敲门。车夫说明了来意，铁门闩一响，半边的门开了，出来迎接我们的，却是一位白发盈头、皱纹很少的老婆婆。

庵里面的洁净，一间一间小房间的布置的清华，以及庭前屋后树木的参差掩映，和厅上佛座下经卷的纵横，你若看了之后，仍不起皈依弃世之心的，我敢断定你就是没有感觉的木石。

那位带发修行的老比丘尼去为我们烧茶煮水的中间，我远远听见了几声从谷底传来的鹊噪的声音，大约天时向暮，乌鹊来归巢了，谷里的静，反因这几声的急噪，而加深了一层。

我们静坐着，喝干了两壶极清极酽的茶后，该回去了，迟疑了一会儿，我就拿出了一张纸币，当作茶钱，那一位老比丘尼却笑起来了，并且婉慢地说：

"先生！这可以不必，我们是清修的庵，茶水是不用钱买的。"

推让了半天，她不得已就将这一元纸币交给了车夫，说："这给你做个外快吧！"

这老尼的风度，和这一次逛花坞的情趣，我在十余年后的现在，还在津津地感到回味。所以前一礼拜的星期日，和新来杭州住的几位朋友遇见之后，他们问我"上哪里去玩？"我就立时提出了花坞。他们是有一乘自备汽车的，经松木场，过古荡、东岳而去花坞，只须二十分钟，就可以到。

十余年来的变革，在花坞里也留下了痕迹。竹木的清幽，山溪的静妙，虽则还同太古时一样，但房屋加多了，地价当然也增高了几百倍。而最令人感到不快的，却是这花坞的住民的变作了狡猾的商人；庵里的尼媪，和禅院的老僧，也不像从前的恬淡了；建筑物和器具之类，并且处处还受着了欧洲的下劣趣味的恶化。

同去的几位，因为没有见到十余年前花坞的处女时期，所以仍旧感觉得非常满意,以为九溪十八涧、云栖决没有这样的清幽深邃。但在我的内心,却想起了一位素朴天真、沉静幽娴的少女,忽被有钱有势的人奸了以后又被弃的状态。

一九三五年三月二十四日

选自《达夫游记》(上海文学创造社1936年3月初版)

皋亭山

皋亭山俗称半山，以"半山娘娘庙"出名。地在杭城东北角，与城市相去大约有十五六里路之遥。上半山进香或试春游的人，可以从万安桥头下船，一直地遵水路向东北摇去。或从湖墅、拱宸桥以及城里其他各埠下船去都行。若从陆路去，最好是坐火车到笕桥下车，向北走去，到半山只有七里；倘由拱宸桥走去，怕要走十多里路了，而路又曲折，容易走错。汽车路，不知通到了什么地方，因为航空学校在皋亭山下笕桥之南三五里，大约汽车路总一定是有的。

先说明了这一条路径，其次要说我去游皋亭的经验了，这中间，还可以插叙些历史上的传说进去。

自前年搬到了杭州来住后，去年今年总算已经过了两个春天。我所最爱的季节，在江南是秋是冬，以及春初的一二个月。以后天气一热，从春晚到夏末，我简直是一个病夫，晚上睡不着觉，日里头昏脑涨，不吃酒也像是个醉狂的人。去年春天，为防止这一种疰夏——其实也可以说是疰春——病的袭来，老早我就在防卫，想把身体练得好些，可以敌得过浓春的压迫，盛夏的熏蒸。故而到了春初，我就日日地游山玩水，跑路爬高，书也不读，文章也不写。有一天正在打算找出一处不曾去过的地方来，去游它一天，消磨那一日长闲的春昼，恰巧有一位多年不见的诗人何君来了，他是住在临平附近的人，对于那一边的地理，是很熟悉的。我问说："临平山，超山，塘栖镇，都已经去过了，东面还有更可以玩的地方没有？"他垂头想了一想，就说："半山你到过没有？"我说："没有！"于是就决定了一道去游半山。

半山本名皋亭山，在清朝各诗人的集子里，记游皋亭看桃花的诗词杂文很多很多。我们去的那一天，桃花虽还没有开，但那一年春天来得较迟，梅花也许是还有的。皋亭虽不是出梅子的地方，可是野人篱落，一树半枝的古梅，倒也许比梅林更为有趣。何君从故乡来，说迟梅还正在盛开，而这一天的天气，也正适合于探梅野步。

我们去时，本打算上笕桥去下车，以后就走到皋亭山上庙里去吃午餐的，但一到车站，听说四等车已经开了，于是不得已只能坐火车到了拱宸桥。

在拱宸桥下车，遥望着皋亭的山色，向北向东，穿桑林，过小桥，一路地走去，那一种萧疏的野景，实在也满含着牧歌式的情趣。到了离皋亭山不远，入沿堤一处村子里的时候，梅花已经看了不少，说话也说尽了两三个钟头，而肚里也有点像贪狼似的饿了。

我们在堤上的一家茶馆里，烘着太阳，脱下衣服，先喝了两大碗土烧酒，吃了十几个茶叶蛋，和一大包花生米、豆腐干。村里的人，看见我们食量的宏大，行动的奇特，在这早春的农闲期里，居然也聚集拢了许多农工织女，来和我们攀谈。中间有一位抱小孩子的二十二三的少妇，衣服穿得异常的整齐，相貌也生得非常之完满，默默微笑着坐在我们一丛人的边上，在听我们谈海天、说笑话，而时时还要加以一句两句的羞缩的问语。何诗人得意之至，酒喝完后，诗兴发了，即席就吟成了一首七言长句，后来就题上了"半山娘娘庙"的墙壁。他要我和，我只做成了一半，后一半却是在回来的路上做的，当然是出韵了，原诗已经记不出来，我现在先把我的和诗抄在下面：

春愁如水刀难断，村酿遍醇醉易狂。
笑指朱颜称白也，乱抛青眼到红妆。
上方钟定夫人庙，东阁诗成水部郎。
看遍野梅三百树，皋亭山色暮苍苍。

因为我们在茶馆里所谈的，就是这一首诗里的故实。

他们说："半山娘娘最有灵感，看蚕的人家，每年来这里烧香的，从二月到四月，总有几千几万。"

他们又说："半山娘娘，是小康王封的。金人追小康王到了这山的半腰，小康王无处躲了，幸亏这娘娘一把沙泥，撒瞎了追来的金人的眼睛。"

又有一个老农夫订正这一个传说："小康王逃入了半山的山洞，金人赶到了，幸亏娘娘把一篓细丝倒向了洞口，因而结成了蛛网。金人看见蛛网满洞，晓得小康王决不躲在洞里，所以又远追了开去。"

凡此种种，以及香灰疗病、娘娘托梦等最近的奇迹，他们都说得活灵活现，我们仿佛是身到了西方的佛国。故而何诗人做了诗，而不是诗人的我，也放出了那么的一"臭"。其实呢，半山庙所祀的为倪夫人。据说，金人来侵，村民避难入山，向晚大家回村去宿，独倪夫人怕被奸污，留居山上，夜间为毒蛇咬死。人悯其贞，故立庙祀之。所谓撒沙，所谓倒丝筐，都是由这传说里滋生出来的枝节，而祠为宋敕，神为女神，却是实事。

我们饱吃了一顿，大笑了一场，就由这水边的村店里走出，沿堤又走了二三里路，就走上了皋亭脚下的一个有山门在的村子。这里人家更多，小店里的货色也比较得完备。但村民的新年习惯，到了阴历的二月还未除去，山门前的亭子里、茶店里，有许多人围着在赌牌九。何诗人与我，也挤了进去，押了几次，等四毛小洋输完后，只好转身入山门，上山去瞻仰半山娘娘的像了。

庙的确是在半山，庙里的匾额、签文，以及香烛之类，果然堆叠得很多。但正殿三间，已经倾颓灰黑了，若再不修理，怕将维持不下去。西面的厢房一排数间，是厨房，也是管庙管山的人的宿舍，后面更有一个观音堂，却是新近修理粉刷过的。

因为半山庙的前后左右，也没有什么好看，桃树也并没有看见，梅花更加少了，我们就由倪夫人庙西面的一条山路走上了山顶。登高而望远，风景是总不会坏的，我们在皋亭山顶，自然也看见了杭州城里的烟树人家与钱塘江南岸的青山。

从山顶下来，时间已经不早了，何诗人将诗题上了西厢的粉壁后，两人就跑也似的走到了笕桥。

一年的岁月，过去得很快。今年新春刚过，又是饲蚕的时节了，前几天在万安桥头闲步，并且还看见了桅杆上张着黄旗的万安集、半山、超山进香的香船，因而便想起了去年的游迹，因而又发出了一"臭"：

  半堤桃柳半堤烟，急景清明谷雨前。
  相约皋亭山下去，沿河好看进香船。

一九三五年三月廿七日

选自《达夫游记》（上海文学创造社1936年3月初版）

西溪的晴雨

西北风未起，蟹也不曾肥，我原晓得芦花总还没有白，前两星期，源宁来看了西湖，说他倒觉得有点失望，因为湖光山色，太整齐，太小巧，不够味儿。他开来的一张节目上，原有西溪的一项，恰巧第二天又下了微雨，秋原和我就主张微雨里下西溪，好叫源宁去尝一尝这西湖近旁的野趣。

天色是阴阴漠漠的一层，湿风吹来，有点儿冷，也有点儿香，香的是野草花的气息。车过方井旁边，自然又下车来，去看了一下那座天主圣教修士们的古墓。从墓门望进去，只是黑沉沉、冷冰冰的一个大洞，什么也看不见，鼻子里却闻吸到了一种霉灰的阴气。

把鼻子掀了两掀，耸了一耸肩膀，大家都说，可惜忘记带了电筒，但在下意识里，自然也有一种恐怖、不安和畏缩的心意，在那里作恶。直到了花坞的溪旁，走进窗明几净的静莲庵（？）堂去坐下，喝了两碗清茶，这一些鬼胎，方才洗涤了个空空脱脱。

游西溪，本来是以松木场下船，带了酒盒行厨，慢慢儿地向西摇去为正宗。像我们那么高坐了汽车，飞鸣而过古荡、东岳，一个钟头要走百来里路的旅客,终于是难度的俗物,但是俗物也有俗益,你若坐在汽车里,引颈而向西向北一望,直到湖州,只见一派空明,遥盖在淡绿成阴的斜平海上,这中间不见水,不见山,当然也不见人,只是渺渺茫茫,青青绿绿,远无岸,近亦无田园村落的一个大斜坡,过秦亭山后,一直到留下为止的那一条沿山大道上的景色,好处就在这里,尤其是当微雨朦胧、江南草长的春或秋的半中间。

从留下下船,回环曲折,一路向西向北,只在芦花浅水里打圈圈。圆桥茅舍,桑树蓼花,是本地的风光,还不足道;最古怪的,是剩在背后的一带湖上的青山,不知不觉,忽而又会得移上你的面前来,和你点一点头,又匆匆地别了。

摇船的少女,也总好算是西溪的一景,一个站在船尾把摇橹,一个坐在船头上使桨,身体一伸一俯,一往一来,和橹声的咿呀,水波的起落,凑合成一大又圆又曲的进行软调。游人到此,自然会想起瘦西湖边,竹西歌吹的闲情,而源宁昨天在漪园月下老人祠里求得的那枝灵签,仿佛是完全地应了。签诗的语文,是《鄘风·桑中》章末后的三句,叫作"期我乎桑中,要我乎上宫,送我乎淇之上矣"。

此后便到了茭芦庵,上了弹指楼,因为是在雨里,带水拖泥,终于也感不到什么的大趣,但这一天向晚回来,在湖滨酒楼上放谈之下,源宁却一本正经地说:"今天的西溪,却比昨日的西湖,要好三倍。"

前天星期假日,日暖风和,并且在报上也曾看到了芦花怒放的消息,午后日斜,老龙夫妇,又来约去西溪,去的时候,太晚了一点，所以只在秋雪庵的弹指楼上，消磨了半日之半。一片斜阳，反照在芦花浅渚的高头，花也并未怒放，树叶也不曾凋落，原不见秋，更不见雪，只是一味的晴朗浩荡，飘飘然，浑浑然，洞贯了我们的肠腑。老僧无相，烧了面，泡了茶，更送来了酒，末后还拿出了纸和墨。我们看看日影下的北高峰，看看庵旁边的芦花荡，就问无相，花要几时才能全白？老僧操着缓慢的楚国口音，微笑着说："总要到阴历十月的中间，若有月亮，更为出色。"说后，还提出了一个变换的条件，要我们到那时候，再去一玩，他当预备些精馔相待，聊当作润笔，可是今天的字，却非写不可。老龙写了"一剑横飞破六合，万家憔悴哭三吴"的十四个字，我也附和着抄了一副不知在哪里见过的联语："春梦有时来枕畔，夕阳依旧上帘钩。"

喝得酒醉醺醺，走下楼来，小河里起了晚烟，船中间满载了黑暗，龙妇又逸兴遄飞，不知上哪里去摸出了一枝洞箫来吹着，"其声呜呜然，如怨如慕，如泣如诉，余音袅袅，不绝如缕"，倒真有点像是七月既望，和东坡在赤壁的夜游。

选自《达夫游记》（上海文学创造社1936年3月初版）

第二辑 乐游

半日的游程

去年有一天秋晴的午后,我因为天气实在好不过,所以就搁下了当时正在赶着写的一篇短篇的笔,从湖上坐汽车驰上了江干。在儿时习熟的海月桥、花牌楼等处闲走了一阵,看看青天,看看江岸,觉得一个人有点寂寞起来了,索性就朝西地直上,一口气便走到了二十几年前曾在那里度过半年学生生活的之江大学的山中。二十年的时间的印迹,居然处处都显示了面形,从前的一片荒山,几条泥路,与夫乱石幽溪,草房藩溷,现在都看不见了。尤其要使人感觉到我老何堪的,是在山道两旁的那一排青青的不凋冬树,当时只同豆苗似的几根小小的树秧,现在竟长成了可以遮蔽风雨,可以掩障烈日的长林。不消说,山腰的平处,这里那里,一所所的轻巧而经济的住宅,也添造了许多。像在画里似的附近山川的大致,虽仍依旧,但校址的周围,变化却竟簇生了不少。第一,从前在大礼堂前的那一丝空地,本来是下临绝谷的半边山道,现在却已将面前的深谷填平,变成了一大球场。大礼堂西北的略高之处,本来是有几枝被朔风摧折得弯腰屈背的老树孤立在那里的,现在却建筑起了三层的图书文库了。二十年的岁月！三千六百日的两倍的七千二百日的日子！以这一短短的时节，来比起天地的悠长来，原不过是像白驹的过隙，但是时间的威力，究竟是绝对的暴君，曾日月之几何，我这一个本在这些荒山野径里驰骋过的毛头小子，现在也竟垂垂老了。

一路上走着看着，又微微地叹着，自山的脚下，走上中腰，我竟费去了三十来分钟的时刻。半山里是一排教员的住宅，我的此来，原因为在湖上在江干孤独得怕了，想来找一位既是同乡，又是同学，而自美国回来之后就在这母校里服务的胡君，和他来谈谈过去，赏赏清秋，并且也可以由他这里来探到一点故乡的消息的。

两个人本来是上下年纪的小学校的同学，虽然在这二十几年中见面的机会不多，但或当暑假，或在异乡，偶尔遇着的时候，却也有一段不能自已的柔情，油然会生起在各个的胸中。我的这一回的突然的袭击，原也不过是想使他惊骇一下，用以加增加增亲热的效力的企图。升堂一见，他果然是被我骇倒了。

"哦！真难得！你是几时上杭州来的？"他惊笑着问我。

"来了已经多日了，我因为想静静儿地写一点东西，所以朋友们都还没有去看过。今天实在天气太好了，在家里坐不住，因而一口气就跑到了这里。"

"好极！好极！我也正在打算出去走走，就同你一道上溪口去吃茶去吧，沿钱塘江到溪口去的一路的风景，实在是不错！"

沿溪入谷，在风和日暖、山近天高的田塍道上，二人慢慢地走着，谈着，走到九溪十八涧的口上的时候，太阳已经斜到了去山不过丈来高的地位了。在溪房的石条上坐落，等茶庄里的老翁去起茶煮水的中间，向青翠还像初春似的四山一看，我的心坎里不知怎么，竟充满了一股说不出的飒爽的清气。两人在路上，说话原已经说得很多了，所以一到茶庄，都不想再说下去，只瞪目坐着，在看四周的山和脚下的水，忽而嘘朔朔朔的一声，在半天里，晴空中一只飞鹰，像霹雳似的叫过了，两山的回音，更缭绕地震动了许多时。我们两人头也不仰起来，只竖起耳朵，在静听着这鹰声的响过。回响过后，两人不期而遇地将视线凑集了拢来，更同时破颜发了一脸微笑，也同时不谋而合地叫了出来说：

"真静啊！"

"真静啊！"

等老翁将一壶茶搬来，也在我们边上的石条上坐下，和我们攀谈了几句之后，我才开始问他说：

"久住在这样寂静的山中，山前山后，一个人也没有得看见，你们倒也不觉得怕的么？"

"怕啥东西？我们又没有龙连（钱），强盗绑匪，难道肯到孤老院里来讨饭吃的么？并且春三二月，外国清明，这里的游客，一天也有好几千。冷清的，就只不过这几个月。"

我们一面喝着清茶，一面只在贪味着这阴森得同太古似的山中的寂静，不知不觉，竟把摆在桌上的四碟糕点都吃完了。老翁看了我们的食欲的旺盛，就又推荐着他们自造的西湖藕粉和桂花糖说：

"我们的出品，非但在本省口碑载道，就是外省，也常有信来邮购的，两位先生冲一碗尝尝看如何？"

大约是山中的清气，和十几里路的步行的结果吧，那一碗看起来似鼻涕，吃起来似泥沙的藕粉，竟使我们嚼出了一种意外的鲜味。等那壶龙井芽茶冲得已无茶味，而我身边带着的一封绞盘牌也只剩下两枝的时节，觉得今天是行得特别快的那轮秋日，早就在西面的峰旁躲去了。谷里虽掩下了一天阴影，而对面东首的山头，还映得金黄浅碧，似乎是山灵在预备去赴夜宴而铺陈着浓妆的样子。我昂起了头，正在赏玩着这一幅以青天为背景的夕照的秋山，忽听见耳旁的老翁以富有抑扬的杭州土音计算着账说：

"一茶，四碟，二粉，五千文！"

我真觉得这一串话是有诗意极了，就回头来叫了一声说：

"老先生！你是在对课呢，还是在作诗？"

他倒惊了起来，张圆了两眼呆视着问我：

"先生你说啥话语？"

"我说，你不是在对课么？三竺六桥，九溪十八涧，你不是对上了'一茶四碟，二粉五千文'了么？"

说到了这里，他才摇动着胡子，哈哈地大笑了起来，我们也一道笑了。付账起身，向右走上了去理安寺的那条石砌小路，我们俩在山嘴将转弯的时候，三人的呵呵呵呵的大笑的余音，似乎还在那寂静的山腰，寂静的溪口，作不绝如缕的回响。

一九三三年五月二十一日

选自《达夫游记》（上海文学创造社1936年3月初版）

临平登山记

曾坐沪杭甬的通车去过杭州的人，想来谁也看到过临平山的一道青嶂。车到了硖石，平地里就有起几堆小石山来了。然而近者太近，远者太小，不大会令人想起特异的关于山的概念。一到临平，向北窗看到了这眠牛般的一排山影，才仿佛是叫人预备着到杭州去看山看水似的，心里会突然地起一种变动，觉得杭州是不远了，四周的环境，确与沪宁路的南段，沪杭甬路的东段，一望平原，河流草舍很多的单调的景色不同了。这临平山的顶上，我一直到今年，才去攀涉，回想起来，倒也有一点浅淡的佳趣。

临平不过是杭州——大约是往日的仁和县管的吧？——的一个小镇，介在杭州、海宁二县之间，自杭州东去，至多也不到六七十里地的路程。境内河流四绕，可以去湖州，可以去禾郡，也可以去松江、上海，直到天边。因之沿河的两岸（是东西的）、交河的官道（是南北的）之旁，就自然而然地成了一个部落。居民总有八九百家，柳叶菱塘，桑田鱼市，麻布袋，豆腐皮，酱鸭肥鸡，茧行藕店，算将起来，一年四季，农产商品，倒也不少。在一条丁字路的转弯角前，并且还有一家青帘摇漾的杏花村——

是酒家的雅号，本名仿佛是聚贤楼——乡民朴素，禁令森严，所以妓馆当然是没有的，旅馆也不曾看到，但暗娼有无，在这一个民不聊生、民又不敢死的年头，我可不能够保。

我们去的那天，是从杭州坐了十点左右的一班慢车去的，一则因为左近的三位朋友，那一日正值着假期；二则因为有几位同乡，在那里处理乡村的行政，这几位同乡听说我近来侘傺无聊，篇文不写，所以请那三位住在我左近的朋友约我同去临平玩玩，或者可以散散心，或者也可以壮壮胆，不要以为中国的农村完全是破产了，中国人除几个活大家死之外别无出路了。等因奉此地到了临平，更在那家聚贤楼上，背晒着太阳喝了两斤老酒，兴致果然起来了，把袍子一脱，我们就很勇猛地说："去，去爬山去！"

缓步西行（出镇往西），靠左手走过一个桥洞，在一条长蛇似的大道之旁，远远就看得见一座银匠店头的招牌那么的塔，和许多名目也不大晓得的疏疏落落的树。地理大约总可以不再过细地报告了吧，北面就是那支临平山，南面岂不又是一条小河么？我们的所以不从临平山的东首上山，而必定要走出镇市——临平市是在山的东麓的——走到临平山的西麓去者，原因是为了安隐寺里的一棵梅树。

安隐寺，据说，在唐宣宗时名永兴院，吴越时名安平院，至宋治平二年，始赐今名。因为明末清初的那位西泠十子中的临平人沈去矜谦，好闲多事，做了一部《临平记》，所以后来的临平人，也做出了不少的文章，其中最好的一篇，便是安隐寺里的那棵所谓"唐梅"的梅树。

安隐寺，在临平山的西麓，寺外面有一口四方的小井，井栏上刻着"安平泉"的三个不大不小的字。诸君若要一识这安平泉的伟大过去,和沿临平山一带的许多寺院的兴废,以及鼎湖的何以得名,孙皓的怎么亡国(我所说的是天玺改元的那一回事情)等琐事的,请去翻一翻沈去矜的《临平记》,张大昌的《临平记补遗》,或田汝成的《西湖志余》等就得,我在这里,只能老实地说,那天我们所看到的安隐寺,实在是坍败得可以,寺里面的那一棵出名的"唐梅",树身原也不小,但我却怎么也不想承认它是一千几百年前头的刁钻古怪鬼灵精。你且想想看,南宋亡国,伯颜丞相,岂不是由临平而入驻皋亭的么?那些羊膻气满身满面的元朝鞑子,哪里肯为中国人保留着这一株枯树?此后还有清朝,还有洪杨的打来打去,庙之不存,树将焉附,这唐梅若果是真,那它可真是不怕水火、不怕刀兵的活宝贝了,我们中国还要造什么飞机高射炮呢?同外国人打起仗来,岂不只教擎着这一棵梅树出去就对?

在冷气逼人的安隐寺客厅上吃了一碗茶,向四壁挂在那里的霉烂的字画致了一致敬,付了他们四角小洋的茶钱之后,我们就从不知何时被毁去的西面正殿基的门外,走上了山。沿山脚的一带,太阳光里,有许多工人,只穿了一件小衫,在那里劈柴砍树。我看得有点气起来了,所以就停住了脚,问他们:"这些树木,是谁教你们来砍的?""除了这些山的主人之外还有谁呢?"这回话倒也真不错,我呆张着目,看看地上纵横睡着的拳头样粗的松杉树干,想想每年植树节日的各机关和要人等贴出来的红绿的标语传单,喉咙头好像冲起来了一块面包。呆立了一会儿,看看同来的几位同伴,已经上山去得远了,就只好屁也不放一个,旋转身子,狠狠地踏上了山腰,仿佛是山上的泥沙碎石,得罪了我的样子。

这一口看了工人砍树伐山而得的气闷,直到爬上山顶快的时候,才兹吐出。临平山虽则不高,但走走究竟也有点吃力,喘气喘得多了,肚子里自然会感到一种清空,更何况在山顶上坐下的一瞬间,远远地又看得出钱塘江一线的空明缭绕,越山隔岸的无数青峰,以及脚下头临平一带的烟树人家来了呢!至于在沪杭甬路轨上跑的那几辆同小孩子的玩具似的客车,与火车头上在乱吐的一圈一圈的白烟,那不过是将死风景点一点活的手笔,像麦克白夫妇当行凶的当儿,忽听到了醉汉的叩门声一样,有了原是更好,即使没有,也不会使人感到缺恨的。

从临平山顶上看下来的风景,的确还有点儿可取。从前我曾经到过兰溪,从兰溪市上,隔江西眺横山,每感到这座小小的兰阴山真太平淡,真是造物的浪费,但第二日身入了此山,到山顶去向南向东向西向北地一看,反觉得游兰溪者这横山决不可不到了。临平山的风景,就同这山有点相像。你远看过去,觉得临平山不过是一支光秃的小山而已,另外也没有什么奇特,但到山顶去俯瞰下来,则又觉得杭城的东面,幸亏有了它才可以说是完满。我说这话,并不是因受了临平人的贿赂,也不是想夺风水先生——所谓堪舆家也——们的生意,实在是杭州的东面太空旷了,有了临平山,有了皋亭、黄鹤一带的山,才补了一补缺。这是从风景上来说的话,与什么"临平湖塞则天下治,湖开则天下乱"等倒果为因的妄揣臆说,却不一样。

临平山顶,自西徂东,曲折高低的山脊线,若把它拉将直来，大约总也有里把路长的样子。在这里把路的半腰偏东，从山下望去，有一围黄色的墙头露出，像煞是巨象身上的一只木斗似的地方，就是临平人最爱夸说的龙洞的道观了。这龙洞，临平的乡下人，谁也晓得，说是小康王曾在洞里避过难。其实呢，这又是以讹传讹的一篇乡下文章而已。你猜怎么着？这临平山顶，半腰里原是有一个大洞的。洞的石壁上贴地之处，有"翼拱之凌晨游此，时康定元年四月八日"的两行字刻在那里。小康王也是一个康，康定元年也是一个康，两康一混，就混成了小康王的避难。大约因此也就成全了那个道观，龙洞道观的所以得至今庙貌重新、游人争集者，想来小康王的功劳，一定要居其大半。可是沈谦的《临平记》里，所说就不同了，现在我且抄一段在这里，聊以当作这一篇《临平登山记》的尾巴，因为自龙山出来，天也差不多快晚了，我们也就跑下了山，赶上了车站，当日重复坐四等车回到了杭州的缘故：

仁宗皇帝康定元年夏四月，翼拱之来游临平山细砺洞。

谦曰：吾乡有细砺洞，在临平山巅，深十余丈，阔二丈五尺，高一丈五尺，多出砺石，《本草》所称"砺石出临平"者，即其地也。至是者无不一游，自宋至今，题名者数人而已，然多漶漫不可读，而攀跻洗剔，得此一人，亦如空谷之足音，跫然而喜矣。

又曰：谦闻洞中题名旧矣，向未见。甲申四月八日，里人例有祈年之举，谦同友人往探，因得见其真迹。字在洞中东北壁，惟翼字最大，下两行分书之，微有丹漆，乃里人郭伯邑所润色，今则剥落殆尽，其笔势，遒劲如颜真卿格，真奇迹也。洞西南，又凿有"窦缄"二字，无年月可考，亦不解其义，意者，游人有窦姓者邪？至于满洞镂刻佛像，或是杨髡灵鹫之余波也。（《临平记》卷一·十九页）

一九三四年三月

选自《达夫游记》（上海文学创造社1936年3月初版）

超山的梅花

凡到杭州来游的人，因为交通的便利，和时间的经济的关系，总只在西湖一带，登山望水，漫游两三日，便买些土产，如竹篮、纸伞之类，匆匆回去，以为雅兴已尽，尘土已经涤去，杭州的山水佳处，都曾享受过了。所以古往今来，一般人只知道三竺六桥、九溪十八涧，或西湖十景、苏小岳王，而离杭城三五十里稍东偏北的一带山水，现在简直是很少有人去玩，并且也不大有人提起的样子。

在古代可不同，至少至少，在清朝的乾嘉道光，去今百余年前，杭州人的好游的，总没有一个不留恋西溪，也没有一个不披蓑戴笠去看半山（即皋亭山）的桃花、超山的香雪的。原因是因为那时候杭州和外埠的交通，所取的路径都是水道，从嘉兴、上海等处来往杭州，运河是必经之路。舟入塘栖，两岸就看得到山影，到这里，自杭州去他处的人，渐有离乡去国之感，自外埠到杭州来的人，方看得到山明水秀的一个外廓，因而塘栖镇，和超山、独山等处，便成了一般旅游之人对杭州的记忆的中心。

超山是在塘栖镇南，旧日仁和县（现在并入杭县了）东北六十里的永和乡的,据说高有五十余丈,周二十里(咸淳《临安志》作三十七丈),因其山超然出于皋亭、黄鹤之外,故名。

从前去游超山,是要从湖墅或拱宸桥下船,向东向北向西向南,曲折回环,冲破菱荇水藻而去的。现在汽车路已经开通,自清泰门向东直驶,至乔司站落北更向西,抄过临平镇,由临平山西北,再驰十余里,就可以到了。"小红唱曲我吹箫"的船行雅处,现在虽则要被汽车的机器油破坏得丝缕无余,但坐船和坐汽车的时间的比例,却有五与一的大差。

汽车走过的临平镇,是以释道潜的一首"风蒲猎猎弄轻柔,欲立蜻蜓不自由,五月临平山下路,藕花无数满汀洲"的绝句出名,而超山北面的塘栖镇,又以南宋的隐士、明末清初的田园别墅出名,介于塘栖与超山之间的丁山湖,更以水光山色、鱼虾果木出名。也无怪乎从前的文人骚客,都要向杭州的东面跑,而超山、皋亭山的名字每散见于诸名士的歌咏里了。

超山脚下,塘栖附近的居民,因为住近水乡、阡陌不广之故,所靠以谋生的完全是果木的栽培。自春历夏,以及秋冬,梅子、樱桃、枇杷、杏子、甘蔗之类的出产,一年总有百万元内外,所以超山一带的梅林,成千成万。由我们过路的外乡人看来,只以为是乡民趣味的高尚,个个都在学林和靖的终身不娶,殊不知实际上他们却是正在靠此而养活妻孥的哩。

超山的梅花,向来是开在立春前后的,梅干极粗极大,枝叉离披四散,五步一丛,十步一坂,每个梅林,总有千株内外,一株的花朵,又有万颗左右。故而开的时候,香气远传到十里之外的临平山麓,登高而远望下来,自然自成一个雪海。近年来虽说梅株减少了一点，但我想比到罗浮的仙境，总也只有过之，不会不及。

从杭州到超山去的汽车路上，过临平山后，两旁已经有一处一处的梅林在迎送了，而汇聚得最多、游人所必到的看梅胜地，大抵总在汽车站西南，超山东北麓，报慈寺大明堂（亦称大明寺）前头，梅花丛里有一个周梦坡筑的宋梅亭，在那里的周围五六里地的一圈地方。

报慈寺里的大殿（大约就是大明堂了吧），前几年被寺的仇人毁坏了，当时还烧死了一位当家和尚在殿东一块石碑之下。但殿后的一块刻有吴道子画的大士像的石碑，还好好地镶在壁里，丝毫也没有动。去年我去的时候，寺僧刚在募化重修大殿，殿外面的东头，并且已经盖好了三间厢房在作客室。后面高一段的三间后殿，火烧时也不曾烧去，和尚手指着立在殿后壁里的那一块石刻大士像碑说："这都是这位大慈大悲救苦救难广大灵感观世音菩萨的福佑！"

在何春渚删成的《塘栖志略》里，说大明寺前有一口井，井水甘冽，旁树石碣，刻有"一人堂堂，二曜重光，泉深尺一，点去冰旁，二人相连，不欠一边，三梁四柱烈火然，添却双钩两日全"之碑铭，不识何意等语。但我去大明堂（寺）的时候，却既不见井，也不见碑。而这条碑铭，我从前是曾在一部笔记叫作《桂苑丛谈》的书里看到过一次的，这书记载着"令狐相公出镇淮海日，支使班蒙，与从事诸人，俱游大明寺之西廊，忽睹前壁，题有此铭，诸宾皆莫能辨，独班支使曰：'得非大明寺水，天下无比八字乎？'众皆恍然"。从此看来，《塘栖志略》里所说的大明寺井碑，应是抄来的文章，而编者所谓不识何意者，还是他在故弄玄虚。当然，寺在山麓，地又近水，寺前寺后，井是当然有一口的，井里的泉，也当然是清冽的。不过此碑此铭，却总有点儿可疑。

大明寺前的所谓宋梅，是一棵曲屈苍老，根脚边只剩了两条树皮围拱，中间空心，上面枝干四叉的梅树。因为怕有人折，树外面全部是用一铁线网罩住的。树当然是一株老树，起码也要比我的年纪大一两倍，但究竟是不是宋梅，我却不敢断定。去年秋天，曾在天台山国清寺的伽蓝殿前，看见过一株所谓隋梅；前年冬天，也曾在临平山下安隐寺里看过一枝所谓唐梅。但所谓隋，所谓唐，所谓宋等等，我想也不过"所谓"见而已，究竟如何，还得去问问植物考古的专家才行。

出大明堂，从梅花林里穿过，西面从吴昌硕的坟旁一条石砌路上攀登上去，是上超山顶去的大路了。一路上有许多同梦也似的疏林，一株两株如被遗忘了似的红白梅花，不少的坟园，在招你上山。到了半山的竹林边的真武殿（俗称中圣殿）外，超山之所以为超，就有点感觉得到了。从这里向东西北的三面望去，是汪洋的湖水，曲折的河身，无数的果树，不断的低岗，还有塘的两面的点点的人家。这便算是塘栖一带的水乡全景的鸟瞰。

从中圣殿再沿石级上去，走过黑龙潭，更走二里，就可以到山顶，第一要使你骇一跳的，是没有到上圣殿之先的那一座天然石筑的天门。到了这里，你才晓得超山的奇特，才晓得志上所说的"山有石鱼石笋等，他石多异形，如人兽状"诸记载的不虚。实实在在，超山的好处，是在山头一堆石，山下万梅花，至若东瞻大海、南眺钱江、田畴如井、河道如肠、桑麻遍地、云树连天等形容词，则凡在杭州东面的高处，如临平山、黄鹤峰上都用得着的，并非是超山独一无二的绝景。

你若到了超山之后，则北去超山七里地外的塘栖镇上，不可不去一到。在那些河流里坐坐船，果树下跑跑路，趣味实在是好不过，两岸人家，中夹一水。走过丁山湖时，向西面看看独山，向东首看看马鞍龟背，想象想象南宋垂亡，福王在庄（至今其地还叫作福王庄）上所过的醉生梦死、脂香粉腻的生涯，以及明清之际，诸大佬的园亭别墅、台榭楼堂，或康熙、乾隆等数度的临幸，包管你会起一种像读《芜城赋》似的感慨。

又说到了南宋，关于塘栖，还有好几宗故事，值得一提。第一，卓氏家乘《唐栖考》里说："唐栖者，唐隐士所栖也。隐士名珏，字玉潜，宋末会稽人。少孤，以明经教授乡里子弟而养其母。至元戊寅，浮图总统杨连真伽，利宋攒宫金玉，故为妖言惑主听，发掘之。珏怀愤，乃货家具，召诸恶少，收他骨易遗骸，瘗兰亭山后，而树冬青树识焉。珏后隐居唐栖，人义之，遂名其地为唐栖。"这镇名的来历说，原是人各不同的，但这也岂不是一件极有趣的故实么？还有塘栖西龙河圩，相传有宋宫人墓；昔有士子，秋夜凭栏对月，忽闻有环珮之声，不寐听之，歌一绝云："淡淡春山抹未浓，偶然还记旧行踪。自从一入朱门去，便隔人间几万重。"闻之酸鼻，这当然也是一篇绝哀艳的鬼国文章。

塘栖镇跨在一条水的两岸，水南属杭州，水北属德清，商市的繁盛，酒家的众多，虽说只是一个小小的镇集，但比起有些县城来，怕还要闹热几分。所以游过超山，不愿在山上吃冷豆腐、黄米饭的人,尽可以上塘栖镇上去痛饮大嚼。从山脚下走回汽车路去坐汽车上塘栖,原也很便,但这一段路,总以走走路坐坐船更为合式。

一九三五年一月九日

选自《达夫游记》(上海文学创造社1936年3月初版)

龙门山路

杭州近处一二十里路内外的风景，从前在路未筑好、交通不便的时候，跑跑原也很费力，很可以满足满足一般生长在城市中的骚人雅士的好奇冒险之心，但现在可不同了，汽车一坐，一个钟头至少至少可以跑上六七十里（三十余至四十公里）的路。像云栖，像花坞，像九溪十八涧，像超山等处，从前非得前一日预备糇粮，诘朝而往，信宿始返的地方，现在只消有三个钟头，就可以去逛得，往游的人一多，游者当然也不甚珍视了。所以最近，住在杭州的人，只想发现些一天可以来回，一半开化，一半还保存着原始面目，山水清幽，游人较少，去去不甚容易，但也不十分艰难的地点，来满足他们的好奇好胜的野心。故而富阳、桐庐，隔江的萧山、绍兴等处，在近两年来，就成了杭州人上流阶级的暇日游赏之地。可是这只以有自备汽车，或在放假日中，可以每人化五十块钱的最上阶级为限，一般中下或中上级的游人，能力还有点不及，因而小和山、龙门山、白龙潭、午潮山的一带，就成了今年游春期里最时髦的一个目标。

小和山在留下镇西南十余里地的方，山上有一座庙叫金莲寺。这一带,直至余杭的闲林埠为止,本是属于西溪区域以内的。但因稍南有千丈岩,再西再南,又有一座临江的定山,以及许多高低连迭的午潮山、白龙山之类,所以钱塘张道所编的一部《定乡小识》(是《武林掌故丛编》里的一种,共十六卷)里,把这些山水都划归入了定乡的范围。所谓定乡者,当然是以定山而命名,有定南、定北、安吉、长寿的四乡,又因它们据于县治的上游,所以又名上四乡,以示与县下的孝女、南北钦贤、调露的四乡境界的不同。大抵古时定乡的界线,东自江边六和塔算起,西至富阳为止,南望萧山,北接余杭,区域是很模糊辽阔的。现在我们要记小和山、龙门山、午潮山的一带,也只能马马虎虎,遵从古意,暂且以它们为定乡以内的水水山山。而《定乡小识》的第四卷内之所记,就是这一路的山容水貌、古迹诗词,我在下面,也有不少词句是抄这一卷的记述的。

先说小和山吧。小和山脚,就是杭徽支路达小和山的汽车路的终点。自杭州坐汽车去,不消一个钟头,就可以到了。从山脚走上山去,曲折盘旋,大约要走三十分钟的石级,才可以到得顶上的金莲寺里。这一段上山路的风景,可以借《定乡小识》的记载来描写,虽然是古人的文言文,但也没有"白发三千丈"那么地夸过其实,是可以信用的:"小和山在龙门山东,多竹树。游人登山,行翠雾中,山径盘曲,十步一折。南出龙门坑,抵转塘,以达于江,北下西溪。"

我们去的那天,同去者是一群中外杂凑的难民似的旅行团,时候又当春意阑珊香火最旺的清明谷雨之前,满途的翠雾,当然是可以不必说,而把这翠雾衬托得更加可爱更加生色的,却是万紫千红的映山红与紫藤花。你即使还不曾到过这一处地方,你且先闭上眼睛,想一想这一个混合的色彩!上面当然是青天,游人的衣服是白的,太阳光有时也红,有时也黑(在树荫下),有时也七色调和,而你的眼睛,却在这杂色丛中做乱舞乱跳的飞花蝴蝶,这大约也可以说是够风流了吧!但是更风流的事情,还在后面。

金莲寺里奉祀的菩萨,是玄天上帝的圣帝菩萨,据说,极有灵验。自二月至四月,香火之盛,可以抵得过老东岳的一半,而尤以"饭回(还)勿盛(曾)且(吃)哩"的松江乡民为最多。因而在寺的门前,当这一个春香期里,有茶棚,有菜馆,还有专卖竹器的手工人;油条,烧酒,毛笋,油豆腐,却是这山上的异味。

关于圣帝菩萨,我早想做一点考证,但遍阅道书,却仍是茫无头绪。只从一部不能当作正传看的草本书里,知道他是一位太子,在武当出家修行,手执宝剑,头带金圈,是一位伏魔大帝。所谓魔者,就是他蜕化时嫌有烟火气味,从自己肚里挖出的一个胃和一盘肠。这圣帝的肠和胃,也受了圣化,被挖出之后,就变了一个龟与一条蛇,在世上作恶害人。经圣帝菩萨收服之后,便变了他的龟蛇二将。还有一个经他收服的王灵官,是他最信任最得意的侍从武都头,一手捏钢鞭,一手作灵结,红脸赤发,正直聪明,是这一位圣帝手下最有灵感、最不顾私情的周仓、李逵、牛皋一类的人物。而圣帝的名姓,和在世时的籍贯时代,却人言人殊,终于没有一个定论。

以我的私意推测起来,大约这一位圣帝菩萨,受的一定是佛家的影响,系产生于唐以后的无疑。因为释迦是太子,是入山修道者,历尽了种种苦难魔折,才成正果,而他的经历出身,简直和圣帝菩萨是一样。大约道家见到了佛法的流行，这我们中国固有的正教行见得要被外来的宗教征服了，所以才倡始了这一种传说。延至宋代，道教大盛，赵氏南迁，余杭大涤山下的洞霄宫，天台桐柏山上的桐柏宫，威势赫奕，压倒了禅宗。因而西溪一带，直至余杭，有的是灵宫殿、圣武庙，而释家的寺院，都是清代重修的殿宇。明朝永乐，因燕贼篡位，难得民心，故而托言圣帝转世，大修武当的道院，而他的末子崇祯，也做了朱天大帝，在杭州附近，出尽了威风。由此类推起来，从可知道这一带的高山道观，在明朝也是香火很盛的，一路上去，可以直溯到安徽的白岳、齐云。

野马一放，放得太远了，我们只好再回到一九三五年春季的小和山来。就再说金莲寺吧！金莲寺是有田产的寺观，每年收入的租谷，尽可以养得活十二三位寺内的僧侣，寺的组织继承，是和浙东的寺院一样，大有俗家的气味；他们奉祀的虽是圣帝菩萨，而穿的却是和尚的衣服；因为富有寺产，所以打官司、夺产业这类的事情，也是免不了的。我们当天在金莲寺外吃了一阵油条烧酒之后，因为去的目的地是白龙潭，所以只在寺外门前闹了一阵，便向南面的一条石级路走下，上龙门坑去了。这龙门坑的一个村子，真是外人不识，村人不知，武陵渔父也不曾到过的一座世外的桃源。它的形势，和在郎当岭上看下去的山村梅家坞，有点相仿佛。

龙门坑居民二百余家，十分之六是葛姓，村中一溪，断桥错落，居民小舍，就在溪水桥头，山坡岩下，排列分配得极匀极美。村的三面，尽是高山，山的四面就是万紫千红的映山红与紫藤花。自白龙潭下流出来的溪水，可以灌田，可以助势，所以水碓磨坊，随处都是。居民于种茶种稻之外，并且也利用水势，兼营纸业。这一种和平的景象，这一种村民乐业的神情，你若见了，必定想辞去你所有的委员、教员、×员的职务，来此地闲居课子，或卖剑买牛，不问世事。而这村中的蛟龙庙（或作娇龙庙）里的一区小学儿童的歌声，更加要使你想到没有外国势力侵入，生活竞争不像现在那么激烈的羲皇以上的时代去。我忍不住了，就乘大家不注意的中间，偷偷在笔记簿上写下了这么的二十八字：

小和山下蛟龙庙，聚族安居二百家。
好是阳春三月暮，沿途开遍紫藤花。

从龙门坑西去的五六里路中间，两边尽是午潮山、龙门山、千丈岩、牛滑岭、倒吊岭、九曲岭、狮子岩等崇山峻岭拖下来的高峰，中有一溪，因成一谷。山上的花和石，溪里的水和天，三步一转，五步一折，到了谷底的时候，要上山了，这时候你就感得到一年不断的天风，和名叫龙门，从两峰夹峙的石壁之间流下来的瀑布声音的淙淙霍霍。

你要脱去了文明人的鞋袜，光赤着从母胎里带来的双足，有时候水大，也须还要撩上你本来不长的短裤，露着白腿，不惜臀部（因为要滑跌而坐在水中），才能到得那所谓的龙门山夹，从这山夹里流下来的白龙潭瀑布的身边。

上面说过的所谓更风流的事情，就在这一段了。小姐们太太们，到了此地，总算是已经历尽了千辛和万苦。从此回去么？瀑布声音，是听得见了。爱惜丝袜与高跟皮鞋么？那你就一步也移动不得。坐轿子么？你一个人走，尚且危险，哪里有一乘轿子与两个轿夫的容身之地？所以你不来则已，你若一来，就得大家平等，一例地赤着足，撩着衣，坐臀桩，爬石隙，大家只好做一个原始时代的赤裸裸的亚当与夏娃。不必客气，毫无折扣，要爬过山的半腰，再顺溪流而上，直到两山壁峙的幽黯的山隩，才看得见那一条白龙飞舞似的珠帘的彩瀑。瀑身并不宽，瀑流也并不高（大约总只有五丈余高），可是在杭州附近，在这一个千岩万壑不知去路的山间，偶尔路一转折，就见到了这一条只在书的插画里见过似的飞瀑，岂不是已经可以算一件奇迹了么？风流不风流，且不必去管它，总之你费半日的心思和劳力，最后就可以得到这一点怡悦心身、满足好奇的酬报，岂不是比盼望了两三个月之久，而终于也许还不能得到一个末尾的航空奖券稳健有趣得多？

　　白龙潭的出名，及它的所以成为今年游春的时髦地点的原因，大约从上面的一段记述里，大家可以明白了。现在我还想参考《定乡小识》，以及这次去游的经验，再补叙几句进去。

　　原来这一带的地域，古时候似乎都叫作龙门山路的，而所谓龙门山者，究竟是哪一支山，却很不容易辨清。白龙潭瀑布所在的地方，两峰夹峙，绝似龙门，按理当以此处为龙门山的中心，但厉鹗的《宿龙门山巢云上人房》的那一首五言律诗的小注里，又说山在钱塘之西，俗名小和山。厉鹗当然是不对，可是现在的村人，也只把白龙潭所在的一带，叫作白龙山而已，并无龙门山的这一个名称。在上白龙潭去的路旁，就在龙门坑村里一支山上,有一条新辟的山路,是上白龙庵去的。这白龙庵系在山的东南面,地势极南,下面可以俯瞰定乡北谷以及钱塘江的之字形的江流,游人大抵不到,可是地方却是最妙也没有的一处高地,而自白龙庵西下白龙潭,也须走两三里路,才可以看得到白龙潭瀑布的来源。若以这山为龙门山,那山的一面,龙门的西面半扇,又没有了名字了,所以也不大妥当。我想非地理学家的我们这些游人,最好是只能将错就错,以这一带的地域,为龙门山的辖地,将白龙潭与白龙山,统视作了龙门山的支脉,那才可以与古书不背了。在这里,我只希望去看白龙潭瀑布的人多一些,可以将那条山路踏平;更希望去游的人,能从龙门坑转向南去,出转塘去坐汽车,可以免去回来时小和山岭的一条山路的跋涉;最后还希望将回到龙门坑村里,再去午潮山的那一点气力省下,转向南面的山上叫作白龙庵的地方去,看一看白龙潭瀑布的来源,与钱塘江江上的风帆,因为上午潮山去的一路景色,以及山上的眺望,是远不及现在有一所农场在那里的白龙庵上面的宽敞伟大的。

一九三五年四月五日

选自《达夫游记》(上海文学创造社1936年3月初版)

钓台的春昼

因为近在咫尺,以为什么时候要去就可以去,我们对于本乡本土的名区胜景,反而往往没有机会去玩,或不容易下一个决心去玩的。正唯其是如此,我对于富春江上的严陵,二十年来,心里虽每在记着,但脚却从没有向这一方面走过。一九三一,岁在辛未,暮春三月,春服未成,而中央党帝,似乎又想玩一个秦始皇所玩过的把戏了,我接到了警告,就仓皇离去了寓居。先在江浙附近的穷乡里,游息了几天,偶尔看见了一家扫墓的行舟,乡愁一动,就定下了归计。绕了一个大弯,赶到故乡,却正好还在清明寒食的节前。和家人等去上了几处坟,与许久不曾见过面的亲戚朋友,来往热闹了几天,一种乡居的倦怠,忽而袭上心来了,于是乎我就决心上钓台去访一访严子陵的幽居。

钓台去桐庐县城二十余里,桐庐去富阳县治九十里不足,自富阳溯江而上,坐小火轮三小时可达桐庐,再上则须坐帆船了。

我去的那一天,记得是阴晴欲雨的养花天,并且系坐晚班轮去的,船到桐庐,已经是灯火微明的黄昏时候了,不得已就只得在码头近边的一家旅馆的高楼上借了一宵宿。

桐庐县城，大约有三里路长，三千多烟灶，一二万居民，地在富春江西北岸，从前是皖浙交通的要道，现在杭江铁路一开，似乎没有一二十年前的繁华热闹了。尤其要使旅客感到萧条的，却是桐君山脚下的那一队花船的失去了踪影。说起桐君山，原是桐庐县的一个接近城市的灵山胜地，山虽不高，但因有仙，自然是灵了。以形势来论，这桐君山，也的确是可以产生出许多口音生硬、别具风韵的桐严嫂来的生龙活脉。地处在桐溪东岸，正当桐溪和富春江合流之所，依依一水，西岸便瞰视着桐庐县市的人家烟树。南面对江，便是十里长洲，唐诗人方干的故居，就在这十里桐洲九里花的花田深处。向西越过桐庐县城，更遥遥对着一排高低不定的青峦，这就是富春山的山子山孙了。东北面山下，是一片桑麻沃地，有一条长蛇似的官道，隐而复现，出没盘曲在桃花、杨柳、洋槐、榆树的中间。绕过一支小岭，便是富阳县的境界，大约去程明道的墓地程坟，总也不过一二十里地的间隔。我的去拜谒桐君，瞻仰道观，就在那一天到桐庐的晚上，是淡云微月，正在作雨的时候。

鱼梁渡头，因为夜渡无人，渡船停在东岸的桐君山下。我从旅馆踱了出来，先在离轮埠不远的渡口停立了几分钟，后来向一位来渡口洗夜饭米的年轻少妇，弓身请问了一回，才得到了渡江的秘诀。她说："你只须高喊两三声，船自会来的。"先谢了她教我的好意，然后以两手围成了播音的喇叭，"喂，喂，船渡请摇过来"地纵声一喊，果然在半江的黑影当中，船身摇动了，渐摇渐近，五分钟后，我在渡口，却终于听出了咿呀柔橹的声音。时间似乎已经入了酉时的下刻，小市里的群动，这时候都已经静息。自从渡口的那位少妇,在微茫的夜色里,藏去了她那张白团团的面影之后,我独立在江边,不知不觉心里头却兀自感到了一种他乡日暮的悲哀。渡船到岸,船头上起了几声微微的水浪清音,又铜东的一响,我早已跳上了船,渡船也已经掉过头来了。坐在黑影沉沉的舱里,我起先只在静听着柔橹划水的声音,然后却在黑影里看出了一星船家在吸着的长烟管头上的烟火,最后因为沉默压迫不过,我只好开口说话了:"船家!你这样地渡我过去,该给你几个船钱?"我问。"随你先生把几个就是。"船家说话冗慢幽长,似乎已经带着些睡意了,我就向袋里摸出了两角钱来。"这两角钱,就算是我的渡船钱,请你候我一会儿,上去烧一次夜香,我是依旧要渡过江来的。"船家的回答,只是恩恩乌乌,幽幽同牛叫似的一种鼻音,然而从继这鼻音而起的两三声轻快的喀声听来,他却已经在感到满足了,因为我也知道,乡间的义渡,船钱最多也不过是两三枚铜子而已。

到了桐君山下,在山影和树影交掩着的崎岖道上,我上岸走不上几步,就被一块乱石绊倒,滑跌了一次。船家似乎也动了恻隐之心了,一句话也不发,跑将上来,他却突然交给了我一盒火柴。我于感谢了一番他的盛意之后,重整步武,再摸上山去,先是必须点一枝火柴走三五步路的,但到得半山,路既就了规律,而微云堆里的半规月色,也朦胧地现出一痕银线来了,所以手里还存着的半盒火柴,就被我藏入了袋里。路是从山的西北,盘曲而上,渐走渐高,半山一到,天也开朗了一点,桐庐县市上的灯光,也星星可数了。更纵目向江心望去,富春江两岸的船上和桐溪合流口停泊着的船尾船头,也看得出一点一点的火来。走过半山，桐君观里的晚祷钟鼓，似乎还没有息尽，耳朵里仿佛听见了几丝木鱼钲钹的残声。走上山顶，先在半途遇着了一道道观外围的女墙，这女墙的栅门，却已经掩上了。在栅门外徘徊了一刻，觉得已经到了此门而不进去，终于是不能满足我这一次暗夜冒险的好奇怪癖的。所以细想了几次，还是决心进去，非进去不可，轻轻用手往里面一推，栅门却呀的一声，早已退向了后方开开了，这门原来是虚掩在那里的。进了栅门，踏着为淡月所映照的石砌平路，向东向南地前走了五六十步，居然走到了道观的大门之外，这两扇朱红漆的大门，不消说是紧闭在那里的。到了此地，我却不想再破门进去了，因为这大门是朝南向着大江开的，门外头是一条一丈来宽的石砌步道，步道的一旁是道观的墙，一旁便是山坡，靠山坡的一面，并且还有一道二尺来高的石墙筑在那里，大约是代替栏杆，防人倾跌下山去的用意。石墙之上，铺的是二三尺宽的青石，在这似石栏又似石凳的墙上，尽可以坐卧游息，饱看桐江和对岸的风景，就是在这里坐它一晚，也很可以，我又何必去打开门来，惊起那些老道的恶梦呢？

空旷的天空里，流涨着的只是些灰白的云，云层缺处，原也看得出半角的天，和一点两点的星，但看起来最饶风趣的，却仍是欲藏还露、将见仍无的那半规月影。这时候江面上似乎起了风，云脚的迁移，更来得迅速了，而低头向江心一看，几多散乱着的船里的灯光，也忽明忽灭地变换了一变换位置。

这道观大门外的景色，真神奇极了。我当十几年前，在放浪的游程里，曾向瓜洲京口一带，消磨过不少的时日，那时觉得果然名不虚传的，确是甘露寺外的江山，而现在到了桐庐，昏夜上这桐君山来一看，又觉得这江山的秀而且静，风景的整而不散，却非那天下第一江山的北固山所可与比拟的了。真也难怪得严子陵，难怪得戴征士，倘使我若能在这样的地方结屋读书，颐养天年，那还要什么的高官厚禄，还要什么的浮名虚誉哩？一个人在这桐君观前的石凳上，看看山，看看水，看看城中灯火和天上的星云，更做做浩无边际的无聊的幻梦，我竟忘记了时刻，忘记了自身，直等到隔江的击柝声传来，向西一看，忽而觉得城中的灯影微茫地减了，才跑也似的走下了山来，渡江奔回了客舍。

　　第二日侵晨，觉得昨天在桐君观前做过的残梦正还没有续完的时候，窗外面忽而传来了一阵吹角的声音。好梦虽被打破，但因这同吹筚篥似的商音哀咽，却很含着些荒凉的古意，并且晓风残月，杨柳岸边，也正好候船待发，上严陵去，所以心里纵怀着了些儿怨恨，但脸上却只现出了一痕微笑，起来梳洗更衣，叫茶房去雇船去。雇好了一只双桨的渔舟，买就了些酒菜鱼米，就在旅馆前面的码头上上了船。轻轻向江心摇出去的时候，东方的云幕中间，已现出了几丝红韵，有八点多钟了；舟师急得厉害，只在埋怨旅馆的茶房，为什么昨晚不预先告诉，好早一点出发。因为此去就是七里滩头，无风七里，有风七十里，上钓台去玩一趟回来，路程虽则有限，但这几日风雨无常，说不定要走夜路，才回来得了的。

　　过了桐庐，江心狭窄，浅滩果然多起来了。路上遇着的来往的行舟，数目也是很少，因为早晨吹的角，就是往建德去的快班船的信号，快班船一开，来往于两埠之间的船就不十分多了。两岸全是青青的山，中间是一条清浅的水，有时候过一个沙洲，洲上的桃花菜花,还有许多不晓得名字的白色的花,正在喧闹着春暮,吸引着蜂蝶。我在船头上一口一口地喝着严东关的药酒,指东话西地问着船家,这是甚么山?那是甚么港?惊叹了半天,称颂了半天,人也觉得倦了,不晓得什么时候,身子却走上了一家水边的酒楼,在和数年不见的几位已经做了党官的朋友高谈阔论。谈论之余,还背诵了一首两三年前曾在同一的情形之下做成的歪诗:"不是尊前爱惜身,佯狂难免假成真。曾因酒醉鞭名马,生怕情多累美人。劫数东南天作孽,鸡鸣风雨海扬尘。悲歌痛哭终何补,义士纷纷说帝秦。"直到盛筵将散,我酒也不想再喝了,和几位朋友闹得心里各自难堪,连对旁边坐着的两位陪酒的名花都不愿意开口。正在这上下不得的苦闷关头,船家却大声地叫了起来说:

"先生,罗芷过了,钓台就在前面,你醒醒吧,好上山去烧饭吃去。"

擦擦眼睛,整了一整衣服,抬起头来一看,四面的水光山色又忽而变了样子了。清清的一条浅水,比前又窄了几分,四围的山包得格外的紧了,仿佛是前无去路的样子,并且山容峻削,看去觉得格外的瘦格外的高。向天上地下四围看看,只寂寂地看不见一个人类。双桨的摇响,到此似乎也不敢放肆了,钩的一声过后,要好半天才来一个幽幽的回响,静,静,静,身边水上,山下岩头,只沉浸着太古的静,死灭的静,山峡里连飞鸟的影子也看不见半只。前面的所谓钓台山上,只看得见两个大石垒,一间歪斜的亭子,许多纵横芜杂的草木。山腰里的那座祠堂,也只露着些废垣残瓦,屋上面连炊烟都没有一丝半缕,像是好久好久没人住了的样子。并且天气又来得阴森，早晨曾经露一露脸过的太阳，这时候早已深藏在云堆里了，余下来的只是时有时无从侧面吹来的阴飕飕的半箭儿山风。船靠了山脚，跟着前面背着酒菜鱼米的船夫，走上严先生祠堂去的时候，我心里真有点害怕，怕在这荒山里要遇见一个干枯苍老得同丝瓜筋似的严先生的鬼魂。

在祠堂西院的客厅里坐定，和严先生的不知第几代的裔孙谈了几句关于年岁水旱的话后，我的心跳，也渐渐儿地镇静下去了，嘱托了他以煮饭烧菜的杂务，我和船家就从断碑乱石中间爬上了钓台。

东西两石垒，高各有二三百尺，离江面约两里来远，东西台相去只有一二百步，但其间却夹着一条深谷，立在东台，可以看得出罗芷的人家，回头展望来路，风景似乎散漫一点，而一上谢氏的西台，向西望去，则幽谷里的清景，却绝对的不像是在人间了。我虽则没有到过瑞士，但到了西台，朝西一看，立时就想起了曾在照片上看见过的威廉退儿的祠堂。这四山的幽静，这江水的青蓝，简直同在画片上的珂罗版色彩，一色也没有两样；所不同的，就是在这儿的变化更多一点，周围的环境更芜杂不整齐一点而已，但这却是好处，这正是足以代表东方民族性的颓废荒凉的美。

从钓台下来，回到严先生的祠堂——记得这是洪杨以后严州知府戴槃重建的祠堂——西院里饱啖了一顿酒肉，我觉得有点酩酊微醉了。手拿着以火柴柄制成的牙签，走到东面供着严先生神像的龛前，向四面的破壁上一看，翠墨淋漓，题在那里的，竟多是些俗而不雅的过路高官的手笔。最后到了南面的一块白墙头上，在离屋檐不远的一角高处，却看到了我们的一位新近去世的同乡夏灵峰先生的四句似邵尧夫而又略带感慨的诗句。夏灵峰先生虽则只知崇古，不善处今，但是五十年来，像他那样的顽固自尊的亡清遗老，也的确是没有第二个人。比较起现在的那些官迷财迷的南满尚书和东洋宦婢来，他的经术言行，姑且不必去论它，就是以骨头来称称，我想也要比什么罗三郎郑太郎辈，重到好几百倍。慕贤的心一动，熏人的臭技自然是难熬了，堆起了几张桌椅，借得了一枝破笔，我也在高墙上在夏灵峰先生的脚后放上了一个陈屁，就是在船舱的梦里，也曾微吟过的那一首歪诗。

　　从墙头上跳将下来，又向龛前天井去走了一圈，觉得酒后的喉咙，有点渴痒了，所以就又走回到了西院，静坐着喝了两碗清茶。在这四大无声，只听见我自己的啾啾喝水的舌音冲击到那座破院的败壁上去的寂静中间，同惊雷似的一响，院后的竹园里却忽而飞出了一声闲长而又有节奏似的鸡啼的声来。同时在门外面歇着的船家，也走进了院门，高声地对我说：

　　"先生，我们回去吧，已经是吃点心的时候了，你不听见那只公鸡在后山啼么？我们回去吧！"

一九三二年八月在上海写

选自《达夫游记》（上海文学创造社1936年3月初版）

孤独患者：郁达夫自述

桐君山的再到

杭州建德的公共汽车路开后，自富阳至桐庐的一段，我还没有坐过。每听人说，钓台在修理了，报上也登着说，某某等名公已经发出募捐启事，预备为严先生重建祠宇了，但问问自桐庐来的朋友，却大家都说，严先生祠宇的倾颓，钓台山路的芜窄，还是同从前一样。祠宇的修不修，倒也没有多大的问题，回头把严先生的神像供入了红墙铁骨的洋楼，使烧香者多添些摩登的红绿士女，倒也许不是严先生的本意。但那一条路，那一条停船上山去的路，我想总还得略为开辟一下才好；虽不必使着高跟鞋者，亦得拾级而登，不过至少至少总也该使谢皋羽的泪眼，也辨得出路径来。这是当我没有重到桐庐去之先的个人的愿望，大约在三年以前去过一次钓台的人，总都是这么在那里想的无疑。

大热的暑期过后，浙江内地的旱苗，虽则依旧不能够复活，但神经衰弱，长年像在患肺病似的我们这些小都会的寄生虫，一交秋节，居然也恢复了些元气，如得了再生的中暑病者。秋潮看了，满家巷的桂花盛时也过了，无风无雨，连晴直到了重阳。秋高蟹壮，气候虽略嫌不定，但出去旅行，倒也还合适，正在打算背起包裹雨伞，上那里去走走，恰巧来了一位一年多不见的老友，于是乎就定下了半月间闲游过去的计划。

头两天，不消说是在湖上消磨了的，尤其是以从云栖穿竹径上五云山，过郎当岭而出灵隐的那一天，内容最为充实。若要在杭州附近，而看些重岚垒嶂，想象想象浙西的山水者，这一条路不可不走。现成的证据，我就可以举出这位老友来。他的交游满天下，欧美日本，历国四十余，身产在白山黑水间，中国本部，十八省经过十三四，五岳匡庐，或登或望，早收在胸臆之中，可是一上了这一条路，朝西看看夕照下的群山，朝南朝东看看明镜似的大江与西湖，也忘记了疲倦，忘记了世界，唱出了一句"谁说杭州没有山"的打油腔。

好书不厌百回读，好山好水，自然是难得仔细看的。在五云山上，初尝了一点点富春江的散文味的这位老友，更定了再溯上去，去寻出黄子久的粉本来的雄图。

天气依然还是晴着，脚力亦尚可以对付，汽车也居然借到了，十月二十的早晨九点多钟，我们就从万松岭下驶过，经梵村，历转塘，从两岸的青山巷里，飞驰而到了富阳县的西门。富阳本来是我的故里，一县的山光水色，早在我的许多短篇里描写过了，我自然并不觉得怎么，可是我的那位老友，饭后上了我们的那间松筠别墅的厅房，开窗南望，竟对了定山，对了江帆，对了融化在阳光里的远山簇簇，发了十五六分钟的呆。

从杭州到富阳，四十二公里，以旧制的驿里来计算，约一九内外；汽车走走，一个钟头就可以到，一顿饭倒费去了我们百余分钟，我问老友，黄子久看到了这一块中段，也已经够了吧？他说:"也还够,也还不够。"我的意思,是好花看到半开时,预备劝他回杭州去了,但我们的那位年轻气锐的汽车夫,却屈着指头算给我们听说:"此去再行百里,两点半可到桐庐,在桐庐玩一个钟头,三点半开车,直驶杭州,六点准可以到。"本来是同野鹤一样的我们,多看点山水,当然也不会得患食丧之病;汽车只教能行,自然是去的,去的,去去也有何妨。

一出富阳,向西偏南,六十里地的旱程中间,山色又不同了。峰岭并不成重,而包围在汽车四周的一带,却呈露着千层万层的波浪。小小的新登县,本名新城,烟户不满千家,城墙像是土堡,而县城外的小山,小山上的小塔,却来得特别的多,一条松溪,本来也是很小的,但在这小人国似的山川城廓之中流过,看起来倒觉得很大了。像这样的一个小县里,居然也出了许远,出了杜建徽,出了罗隐那么的大人物,可见得山水人物,是不能以比例来算的。文弱的浙西,出个把罗隐,倒也算不得什么,但那堂堂的两位武将,自唐历宋以至吴越,仅隔百年,居然出了这两位武将,可真有点儿厉害。

车过新登,沿罨江的一段,风景又变了一变;因路线折向了南,钱塘江隔岸的青山,万笏朝天,渐渐露起头角来了。罨江就是江上常有二气,因杜建徽、罗隐生而不见的传说的产地;隔岸的高山,就是孙伯符的祖墓所在,地属富阳、浦江交界处的天子岗头。

从此经岘口,过窄溪,沿桐溪大江,曲折回旋,凡二三十里,直到桐君山的脚下。三面是山,一面是水,风景的清幽,林木的茂盛,石岩的奇妙,自然要比仙霞关、山阳坑更增数倍;不过曲折不如,雄大稍逊,这一点或者不好向由公路到过安徽到过福建的人夸一句大口。

桐君山上的清景,我已于三四年前来过之后速写过一篇《钓台的春昼》,由爱山爱水的人看来,或者对此真山真水会百看也不至生厌恶之情,但由我这枝破笔写来,怕重写不上两句,就要使人讨厌了,因为我决没有这样的本领,这样的富于变化而生动的笔力。不过有一件事,却得声明,前次是月夜来看,这次是夕阳下来看的;我想风雨的中宵,或晴明的早午,来登此处,总也有一番异景,与前次这次我所看见的,完全不同。

桐君山下,桐溪与富春江合流之处,是渡头了。汽车渡江,更向西南直上,可以抄过富春山的背后,从西面而登钓台。我这次虽则不曾渡江,但在桐君山的殿阁的窗里,向西望去,只看见有一线的黄蛇,曲折缭绕在夕阳山翠之中;有了这条公路,钓台前面的那个泊船之处以及上山的道路,自然是可以不必修了,因为从富春山后面攀登上去,居高临下,远望望钓台,远望望钓台上下的山峡清溪,这飞鹰的下瞰,可以使严陵来得更加幽美,更加卓越。这一天晚上,六点多钟,车回到杭州的时候,我还在痴想,想几时去弄一笔整款来,把我的全家,我的破书和酒壶等都搬上这桐庐县的东西乡,或是桐君山,或是钓台山的附近去。

一九三四年十月二十二日雁荡之前夜

选自《达夫游记》(上海文学创造社1936年3月初版)

孤独患者：郁达夫自述

过富春江

前两天增煆和他的妹妹，以及英国军官晏子少校（Major Edward Ainger）来杭州，我们于醉谈游步之余，还定下了一个上富春江去的计划。

这一位少校，实在有趣，在东方驻扎得久了，他非但生活习惯，都染了中国风，连他的容貌态度，也十足带着了中国气。他的身材本不十分高大，但背脊伛偻，同我们中国的中年人比较起来，向背后望去，简直是辨不出谁黄谁白；一般军人所特有的那一种挺胸突肚、傲岸的气象，在他身上，是丝毫也不具的。他的两脚又像日本人似的向外弓曲，立起正来，中间会露出一条小缝，这当然因为他是骑兵，在马背上过日子过得多的缘故。

他虽则会开飞机，开汽车，划船，骑马，但不会走路，所以他说，他不喜欢山，却喜欢水。在西湖里荡了两日舟，他问起近边更还有什么好的地方没有，我们就决定了再陪他上富春江去的计划。好在汽车是他自己会开，有半日的工夫，就可以往返的。

驶过六和塔下，走上江边一带波形的道上的时候，他果然喜欢极了，他说这地方有点像日本的濑户内海。江潮落了，江水绿得迷人，而那一天午后，又是淡云微日的暮秋天，在太阳底下走起路来，还要出一点潮汗。过了梵村，驰上四面是小山、满望是稻田的杭富交界的平原里，景象又变了一变，他说只有美国东部的乡村里，有这一种干草黄时的和平村景，他倒又想起在美国时候的事情来了。

由富阳站里，沿了新开的那条环城马路，把车开到了鹳山脚下，一步登天，爬上春江第一楼头眺望的时候，他才吃了一惊，说这山水真像是摩西的魔术。因为车由凌家桥转弯，跑在杭富道上，所见的只是些青山平谷，茅舍枫林；到得富阳，沿了那座弓也似的舒姑屏山脚，驶入站里，也只能看到些错落的人家，与一排人家南岸的高山；就是到了东城脚下，在很狭的新筑马路上走下车来的一刻，没有到过富阳的人，也决不会想到登山几步，就可以看见这一幅山重水复的黄子久的画图的。

我们在山头那株樟树下的石栏上坐了好久，增煆并且还指着山下的一块汉高士严子陵先生垂钓处的石碑，将范文正公的祠堂记，以及上面七里泷边东台、西台的故事，译给了这一位少校听。他听到了谢皋羽的西台恸哭的一幕，却兴奋起来了，说："为什么不拿这个故事来做一本戏剧？像雪勒的《威廉退儿》一样，这地方倒也很可以起一座谢氏的祠堂。"

回来的时候，天色已经晚了，他一面开着车，眼睛呆呆看着远处，一边却幽幽地告诉我和增煆说："我若要选择第二个国籍的话，那我情愿来做个中国人。"

车过分境岭后，他跳下车来，去看了一番建筑在近边山上的碉堡。我留在车里，陪伴着一位小姐，一位太太，从车窗里看见了他的那个向前微俯的背影,以及两脚蹒跚在斜阳衰草的山道上的缓步,我却突然间想起了一篇哈代的短篇,题名叫作《忧郁的骑兵》的小说。联想一活动,并且又想起刚才在鹳山上所谈的那一段话来了,皱鼻一哼,就哼出了这样的二十八字:

三分天下二分亡,四海何人吊国殇。
偶向西台台畔过,苔痕犹似泪淋浪。

双十节近在目前,我想将这几句狗屁诗来应景,把它当作国庆日的哀词,倒也使得。

二十四年十月九日

选自《达夫游记》(上海文学创造社1936年3月初版)

《 第二辑　乐游 》

南游日记

十月二十二日，旧历九月十五日，星期一，阴晴，天似欲变。午后陪文伯游湖一转，且坚约于明晨侵早渡江，作天台、雁荡之游。返家刚过五时，急为上海生生美术公司预定出版之月刊草一随笔，名《桐君山的再到》，成二千字，所记的当然是前天和文伯去富阳去桐庐一带所见和所感的种种。但文伯不喜将名氏见于经传，故不书其名，而只写作我的老友来杭，陪去桐庐。在桐君山上写的那一首歪诗亦不抄入，因语意平淡，无留存的价值。

晚上，向图书馆借得张联元觉庵所辑《天台山全志》一部，打算带去作导游之用。因张《志》成于康熙丁酉年，比明释传灯所编之《天台山方外志》年代略后，或者山容水貌，与今日的天台更有几分近似处。

翻阅志书，至十时，就上床睡，因明天要起一个大早，渡江过西兴去坐车出发。

二十三日（九月十六），星期二，晴，有雾。六时起床，刚洗沐中，文伯之车，已来门外。急会萃行李，带烟酒各两大包，衣服鞋袜一箱，罐头食品、书籍纸笔、絮被草枕各一捆，都是霞的周到文章，于前夜为我们两人备好的。

登车驶至江边，七点的轮渡未开。行人满载了三四船之外，还有兵士，亦载得两船。候轮船来拖渡过江，因想起汪水云诗"三日钱塘潮不至，千军万马渡江来"的两句。原诗不知是否如此，但古来战略，似乎都系由隔岸驻重兵，涉江来袭取杭州的。三国孙吴、五代钱武肃王的军事策略，都是如此。伯颜灭南宋，师次皋亭，江的两岸亦驻重兵，故德祐宫中有"三日钱塘潮不至"之叹。若钱江大桥一筑成，各地公路一开通，战略当然是又要大变。

西兴上岸，太阳方照到人家的瓦上，计时当未过八点。在岸旁车站内，遍寻公路局借给我们用的车，终寻不着。不得已，只能打电话向公路局去催。连打两次，都说五百〇九号的雪佛勒车，已于今晨六时过江来了。心里生了懊恼，觉得首途之日，第一着就不顺意，不知此后的台荡之游，结果究将如何。于是就只能上萧绍长途汽车站旁的酒店里去喝酒，以浇抑郁，以等车来。

九点左右，车终于来了，问何以迟至，答系汽车过渡不便之故。匆匆上车，向东南驶去，对柯岩、兰亭、快阁、龙山、禹陵、禹穴、东湖、六陵，以及吼山等越中名胜，都遥致了一个敬意，约于他日来重游。到绍兴约十点过，山阴道上的石栏，鉴湖的一曲，及府山上的空亭，只同梦里昙花，向车窗显了一显面目。

离绍兴后，车路两旁的道路树颇整齐，秋柳萧条，摇曳着送车远去，倒很像是王实甫曲本里的妙句杂文。由江边至绍兴的曹娥江头，路向是偏南朝东的，在曹娥一折，沿江上去，车就向了正南。过蒿坝、三界、崿浦等处，右手是不断的越中诸山（崿山、画图山等），左手是清绝的曹娥江水，风景明朗，人家也多富庶，真是江南的大佳丽地。十二点过剡溪，遥望着嵊县东门外的嵊山溪亭，下去吃了一次午餐就走。

车入新昌界后，沿东港走了一段，至拔茅、班竹而渐入高地，回旋曲折，到大桥头，岭才绕完。问之建筑工人，这叫什么岭，工头说是卫士（或围寺）岭，不知是哪两字，他日一翻《新昌县志》，当能查出。在这卫士岭上，已能够远远望见天姥山峰、天台山脉了，过关岭，在天台山中穿岭绕过，始入天台界。文伯姓王，我姓郁，初入天台山境，只见清溪回绕，与世隔绝，自然也生了些邪念，但身入山中，前从远处看见的山峰反而不见了，所以就唱出了两句山歌："山到天台难识面，我非刘阮也牵情。"因昨天在湖上，文伯曾向霞作过谐谑说：

"明儿我们俩要扮作刘晨、阮肇，合唱一出上天台了，你怕也不怕？"

午后四时，渡清溪，望赤城山，至天台县城东北之国清寺宿。寺为隋时智者禅师所手创，因禅师不及见寺成，只留一隐语说："寺若成，国即清。"故名。规模宏大，僧众繁多，且设有佛学研究所一处，每日讲经做功课不辍，真不愧是一座天台正宗发源地的大丛林。来陪我们吃夜饭的法师华清，亦道貌秀异，有点像画里的东坡。

这一晚，只看了寺里的建筑，和伽蓝殿外的一株隋梅，及丰干桥溪上的半溪明月，八点多钟，就上床睡了。

二十四日（九月十七），星期三，晴爽。晨七时上轿，去方广寺看"石梁飞瀑"。

初出寺门，向东向北，沿山溪渡岭过去，朝日方照在谷这一面的山头。溪水冲击声不断，想系石梁小弱弟日夜啼号处。两岸山色也苍翠如七八月时，间有红叶，只染成了一二分而已。溪尽山亦一转，又上一条小岭。小岭尽，前面又是高山，山上有路亭在脊背，仰望似在天上；一条越岭的石级路，笔直笔直地穿在这路亭下高山的当中，问之轿夫，说这是金地岭，是去华顶寺、方广寺必经之路，不得已只好下轿来攀援着走上岭去。幸而今晨出发的时候，和尚送给了两枝万年藤杖摆在轿子里，到了金地岭的半当中，才觉得这藤杖真有意想不到之效力了。

到了金地岭头，上面却是一大平阪，人家点点，村落田畴，都分布得非常匀称。田稻方熟，金黄尚未割起。回头一望来处，千丈的谷底，有溪流，有远树，还有国清寺门前的那枝高塔——传说是隋时的塔——也看得清清楚楚。再向西远望，是天台县城西北的乡间。始丰溪与清溪灌流的地域，亦就是我们昨天汽车所经过的地方了。岭上的路，存成了三枝，一枝是我们的来路；一枝向东偏南，望佛陇下太平乡的台底是高明寺（立在岭上寺看得很明白）；一枝朝北，再对高山峻岭走去，经寒风阙、陈田洋等处，可到龙王堂，是东去华顶寺、西北至方广万年寺的大道。

金地岭头，树丛里有一个真觉寺，寺门外立有元和四年的唐碑一块，寺内大殿里保存着一座智者大师真身的骨塔。相传大师于隋开皇十七年圆寂于新昌大佛寺后，他的徒众搬遗蜕来葬于此地的；传说中的定光禅师在梦中向智者大师招手之处，亦即在这岭头的一大岩石上，现称作"招手岩"者是。

在金地岭头西北的一大村落，俗称"塔头村"，因为真觉寺的俗名是塔头寺,所谓"塔头"者,系指智者大师的骨塔而言,乡人无智,谓国清寺前之塔,系一夜中由仙人移来,塔身已安置好了,只少一塔头,仙人移塔头到此,金鸡唱了,天已将亮,不得已就只能弃塔头于此地。现在上国清寺前那枝塔中去向天一望,顶上果有一个圆洞,看得出天光,像是无顶的样子;而金地岭,俗名也叫作"金鸡岭";不过乡人思虑未周,对于塔头东面的那条银地岭,却无法编入到他们的神话里头去。

我们到了塔头村,看到了这高山上的大平原,以及东西南三面的平谷与远景,已经有点恋恋不忍舍去了;及到了更上一层的俗称"水磨坑""落水坑"上的高原地,更不觉绝叫了起来。山上复有山,上一层是一番新景象,一个和平的大村落,有流水,有人家,有稻田与菜圃;小孩们在看割稻,黄白犬在对我们投疑视的眼光。桃花源上更有桃源,行行渐上,迭上三四条岭,仍不觉得是在山巅。这一点我觉得是天台山中最奇特的地方,将来若要辟天台为避暑区域,则地点在水磨坑、落水坑(陈田洋、寒风阙的外台)一带,随处都是很适宜的。

自金地岭北去,十五里到龙王堂,又十五里到方广寺。寺处万山之中,上岭下岭,不知要经过几条高低的峻路,才到得了。这地的发现者,是晋昙猷尊者,后传有五百应真居此,宋建中靖国元年(一一〇一年)始建寺,复毁于火,绍熙四年(一一九三年)重建。其后兴灭的历史,却不可考了。一谷之中,依山的倾斜位置,造了上方广、中方广、下方广的三个寺。中方广在石梁瀑布之旁,即旧昙花亭址。

这深谷里的石梁瀑布的方向,大约是朝西南的,因过龙王堂后，天下了微雨，我们没有带指南针，所以方向辨不清楚。一道金溪，一道不知名的溪，自北自东地直流下来，到了上方广寺前、中方广寺侧的大磐石上，两溪会合，汇成了一条纵横有数十丈宽广的大河。河向西南流，冲上了一块天然直立在那里有点像闸门似的大石。不知经过了几千万年，这一块大石壁的闸门，终被下流之水，冲成了一个弓形的大窟窿。这石窟窿有四五丈宽，丈把米高，水经此孔，一沿石直捣下去，就成了一条数十丈高的飞瀑。这就是方广寺的瀑布与石梁的简单的说明。

上方广寺，在瀑布之上；中方广寺，在瀑布与石梁之旁，登中方广寺的昙花亭，可以俯视石梁，俯视石梁下的数十丈的飞瀑；下方广寺，在瀑布下的溪流的南面。从中方广寺渡石梁，经下方广寺走下去里把来路，立在瀑布下流的溪旁，向上一看，果然是名不虚传的一个奇景，一幅有声有色的小李将军的浓绿山水画。第一，脚下就是一条清溪，溪上半里路远的地方悬着那一条看上去似乎有万把丈高的飞瀑；离瀑布五六尺高的空中，忽有一条很厚实很伟大的天然石梁，架在水上，两头是连接在石岩之上的。这瀑布与石梁的上面，远远还看得见几条溪流，一簇远山，与半角的天光；在瀑布石梁及溪流的两旁，尽是些青青的竹，红绿的树，以及黄的墙头。可惜在飞瀑上树林里撑出在那里的一只中方广寺昙花亭的飞角，还欠玲珑还欠缥缈一点；若再把这亭的挑角造一造过，另外加上一些合这景致的朱黄涂漆，那这一幅画，真可以说是天下无双了。

我们在中方广寺吃了午饭后，还绕了八九里路的道，去看了叫作"铜壶滴漏"的一个围抱在大石圈中状似大瓮的瀑布；顺路下去，又看了水珠帘、龙游㮌。从铜壶滴漏起，本可以一直向西向南，上万年寺，上桃源洞去的，但一则因天已垂垂欲暮了，二则我们的预算在天台所费的三日工夫，恐怕不够去桃源学刘阮的登仙，所以毅然决然，把万年寺、桃源洞等舍去，从一小道，涉溪攀岭，直上了天台山的最高峰，向华顶寺去借了一夜宿。

二十五日（九月十八），星期四，晴和。昨夜在寒风与雾雨里，从后山爬上了华顶。华顶寺虽说是在晋天福元年僧德韶所建，但智者禅师亦尝宴坐于此，故离寺三里路高的极顶那座拜经台，仍系智者大师的故迹。据说，天晴的时候，在拜经台上，东看得见海，西南看得见福建界的高山，西北看得见杭州与大盆山脉。总之此地是天台山的极顶，是"醉李白"所说的高四万八千丈的最高峰。在此地看日出，和在泰山的观日峰、劳山的劳顶、黄山的最高处看日出一样，是天下的奇观。我们人虽则小，心倒也很雄大，在前一晚就和寺僧们说："明天天倘使晴，请于三点钟来叫醒我们，好去拜经台看一看日出。"

到了午前的三点，寺里的一位小工人，果然来敲房门了。躺在厚棉被里尚觉得冷彻骨髓的这一个时候，真有点怕走出床来，但已有成约在先，自然也不好后悔，所以只能硬着头皮，打着寒噤，从煤油灯影里，爬起了身。洗了手面，喝了一斤热酒，更饱吃了一碗面，身上还是不热。问那位小工人，日出果然是看得见的么？他也依违两可，说："现在还有点雾，若雾收得起，太阳自然是看得见的。"说着也早把华顶禅寺的灯笼点上了，我们没法，就只好懒懒地跟他走出门去。一阵阵的冷风，一块块浓雾，尽从黑暗里扑上我们的身来；灯笼上映出了一个雾圈，道旁的树影，黑黝黝地呈着些奇形怪状，像是地狱里的恶鬼。忽而一阵大风，将云层雾障吹开一线，下弦的残月，就在树梢上露出半张脸来，我们的周围也就灰白白地亮一亮。一霎时雾又来了，月亮又不见了，很厚很厚像有实体似的黑暗粘雾之中，又只听见了我们三人的脚步声和手杖着地的声音；寒冷、岑寂、恐怖、奇异的空气，紧紧包围在我们的四周，弄得我们说话都有点儿怕说。路的两旁，满长着些矮矮的娑罗树，比人略高一点，寒风过处，树枝树叶尽在息列索落的作怪响。自华顶寺到拜经台的三里路，真走出了我们的冷汗，因为热汗是出不出的，一阵风来穿过胴体，衣服身体，都像是不存在的样子。

到拜经台的厚石墙下，打开了茅篷的门，我们只在蜡烛光和煤油灯光的底下坐着发抖，等太阳的出来。很消沉很幽静的做早功课的钟声梵唱声停后，天也有点灰白色地发亮了，雾障仍是不开，物体仍旧辨认不大清楚。而看看怀中的表，时候早已在六点之后。两人商量了一下，对那小工人又盘问了一回，知道今天的看日出，事归失败，只能自认晦气，立起身来就走。但拜经台后的一座降魔塔，拜经台前的两块"天台山第一峰"与"智者大师拜经处"的石碑，以及前后左右的许多像城堡似的茅篷，和太白读书堂、墨池、龟池等，倒也看得，不过总抵不了这一个早起与这一番冒险的劳苦。

重回到寺里，吃了一次早餐，上轿下山，就又经过了数不清的一条条峻岭。过龙王堂，仍走原路向塔头寺去的中间，太阳开朗了起来，因而前面谷里的远景也显得特别的清丽，早晨所受的一肚皮委曲，也自然而然地淡薄了下去。至塔头寺南边下山，轿子到高明寺的时候，连明华朗润的山谷景色都不想再看了，因为自华顶下来，我们已经走尽了四十多里山路，大家的肚里都感着饿了，江山的秀色，究竟是不可以餐的。

高明寺亦系智者大师十二刹之一，唐天祐年间始建寺，传说大师的发见此地，因他在佛陇讲《净名经》，忽风吹经去，坠落此处，大师就觉此处是一绝好的寺基；其后寺或称"净名"，堂称翻经者，原因在此，而现名高明寺者，因寺依高明山之故，或者高明山的得名，正为了此寺，也说不定。

寺里的宝物，有一件智者禅师的袈裟和一口铜钵。但都是伪造的东西了；只有几叶《贝叶经》和《陀罗尼经》四卷倒是真的，我们不过不知道这两种经是哪一朝的遗物而已。

在高明寺东北六七里地远的地方，有一处名胜，叫"螺溪钓艇"，是几块奇岩大石和溪水高山混合起来的景致，系天台八景之一。本来到了高明，这景是必须去看的，但我们因为早晨起来得太早，一顿饱饭吃后，疲倦又和阳光在一起，在催逼我们早重回国清寺去休息，所以也就割弃了这幽深的"螺溪钓艇"，赶了回来。所谓天台八景者，是元曹文晦的创作，其他的七景是"赤城栖霞"（赤城山）、"双涧回澜"（国清寺前）、"华顶归云"（华顶寺）、"断桥积雪"（在"铜壶滴漏"近旁）、"琼台夜月"（桐柏宫西北）、"桃源春晓"（桃源岭下）、"寒岩夕照"（天台县西，去大西乡平镇二十里）。还有前面曾经说起过的那位编《天台山方外志》的高僧传灯，也是高明寺里的和尚，倒不可不特别地提起一声，因为寺后的一座无尽灯大师塔院和寺里的一处楞严坛，都是传灯的遗迹。

二十六日（九月十九），星期五，晴暖。游天台刚两日，已颇有饱满之感；今日打算去自辟天地，照了志书地图，前去搜索桐柏宫附近的胜景。不坐轿，不用人做引导，上午八点，自国清寺门前，七如来塔并立处坐汽车到何方店。一路上看赤城山，颜色浓紫，轮廓不再像城，因日光在东，我们在阴面看去，所以与午后看时，又觉两样。

自何方店向北偏东经何方村而入山，要过好几次溪。面前的一排山嶂，山中间的一条瀑布，是我们的目的地。山是桐柏岭，西接琼台与司马悔山；瀑布是"桐柏瀑"，瀑身之广，在天台山各瀑布当中，应称为王，"石梁瀑"远不及它的大。可惜显露得很，数十里外在官道上，行人就能望见瀑身，因此却少有人注意。从前在瀑布附近，有瀑布寺，有福兴观，现在都只剩了故址。《灵异考》载有"华亭王某，于三月三日江行，忽见舟中两道士招之，食以粟；旋命黄衣送上岸，乃在天台瀑布寺前，已九月九日矣"。足见从前的人，对此瀑布的幻想，亦同在桃源岭下差仿不多。

由何方店起，行十里，就到桐柏岭脚的瀑布旁边，再上山五里，由桐柏岭头落北向西，就是桐柏宫了。这一条桐柏岭，远看并不高，走起来可真有点费力。但一上岭头，两目总得疑神疑鬼地骇异起来。因为桐柏宫附近的桐柏乡，纵横将十里，尽是平畴，也有农村、田稻、溪流、桥梁、树林等的点缀，西北偏东的三面，依旧有高低的山峰围住。在喘着气爬上桐柏岭来的时候，谁想得到在这么高的山上，还有这一大平原的田园世界呢？又有谁想得到在这高原村落之上，更有比此更高的山峰围绕在那里的呢？

桐柏宫是一道观，面南静躺在桐柏乡正中的田野里。据说，这道观的由来，系因唐司马子微承祯隐居于此，故建（唐景云二年）。宋大中祥符元年，改桐柏崇道观，当时因宋帝酷信道教，所以在志书上的桐柏崇道观的记载，实在辉煌得了不得；明初毁于火，现在的道观，却是清雍正十三年奉敕所建，当时大约也规模宏大，有绝大之石礓、石基等存在，雕刻精绝。现在可真坍败不堪，只有一块御碑尚巍然屹立在殿前败屋中。还有菜地里的一块宋乾道二年四月"尚书省牒白云昌寿观文书"碑，字迹也还看得清。道院西边，有清圣祠，供伯夷、叔齐石像二座，系宋黄道士由京师辇至者，像尚完整，而司马子微之塑像，已经不在了。两庑有台郡名贤配享牌位，壁上游人题咏很多，这道观西面的一隅，却清幽得很。

我们在桐柏宫吃过中饭，就走上西面三里多地的山头，去看"琼台双阙"。路过五百大神祠，庙小得很，而乡下人都说是很有灵验的庙。

琼台的风景，实在是奇不过。一条半里路宽的万丈深坑，曲折环绕，有五六里路至十里内外的长。两岸尽是峭壁，壁上杂生花草矮树，一个一个的小孔很多，因而壁的形状愈觉得奇古。立在岩头，向对面一望，像一幅米襄阳、黄庭坚的大草书屏，向脚下一转眼，可了不得了，直削下去的黑黝黝的石壁，哪里何止万丈，就说它千万丈万万丈，也不足以形容立在岩上者的战栗的心境。而这深坑底下，又是什么呢？是一条绿得来成蓝色的水，有两个潭，据说是无底的；还有所谓双阙的两枝石山呢，是从谷底拔地而起，像扬子江中的焦山似的挺立在潭之上；坑的中间，两阙相连，中间低落像马鞍。石山上也有草花松树及几枝红叶的柏树、枫树，颜色配合得佳妙及峻险的样子，若在画上看见，保管你不能够相信。古来说双阙者，聚讼纷纭，有的说有仙人座的地方，两峰对峙，就是双阙；有的说，这深坑的外口，从谷底上望，两峰壁立，就是双阙。但这些无聊的名义，去管它做什么？我们在仙人座这面的岩头坐坐，更上一处像半岛似的向西突出在谷里的平面岩峰上爬爬，又惊异，又快活，又觉得舍不得走开，竟消磨了一个下午。循原路回到何方店，上车返国清寺的时候，赤城山上的日光，只剩得塔头的一点了。

  预备在天台过的三天日期已完，但更幽更远的西乡明岩、寒岩，以及近在目前的赤城山，都还没有去过。晚上躺在床上，翻阅着徐霞客的游记及《天台山全志》里的王思任（季重）、王士性（恒叔）、潘耒（稼堂）等的《游天台山记》，与天台忍辱居士齐巨山周华的《台岳天台山游记》等。我与文伯在讨论商量，明天究竟还是坐车到雁荡去呢，还是再留一二日去游明岩、寒岩？雁荡也只打算住它三日，若在此地多留一日，则雁荡就须割去一日；徐霞客岂不是也有两度上天台、两度游雁荡的记事的么？我们何不也学学他，留一个再来的后约呢！这是文伯的意见。他住在北平，来一趟颇不容易，我住在浙江，要来马上可以再来，既然他在那么地说，我自然是乐于赞同的了。于是就收拾行李等件，草草入睡，预备明天早晨再起一个大早，驱车上雁荡去。

一九三四年十一月三日

选自《达夫游记》（上海文学创造社1936年3月初版）

雁荡山的秋月

古人并称上天台、雁荡；而宋范成大序《桂海岩洞志》，亦以为天下同称的奇秀山峰，莫如池之九华，歙之黄山，括之仙都，温之雁荡，夔之巫峡。大约范成大没有到过关中，故终南、华山不曾提及。我们南游三日，将天台东北部的高山飞瀑（西部寒岩、明岩未去），略一飞游——并非坐了飞机去游，是开特快车游山之意——之后，急欲去雁荡，一赏鬼工镌雕的怪石奇岩，与夫龙湫大瀑。十月二十七日在天台国清寺门前上车，早晨还只有七点。

自天台去雁荡山所在的乐清县北，要经过临海、黄岩、温岭等县。到临海（旧章安城）的东南角巾山山下，还要渡过灵江，汽车方能南驶，现在公路局筑桥未竣，过渡要候午潮；所以我们到了临海之后，倒得了两三个钟头的空，去东湖拜了忠逸樵夫之祠，上巾山的双塔下，看了华胥洞、黄华丹井——巾山之得名，盖因黄华升仙，落帻于此——等古迹，到十二点钟左右，才乘潮渡过江去。临海的山容水貌，也很秀丽，不过还不及富春江的高山大水，可以令人悠然忘去了人世。自临海到黄岩，要经过括苍山脉东头的一条大岭,岭头有一个仙人桥站,自后徐经仙人桥至大道地的三站中间,汽车尽在山上曲折旋绕,路线有点像昱岭关外与仙霞岭南的样子。据开车的司机说,这一条岭共有八十四弯,形势的险峻,也可想而知。

黄岩县城北,也有一条永江要渡,桥也尚未筑成,不过此处水深,不必候潮,所以车子一到,就渡了过去。县城的东北,江水的那边,三江口上,更有一枝亭山在俯瞰县城;半山中有一簇树,一个白墙头的庙,在阳光里吐气,想来总又是黄岩县的名胜了,遥望而过。黄岩一县内,多橘子树园,树并不高,而金黄的橘实,都结得累累欲坠,在反射斜阳;车驰过处,风味倒也异样,很像我年轻的时候,在日本纪州各处旅行时的光景。

自黄岩经温岭到乐清县的离大荆城南五里路的地方,村名叫作水积(或名积水,不知是哪二个字),前临大海,海中有岛,后峙双旗冈峰,峰中也有叠嶂一排,在暗示着雁荡的奇峰怪石。游人到此,已经有点心痒难熬的样子了,因为隔一条溪,隔一重山,在夕阳下,早就看得出谢公岭外老僧送客之类的奇形怪状的石岩阴影。北来自大溪镇到此,约有三十余里的行程。

在雁荡第一重口外,再渡过那条白石门潭流下来的清溪,西驰七八里,过白溪,到响岭头,就是雁荡东外谷的口子,汽车路筑到此地为止,雁荡到了。

在口外下车,远望进去,只看见了几个巉屼的石峰尖。太阳已经快下山了,我们是由东向西而入谷的,所以初走进去的时候,一眼并不看见什么。但走了半里多上灵岩寺去的石砌路后,渡过石桥,忽而一变,千千万万的奇异石壁,都同天上刚掉下去似的，直立在我们的四周；一条很大很大的溪水，穿在这些绝壁的中间，在向东缓流出来。壁来得太高太陡，天只剩下了狭狭的一条缝，日已下山，光线不似日间的充足。石壁的颜色，又都灰黑，壁缝里的树木，也生得屈曲有一种怪相。我们从东外谷走入内谷的七八里地路上，举头向前后左右望望，几乎被胁得连口都不敢开了。山容的奇突，大与寻常习见的样子不同，教人不得不想起诗圣但丁的《神曲》，疑心我们已经跟了那位罗马诗人，入了别一个境界。

在龙王庙前折向了北去，头脑里对于一路上所见的峰嶂的名目，如猴披衣、蓼花嶂、响嵩门、霞嶂洞、听诗叟、双鲤峰之类，还没有整理得清楚，景色一变，眼前又呈出了一幅更清幽、更奇怪、更伟大的画本。原来这东内谷里的向北去灵岩寺谷里的一区，是雁荡的中心，也是雁荡山水杰作里的顶点。初入是一条清溪，许多树木与竹林。再进，劈面就是一排很高很长，像罗马古迹似的展旗嶂，崛起在天边，直挂向地下，后方再高处又是一排屏霞嶂，这屏霞嶂前，左右环抱，尽是一枝一枝的千万丈高的大石柱，高可以不必说，面积之大，周围也不知有多少里；而最奇的，是这些大柱的头和脚，大小是一样的，所以都是绝壁，都是圆柱。小龙湫瀑布，也就在灵岩寺西北的一大石峰上，从顶点直泻下来的奇景。灵岩寺，看过去很小很小，隐藏在这屏霞嶂脚，顶珠峰、展旗峰、石屏风（全在寺东）与天柱峰、双鸾峰、卷图峰、独秀峰、卓笔峰（全在寺西）等的中间，地位的好，峰岩的多而且奇，只有永康方岩的五峰书院，可以与它比比，但方岩只是伟大了一点，紧凑却还不及这里。

灵岩寺的开辟，在宋太平兴国四年，僧行亮神昭为其始祖，后屡废屡兴；现在的寺，却是数年前，由护法者蒋叔南、潘耀庭诸君所募建。蒋君今年夏季去世，潘君现任雁荡山风景区整理委员，住在寺中；当家僧名成圆，亦由蒋、潘诸君自宁波去迎来者，人很能干，具有实际办事的手腕。

在灵岩寺的西楼住下之后，天已经黑了。先去请教也住在寺中、率领黄岩中学学生来雁荡旅行的两位先生，问我们在雁荡，将如何的游法？因为他们已在灵岩寺住了三日，打算于明晨出发回黄岩去了。饭后又去请了潘委员来，打听了一番雁荡山大概的情形。

雁荡山的总括，可以约略地先在此地说一说。第一，山在乐清县东北九十里，系亘立东西的一排连山，东起石门潭，西迄白岩六十里；北自甸岭，南至斤竹涧口四十里；自东向西，历来分成东外谷、东内谷、西内谷、西外谷的四部，以马鞍岭为界而分东西。全山周围，合外境有四百二十里。雁山北部，更有南阁谷、北阁谷二区，以溪分界。南阁南至石柱北至北屏山二里，东至马屿，西至会仙峰十六里；北阁村南北二里，东西五里，西北极甸岭山，为雁荡北址。

雁山开山者相传为晋诺讵那尊者，凡百有二峰，六十一岩，四十六洞，十八刹，十六亭，十七潭，十三瀑。入游之路线，有四条。（一）东路从白溪经响岭头自东南入谷，就是我们所经之路线。（二）北路由大荆越谢公岭自东北入谷至岭峰。（三）南路由小芙蓉经四十九盘岭自南入谷至能仁寺，从乐清来者率由此。（四）西路从大芙蓉自西南经本觉寺至梅雨潭。

峰之最高者为百冈尖，高一万一千五百公尺。雁湖在西外谷连霄岭上，高九千公尺。

这雁荡山的梗概，是根据潘委员的口述，和《广雁荡山志》及《雁山全图》而摘录下来的。我们因为走马游山，前后只有三日的工夫好费，还要包括出发和到着的日期在内，所以许多风景，都只能割爱。晚上就和潘委员在灯下拟定明日只看西石梁的大瀑布、大龙湫瀑、梅雨潭，回至能仁寺午餐，略游斤竹涧就回灵岩寺宿；出发之日（即第三日），午前一游净名寺，至灵峰略看看观音洞、北斗洞等，就出响头岭由原路出发回去。北部的绝景，中央的百冈尖当然是不能够去，就如显胜门、龙溜等处，一则因无时间，二则因无大路无宿处，也只能等下次再来了。这样拟定了游程之后，预期着明天的一天劳顿，我们就老早地爬上了床去。

约莫是午前的三四点钟，正梦见了许多岩壁，在四面移走拢来，几乎要把我的渺渺五尺之躯，压成粉碎的时候，忽而耳边一阵喇叭声，一阵嘈杂声起来了。先以为是山寺里起了火，急起披衣，踏上了西楼后面的露台去一看：既不见火，又不见人，周围上下，只是同海水似的月光，月光下又只是同神话中的巨人似的石壁，天色苍苍，只余一线，四围岑寂，远远地也听得见些断续的人声。奇异，神秘，幽寂，诡怪，当时的那一种感觉，我真不知道要用些什么字来才形容得出！起初我以为还在连续着做梦，这些月光，这些山影，仍旧是梦里的畸形，但摸摸石栏，看看那枝谁也要被它威胁压倒的天柱石峰与峰头的一片残月，觉得又太明晰，太正确，绝不像似梦里的神情。呆立了一会儿，对这雁荡山中的秋月顶礼了十来分钟，又是一阵喇叭声，一阵整队出发报名数的号令声传过来了，到此我才明白，原来我并不是在做梦，是那一批黄岩中学的学生要出发赶上大溪去坐轮船去了！这一批学生地叫唤，这一批青年的大胆行为，既救了我梦里的危急，又指示给我了这一幅清极奇极的雁山夜月的好画图，我的心里，竟莫名其妙地感激起来了，跑下楼去，就对他们的两位临走的教师热烈地热烈地握了一回手；送他们出了寺门以后，我并且还在月光下立着，目送他们一个个小影子渐渐地被月光岩壁吞没了下去。

雁荡山中的秋月！天柱峰头的月亮！我想就是今天明天，一处也不游，便尔回去，也尽可以交代得过去，说一声"不虚此行"了，另外还更希望什么呢？所以等那些学生走后，我竟像疯子一样，一个人在后面楼外的露台上呆对着月光峰影，坐到了天明，坐到了日出。这一天正是旧历九月二十的晚上廿一的清晨。

等同去的文伯，及偶然在路上遇着成一伙的奥伦斯登、科伯尔厂经理毕士敦（Mr. H. H. Bernstein）与戴君起来，一齐上轿，到大龙湫的时候，太阳已经升得很高，似在巳午之间了。一路上，经下灵岩村、三官殿、上灵岩村、过马鞍岭。在左右手看了些五指峰、纱帽峰、老鼠峰、猫峰、观音峰、莲台嶂、祥云峰、小剪刀峰之类，形状都很像，峰头都很奇，但因为太多了，到后来几乎想向在说明的轿夫讨饶，请他不要再说，怕看得太多，眼睛里脑里要起消化不良之症。

大龙湫的瀑布，在江南瀑布当中真可以称霸，因为石壁的高，瀑身的大，潭影的清而且深，实在是江浙皖几省的瀑布中所少有的。我们到雁荡之先，已经是旱得很久了。故而一条瀑布，直喷下来，在上面就成了点点的珠玉。一幅真珠帘，自上至地，有三四千丈高，百余尺阔；岩头系突出的，帘后可以通人，立在与日光斜射之处，无论何时，都看得出一条虹影。凉风的飒爽，潭水的清澄，和四围山岭的重叠，是当然的事情了，在大龙湫瀑布近旁，这些点景的余文，都似乎丧失了它们的价值，瀑布近旁的摩崖石刻，很多很多，然而无一语，能写得出这大龙湫的真景。《广雁荡山志》上，虽则也载了不少的诗词歌赋，来咏叹此景，但是身到了此间，哪里还看得起这些秀才的文章呢？至于画画，我想也一定不能把它的全神传写出来的，因为画纸决没有这么长，而溅珠也决没有这样的匀而且细。

出大龙湫，经瑞鹿峰、剪刀峰（侧看是一帆峰）下，沿大锦溪过华严岭罗汉寺前，能在石壁的半空中看得出一座石刻的罗汉像。斧凿的工巧有艺术味，就是由我这不懂雕刻的野人看来，也觉得佩服之至。从此经竹林，过一条很高很长的东岭，遥望着芙蓉峰、观音岩等（雁湖的一峰是在东岭岭上可以看见的），绕骆驼洞下面至西石梁的大瀑布。

西石梁是一块因风化而中空下坠的大石梁，下有一个老尼在住的庵，西面就是大瀑布。这瀑布的高大，与大龙湫瀑布等，但不同之处，是在它的自成一景，在石壁中流。一块数千丈的石壁，经过了几千万年的冲击，中间成了一个圆形大柱式的空洞，两面围抱突出，中间是一数丈宽数千丈高的圆洞，瀑布就从上面沿壁在这空圆洞里直泻下来。下面的潭，四壁的石，和草树清溪，都同大龙湫差仿不多。但西面连山，雁荡山的西尽头，差不多就快到了，而这瀑布之上，山顶平处，却又是一大村落。山上复有山，世外是桃源的情景，正和天台山的桐柏乡，曲异而工同。

从西石梁瀑布顺原路回来，路上又去看了梅雨潭及潭前的一座含珠峰，仍过东岭，到了自芙蓉南来经四十九盘岭可到的能仁寺里。

这能仁寺在西内谷丹芳岭下，系宋咸平二年僧全了所建。本来是雁荡山中的最大的丛林，有一宋时的大铁锅在，可以作证，现在却萧条之至，大殿禅房，还都在准备建筑中。寺前有燕尾瀑，顺溪南流，成斤竹涧，绕四十九盘岭，可至小芙蓉。这一路路上风景的清幽绝俗，当为雁山全景之冠，可惜我们没有时间，只领略了一个大概，就赶回了灵岩寺来宿。

这一天的傍晚，本拟上寺右的天窗洞，寺左的龙鼻水，去拜观灵岩寺的二奇的，但因白天跑了一天，太辛苦了，大家不想再动。我并且还忘不了今晨似的山中的残月，提议明朝也于三时起床，踏月东下，先去看了灵峰近旁的洞石，然后去响头岭就行出发，所以老早就吃了夜饭，老早就上了床。

然而胜地不常，盛筵难再，第二日早晨，虽则大家也忍着寒，抛着睡，于午前三点起了身，可是淡云蔽月，光线不明；我们真如在梦里似的走了七八里路，月亮才兹露面。而玩月光玩得不久，走到灵峰谷外朝阳洞下的时候，太阳却早已出了海，将月光的世界散文化了。

不过在残月下，晨曦里的灵峰山景，也着实可观，着实不错；比起灵岩的紧凑来，只稍稍觉得疏散一点而已。

灵峰寺是在东谷口内向北两三里地的地方，东越谢公岭可达大荆。近旁有五老峰、斗鸡峰、幞头峰、灵芝峰、犀角峰、果盒岩、船岩、观音洞、北斗洞、苦竹洞、将军洞、长春洞、响板洞诸名胜，顺鸣玉溪北上，三里可达真际寺。寺为宋天圣元年僧文吉所建，本在灵峰峰下，不知几百年前，这峰因风化倒了，寺屋尽毁。现在在这到灵峰下的一块隙地上，方在构木新筑灵峰寺。我们先在果盒岩的溪亭上坐了一会儿，就攀援上去，到观音洞去吃早餐。两岩侧向，中成一洞，洞高二三百丈，最上一层，人迹所不能到，但洞中生有大树一株，系数百年物，枝叶茂盛，从远处望来，了了可见。下一层是观音洞的选佛场，洞中宽广，建有大殿，并五百应真的石刻。东面一水下滴成池，叫作洗心泉，旁有明刻宋刻的题名记事碑无数。自此处一层一层地下去，有四五层楼三四百石级的高度，洞的高广，在雁荡山当中，以此为最。最奇怪的，是在第三层右手壁上的一个石佛，人立右手洞底，向东南洞口远望出去，俨然是一座地藏菩萨的侧面形，但跑近前去一看，则什么也没有了，只一块突出的方石。上一层的右手壁上还有一个一指物，形状也极像，不过小得很。

　　看了灵岩、灵峰近边的峰势，看了观音洞（亦名合掌洞）里的建筑及大龙湫等，我们以为雁荡的山峰、岩洞、溪瀑等，也已经大略可以想象得出了，所以旁的地方，也不想再去走，只到北斗洞去打了一个电话，叫汽车的司机早点预备，等我们一出谷口，就好出发。

　　总之，雁荡本是海底的奇岩，出海年月，比黄山要新，所以峰岩峻削，还有一点锐气，如山东崂山的诸峰。今年春间，欲去黄山而未果，但看到了黄山前卫的齐云、白岳，觉得神气也有点和灵峰一带的山岩相像。在迎着太阳走出谷来，上汽车去的路上，我和文伯，更在坚订后约，打算于明年以两个月的工夫，去歙县游遍黄山，北下太平，上青阳南面的九华，然后出长江，息匡庐，溯江而上，经巫峡，下峨嵋，再东下沿汉水而西入关中，登太华以笑韩愈，入终南而学长生。此行若果，那么我们的志愿也毕，可以永永老死在蓬窗陋巷之中了。

一九三四年十一月九日

选自《达夫游记》（上海文学创造社1936年3月初版）

出昱岭关记

一九三四年三月末日，夜宿在东天目昭明禅院的禅房里。四月一日侵晨，曾与同宿者金钱甫、吴宝基诸先生约定，于五时前起床，上钟楼峰上去看日出，并看云海。但午前四时，因口渴而起来喝茶，探首向窗外一望，微云里在落细雨，知道日出与云海都看不成了，索性就酣睡了下去，一觉竟睡到了八点。

早餐后，坐轿下山。一出寺门，哪知就掉向云海里去了，坐在轿上，看不出前面那轿夫的背脊，但闻人语声，鸟鸣声，轿夫换肩的喝唱声，瀑布的冲击声，从白茫茫一片的云雾里传来；云层很厚实，有时攒入轿来，扑在面上，有点儿凉阴阴的怪味，伸手出去拿了几次，却没有拿着。细雨化为云，蒸为雾，将东天目的上半山包住，今天的日出虽没有看成，可是在云海里飘泊的滋味却尝了一个饱。行至半山，更在东面山头的雾障里看出了一圈同月亮似的大白圈，晓得天又是晴的，逆料今天的西行出昱岭关去，路上一定有许多景色好看。

从原来的路上下山，过老虎尾巴，越新溪，向西向南地走去，云雾全收，那一个东西两天目之间的谷里的清景，又同画样地展开在目前。上一小岭后，更走二十余里，就到了于潜的藻溪，盖即三日前下车上西天目去的地点，距西天目三十余里，去东天目约有四十里内外。轿子到此，已经是午后一点的光景，肚子饿得很，因而对于那两座西浙名山的余恋，也有点淡薄下去了。

饭后上车，西行七十余里，入昌化境，地势渐高，过芦岭关后，就是昱岭山脉的盘踞地界了。车路大抵是一面依山，一面临水的。山系巉屼古怪的沙石岩峰，水是清澄见底的山泉溪水。偶尔过一平谷，则人家三五，散点在杂花绿树间。老翁在门前曝背，小儿们指点汽车，张大了嘴，举起了手，似在大喊大叫。村犬之肥硕者，有时还要和汽车赛一段跑，送我们一程。

在未到昱岭关之先，公路两岸的青山绿水，已经是怪可爱的了。语堂并且还想起了避暑的事情，以为挈妻儿来这一区桃花源里，住它几日，不看报，不与外界相往来，饥则食小山之薇蕨，与村里的牛羊，渴则饮清溪的淡水。日当中午，大家脱得精光，入溪中去游泳。晚上倦了，就可以在月亮底下露宿，门也不必关，电灯也可以不要，只教有一枝雪茄，一张行军床，一条薄被，和几册爱读的书就好了。

"像这一种生活过惯之后，不知会不会更想到都市中去吸灰尘，看电影的？"

语堂感慨无量地在自言自语，这当然又是他的 Dichtung 在作怪。前此，语堂和增嘏、光旦他们，曾去富春江一带旅行，在路上，遇有不适意事，语堂就说："这是 Wahrheit！"意思就是在说"现实和理想的不能相符"，系借用了歌德的书名而付以新解释的。所以我们这一次西游，无论遇见什么可爱可恨之事，都只以 Wahrheit 与 Dichtung 两字了之，语汇虽极简单，涵义倒着实广阔，并且说一次，大家都哄笑一场，不厌重复，也不怕烦腻，正像是在唱古诗里的循环复句一般。

车到昱岭关口，关门正在新造，停车下来，仰视众山，大家都只嘿然互相默视了一下；盖因日暮途遥，突然间到了这一个险隘，印象太深，变成了 Shock，惊叹颂赞之声自然已经叫不出口，就连现成的 Dichtung 与 Wahrheit 两字，也都被骇退了。向关前关后去环视了一下，大家松了一松气，吴、徐两位，照了几张关门的照相之后，那种紧张的气氛，才兹弛缓了下来。于是乎就又有了说，有了笑；同行中间的一位，并且还上关门边上去撒了一泡溺，以留作过关的纪念碑。

出关后，已入安徽绩溪、歙县界，第一个到眼来的盆样的村子，就是三阳坑。四面都是一层一层的山，中间是一条东流的水，人家三五百，集处在溪的旁边，山的腰际，与前面的弯曲的公路上下。溪上远处山间的白墙数点，和在山坡食草的羊群，又将这一幅中国的古画添上了些洋气，语堂说："瑞士的山村，简直和这里一样，不过人家稍为整齐一点，山上的杂草树木要多一点而已。"我们在三阳坑车站的前头，那一条清溪的水车磨坊旁边，西看看夕阳，东望望山影，总立了约有半点钟之久，还徘徊而不忍去，倒惊动得三阳坑的老百姓，以为又是官军来测量地皮，破坏风水来了，在我们的周围，也张着嘴瞪着眼，绕成了一个大圈圈。

从三阳坑到岂梓里，二三十里地的中间，车尽在昱岭山脉的上下左右绕。过了一个弯，又是一个弯，盘旋上去，又盘旋下来，有时候向了西，有时候又向了东。到了顶上，回头来看看走过的路和路上的石栏，绝像是乡下人于正月元宵后，在盘的龙灯。弯也真长，真曲，真多不过。一时入一个弯去，上视危壁，下临绝涧，总以为前不见古人，后不见来者，这车非要穿入山去，学穿山甲，学神仙的土遁，才能到得徽州了，谁知斗头一转，再过一个山鼻，就又是一重天地，一番景色。我先在车里默数着，要绕几个弯，过几条岭，才到得徽州，但后来为周围的险景一吓，竟把数目忘了，手指头屈屈伸伸，似乎有了十七八次，大约就混说一句二三十个，想来总也没有错儿。

在这一条盘旋的公路对面，还有一个绝景，就是那一条在公路未开以前的皖浙间交通的官道。公路是开在溪谷北面的山腰，而这一条旧时的大道，是铺在溪谷南面的山麓的。从公路上的车窗里望过去，一条同银线似的长蛇小道，在对岸时而上山，时而落谷，时而过一条小桥，时而入一个亭子，隐而复见，断而再连；还有成群的驴马，肩驮着农产商品，在代替着沙漠里的骆驼，尽在这一条线路上走；路离得远了，铃声自然是听不见，就是捏着鞭子，在驴前驴后，跟着行走的商人，看过去也像是画上的行人，要令人想起小时候见过的《钟馗送妹图》或《长江行旅图》来。

过岂梓里后，路渐渐平坦，日也垂垂向晚，虽然依旧是水色山光，劈面地迎来，然而因为已在昱岭关外的一带，把注意力用尽了，致对车窗外的景色，不得已而失了敬意。其实哩，绩溪与歙县的山水，本来也是清秀无比，尽可以敌得过浙西的。

在苍茫的暮色里，浑浑然躺在车上，一边在打瞌睡，一边我也在想凑集起几个字来，好变成一件像诗样的东西；哼哼读读，车行了六七十里之后，我也居然把一首哼哼调做成了：

>盘旋曲径几多弯，历尽千山与万山。
>外此更无三宿恋，西来又过一重关。
>地传洙泗溪争出，俗近江淮语略蛮。
>只恨征车留不得，让他桃李领春闲。

题目是《出昱岭关，过三阳坑后，风景绝佳》。

晚上六点前后，到了徽州城外的歙县站。入徽州城去吃了一顿夜饭，住的地方，却成问题了，于是乎又开车，走了六七十里的夜路，赶到了归休宁县管的大镇屯溪。屯溪虽有小上海的别名，虽也有公娼、私娼、戏园、茶馆等的设备，但旅馆究竟不多；我们一群七八个人，搬来搬去，到了深夜的十二点钟，才由语堂、光旦的提议，屯溪公安局的介绍，租到了一只大船，去打馆宿歇。这一晚，别无可记，只发现了叶公秋原每爱以文言作常谈，于是乎大家建议："做文须用白话，说话须用文言。"这条原则通过以后，大家就满口地之乎也者了起来，倒把语堂的Dichtung und Wahrheit 打倒了；叶公的谈吐，尤以用公文成语时，如"该大便业已撒出在案"之类，最为滑稽得体云。

一九三四年四月十八日

选自《达夫游记》（上海文学创造社1936年3月初版）

屯溪夜泊记

屯溪是安徽休宁县属的一个市镇，虽然居民不多——人口大约最多也不过一二万——工厂也没有，物产也并不丰富，但因为地处在婺源、祁门、黟县、休宁等县的众水汇聚之乡，下流成新安江，从前陆路交通不便的时候，徽州府西北几县的物产，全要从这屯溪出去，所以这个小镇居然也成了一个皖南的大码头，所以它也就有了小上海的别名。"生意兴隆通四海，财源茂盛达三江"，这一副最普通的联语，若拿来赠给屯溪，倒也很可以指示出它的所以得繁盛的原委。

我们的飘泊到屯溪去，是因为东南五省交通周览会的邀请，打算去白岳、黄山看一看风景；而又蒙从前的徽州府现在的歙县县长的不弃，替我们介绍了一家徽州府里有名的实在是龌龊得不堪的宿夜店，觉得在徽州是怎么也不能够过夜了，所以才夜半开车，闯入了这小上海的屯溪市里。

虽则是小上海，可究竟和大上海有点不同，第一，这小上海所有的旅馆，就只有大上海的五万分之一。我们在半夜的混沌里，冲到了此地，投各家旅馆，自然是都已经客满了，没有办法，就只好去投奔公安局——这公安局却是直系于省会的一个独立机关，是屯溪市上，最大并且也是唯一的行政司法以及维持治安的公署，所以尽抵得过清朝的一个州县——请他们来救济，我们提出的办法，是要他们去为我们租借一只大船来权当宿舍。

这交涉办到了午前的一点，才兹办妥，行李等物，搬上船后，舱铺清洁，空气通畅，大家高兴了起来，就交口称赞语堂林氏的有发明的天才。因为大家搬上船上去宿的这一件事情，是语堂的提议，大约他总也是受了天随子陆龟蒙或八旗名士宗室宝竹坡的影响无疑。

浮家泛宅，大家联床接脚，在篾篷底下，洋油灯前，谈着笑着，悠悠入睡的那一种风情，倒的确是时代倒错的中世纪的诗人的行径。那一晚，因为上船得迟了，所以说废话说不上几刻钟，一船里就呼呼地充满了睡声。

第二天，天下了雨；在船上听雨，在水边看雨的风味，又是一种别样的情趣。因为天雨，旅行当然是不行，并且林、潘、全、叶的四位，目的是只在看看徽州，与自杭州至徽州的一段公路的，白岳、黄山自然是不想去的了，只教天一放晴，他们就打算回去，于是乎我们便有了一天悠闲自在的屯溪船上的休息。

屯溪的街市，是沿水的两条里外的直街，至西面而尽于屯浦，屯浦之上是一条大桥，过桥又是一条街，系上西乡去的大路。是在这屯浦桥附近的几条街上，由他们屯溪人看来，觉得是完全毛色不同的这一群丧家之犬，尽在那里走来走去地走。其实呢，我们的泊船之处，就在离桥不远的东南一箭之地，而寄住在船上，却有两件大事，非要上岸去办不可，就是，一、吃饭，二、大便。

227

况且，人又是好奇的动物，除了睡眠、吃饭、排泄以外，少不得也要使用使用那两条腿，于必要的事情之上，去做些不必要的事情。于是乎在江边的那家饭馆延旭楼即紫云馆，和那座公坑所，当然是可以不必说，就是一处贩卖破铜烂铁的旧货铺，以及就开在饭馆边上的一家假古董店，也突然地增加了许多顾客。我在旧货铺里，买了一部歙县吴殿麟的《紫石泉山房集》，语堂在那家假古董店里，买了些桃核船、翡翠、琥珀，以及许多碎了的白磁。大家回到船上研究将起来，当以两毛钱买的那些点点的磁片，最有价值，因为一只纤纤的玉手，捏着的是一条粗而且长，头如松菌的东西，另外的一条三角形的尖棕而带着微有曲线的白柄者，一定是国货的小脚。这些碎磁，若不是康熙，总也是乾隆，说不定，恐怕还是前朝内府坤宁宫里的珍藏。仔细研究到后来，你一言，我一语，想入非非，笑成一片，致使这一个水上小共和国里的百姓们，大家都堕落成了群居终日、专为不善的小人团。

早午饭吃后，光旦、秋原等又坐了车上徽州去了，语堂、增嘏歪身倒在床上看书打瞌睡，只有被鬼附着似的神经质的我，在船里觉得是坐立都不能安，于是乎只好着了雨鞋，张着雨伞，再上岸去，去游屯溪的街市。

雨里的屯溪，市面也着实萧条。从东面有一块枪毙红丸犯处的木牌立着的地方起，一直到西尽头的屯浦桥附近为止，来回走了两遍，路上遇着的行人，数目并不很多，比到大上海的中心街市，先施、永安下那块地方的人海人山，这小上海简直是乡村角落里了。无聊之极，我就爬上了市后面的那一排小山之上，打算对屯溪全市，作一个包罗万象的高空鸟瞰。

市后的小山，断断续续，一连倒也有四五个山峰。自东而西，俯瞰了屯溪市上的几千家人家，以及人家外围，贯流在那里的三四条溪水之后，我的两足，忽而走到了一处西面离桥不远的化山的平顶。顶上的石柱、石磉、石梁，依然还在，然而一堆瓦砾，寸草不生，几只飞鸟，只在乱石堆头慢声长叹。我一个人看看前面天主堂界内的杂树人家，和隔岸的那条同金字塔样的狮子（俗称扁担）石山，觉得阴森森毛发都有点直竖起来了，不得已就只好一口气地跳下了这座在屯溪市是地点风景最好也没有的化山。后来上桥头的酒店里去坐下，向酒保仔细一探听，才晓得民国十八年的春天，宋老五带领了人马，曾将这屯溪市的店铺民房，施行了一次火洗，那座化山顶上的化山大寺，也就是于这个时候被焚化了的。那时候未被烧去而仅存者，只延旭楼的一间三层的高阁和天主堂内的几间平房而已。

在酒店里，和他们谈谈说说，我只吃了一碟炒四件，一斤杂有泥沙的绍兴酒，算起账来，竟被敲去了两块大洋，问："何以会这么的贵？"回答说："本地人都喝的歙酒，绍兴酒本来是很贵的。"这小上海的商家，别的上海样子倒还没有学好，只有这一个欺生敲诈的门径，却学得来青胜于蓝了，也无怪有人告诉我说，屯溪市上，无论哪一家大商店，都有讨价还价，就连一盒火柴，一封香烟，也有生人熟面的市价的不同。

傍晚四五点的时候，去徽州的大队人马回来了，一同上延旭楼去吃过晚饭，我和秋原、增嘏、成章四人，在江岸的东头走走，恰巧遇见了一位自上海来此的像白相人那么的汽车小商人。他于陪我们上游艺场去逛了一遍之余，又领我们到了一家他的旧识的乐户人家。姑娘的名号现在记不起来了，仿佛是翠华的两字，穿着一件黑绒的夹袄，镶着一个金牙齿，相貌倒也不算顶坏，听了几出徽州戏，喝了一杯祁门茶后，出到了街上，不意斗头又遇见了三位装饰时髦到了极顶，身材也窈窕可观的摩登美妇人。那一位引导者，和她们也似乎是素熟的客人，大家招呼了一下走散之后，他就告诉了我们以她们的身世。她们的前身，本来是上海来游艺场献技的坤角，后来各有了主顾，唱戏就不唱了。不到一年，各主顾忽又有了新恋，她们便这样地一变，变作了街头的神女。这一段短短的历史，简单虽也简单得很，但可惜我们中间的那位江州司马没有同来，否则倒又有一篇《琵琶行》好做了。在微雨黄昏的街上走着，他还告诉了我们这里有几家头等公娼，几家二等花茶馆，几家三等无名窟，和诨名"屯溪之王"的一家半开门。回到了残灯无焰的船舱之内，向几位没有同去的诗人报告了一番消息，余事只好躺下去睡觉了，但青衫憔悴的才子，既遇着了红粉飘零的美女，虽然没有后花园赠金、妓堂前碰壁的两幕情景，一首诗却是少不得的；斜依着枕头，合着船篷上的雨韵，哼哼唧唧，我就在朦胧的梦里念成了一首"新安江水碧悠悠，两岸人家散若舟；几夜屯溪桥下梦，断肠春色似扬州"的七言绝句。这么一来，既有了佳人，又有了才子，煞尾并且还有着这一个有诗为证的大团圆，一出《屯溪夜泊》的传奇新剧本，岂不就完全成立了么？

一九三四年五月

选自《达夫游记》（上海文学创造社1936年3月初版）

第三辑　念旧友

北国的微音

　　北国的寒宵，实在是沉闷得很，尤其是像我这样的不眠症者，更觉得春夜之长。似水的流年，过去真快，自从海船上别后，匆匆又换了年头。以岁月计算，虽则不过隔了五个足月，然而回想起来，我同你们在上海的历史，好像是隔世的生涯，去今已有几百年的样子。河畔冰开，江南草长，虫鱼鸟兽，各有阳春发动之心，而自称为动物中之灵长，自信为人类中的有思想者的我，依旧是奄奄待毙，没有方法消度今天，更没有雄心欢迎来日。几日前头，有一位日本的新闻记者，来访我的贫居。他问我"为什么要消沉到这个地步"？我问他"你何以不消沉，要从东城跑许多路特来访我"？他说"是为了职务"。我又问他"你的职务，是对谁的"？他说"我的职务，是对国家，对社会的"。我说："那么你就应该知道我的消沉也是对国家，对社会的。现在世上的国家是什么？社会是什么？尤其是我们中国？"他的来访的目的，本来是为问我对于日本对华文化事业的意见如何，中国将来的教育方针如何的——他之所以来访者，一则因为我在某校里教书，二则因为我在日本住过十多年，或者对于某种事项，略有心得的缘故——后来听了我这一段诡辩，他也把职务丢开，谈了许多无关紧要的闲话走了。他走之后，我一个人衔了纸烟想想，觉得人类社会，毕竟是庸人自扰。什么国富兵强，什么和平共乐，都是一班野兽，于饱食之余，在暖梦里织出来的回文锦字。像我这样的生性，在我这样的境遇下的闲人，更有什么可想，什么可做呢？

写到这里我又想起T君批评我的话来了，他说"某书的作者，嘲世骂俗，却落得一个牢骚派的美名"。实在我想T君的话，一点儿也不错。人若把我们的那些浅薄无聊的"徒然草"合在一处，加上一个牢骚派的名目，思欲抹杀而厌鄙之，倒反便宜了我们。因为我们的那些东西，本来是同身上的积垢，口中的吐气一样，不期然地发生表现出来的，哪里配称作牢骚，更哪里配称作派呢？我读到《歧路》，沫若，觉得你对于自家的艺术的虚视——这"虚视"两字，我也不知道妥当不妥当！或者用"怀疑"两字！比较确切的吧——也和我一样。不错不错，我这封信，是从友人宴会席上回来，读了《歧路》之后，拿起笔来写的。我写这一封信的动机，原是想和你们谈谈我对于《歧路》的感想的呀！

沫若！我觉得人生一切都是虚幻，真真实在的，只有你说的"凄切的孤单"，倒是我们人类从生到死味觉得到的唯一的一道实味。就是京沪报章上，为了金钱或者想建筑自家的名誉的缘故，在那里含了敌意，做文章攻击你的人，我仔细替他们一想，觉得他们也在感着这凄切的孤独。唯其感到孤独，所以他们只好做些文章来卖一点金钱，或者竟牺牲了你来博一点小小的名誉，毕竟他们还是人，还是我们的同类，这"孤单"的感觉，终究是逃不了的，所以他们的文章里最含恶意，攻击你最甚的处所，便是他们的孤独感表现得最切的地方。名利的争夺，欲牺牲他人而建立自己的恶心。简单点说，就说生存竞争吧——依我看来，都是由这"孤单"的感觉催发出来的。人生的实际，既不外乎这"孤单"的感觉，那么表现人生的艺术，当然也不外乎此，因此我近来对于艺术的意见和评价，都和从前不同了。

我觉得艺术并没有十分可以推崇的地方，她和人生的一切，也没有什么特异有区别的地方。努力于艺术，献身于艺术，也不须有特别的表现。牢牢捉住了这"孤单"的感觉，细细地玩味，由他写成诗歌小说也好，制成音乐美术品也好，或者竟不写在纸上，不画在布上壁上，不雕在白石上，不奏在乐器上，什么也不表现出来，只教他能够细细地玩味这"孤单"的感觉，便是绝好的"创造"。

仿吾！这一段无聊的废话，你看对不对？我在写这封信之先，刚从一位朋友处的宴会回来，席上遇见了许多在日本和你同科的自然科学家。他们都已经成了富者，现在是资本家了。我夹在这些衣狐裘者的老同学中间，当然觉得十分地孤独，然而看看他们挟了皮箧，奔走不宁的行动，好像他们也有些在觉得人生的孤寂的样子。我前边不是说过了么？唯其感到孤寂，所以要席不遑暖地去追求名利。然而究竟我不是他们，所以我这主观的推测，也许是错了的。

我现在因为抱有这一种感想，所以什么东西也写不下来，什么东西也不愿意拿来看读。有时候要想玩味这"凄切的孤单"，在日斜的午后，老跑出城外去独步。这里城外多是黄沙的田野，有几处也有清溪断壁，绝似日本郊外未开辟之先的代代木、新宿等处。不过这里一堆一堆的黄土小冢，和有钱的人家的白杨松树的坟茔很多，感视少微与日本不同一点。今晚在宴会的席上，在许多鸿儒谈笑的中间，我胸中的感觉，同在这样的白杨衰草的坟地里漫步时一样。不过有一点我觉得比从前进步了。从前我和境遇比我美满的朋友——实际上除你们几个人之外，哪一个境遇比我不美满？——相处，老要起一种感伤，有时竟会滴下泪来。现在非但眼泪不会滴下来，并且也能如他们一样地举起箸来取菜，提起杯来喝酒。不过从前的那一种喜欢谈话的冲动，现在没有了。他们入座，我也就坐；他们吃菜，我也吃菜。劝我喝酒，我就喝，干杯就干杯。席散了，我就回来。雇车雇不着，就慢慢地在黄昏的街道上走。同席者的汽车马车，从我身边过去的时候，他们从车中和我点头，我也回点一头。他们不点头，我也让他们的车子过去，横竖是在后头跟走几步，他们的车子就可以老远地上我前头去的，所以无避入岔路上去的必要。还有一点和从前不同的地方，就是我默默地坐在那里，他们来要求我猜拳的时候，我总笑笑，摇摇头，举起杯来喝一杯酒，叫他们去要求坐在我下面的一个人猜。近来喝酒也喝不大醉，醉了也不过默默地走回家来坐坐，吸吸烟，倒点茶喝喝。

今晚的宴会，散得很早，我回家来吸吸烟喝喝茶，觉得还睡不着，所以又拿出了周报的《歧路》来看。沫若！大卫生的诗，实在是做得不坏，不过你的几行诗，我也很喜欢念。你的小孩的那个两脚没有的洋囝，我说还是包包好，寄到日本去吧！回头他们去买一个新的时候,怕又要破费几角钱哩。

昨天一个朋友来说他读到《歧路》,真的眼泪出了。我劝他小心些,这句话不要说出来让人家听见,恐怕有人要说他的眼泪不值钱。他说近来他也感染了一种感伤病,不晓得怎么的感情好像回返小孩子时代去了。说到这里,他忽而眼圈又红了起来,叫了我一声:"达夫!我……我可惜没有钱……"我也对他呆看了半晌,后来他一句话也不说,立起身来就走,我也默默地送他出门去了。(这样的朋友,上我这里来得很多。他们近来知道了我的脾气,来的时候,艺术也不谈了,我的几篇无聊的作品和周报季刊的事情也不提起了。有几次我们真有主客两人相对,默默而过半点钟的时候。像这样的 Pause 的中间,我觉得我的精神上最感得满足。因为有客人在前头,我一时可以不被那一种独坐时常想出来的无聊的空虚思想所侵蚀,而一边这来客又不在言语,我的听取对话和预备回答的那些麻烦注意可以省去。)不过,沫若!我说你那一篇《歧路》写得很可惜,你若不写出来,你至少可以在那一种浓厚的孤独感里浸润好几天。现在写出了之后,我怕你的那一种"凄切的孤单"之感,要减少了吧?

仿吾!我说你还是保守着独身主义,不要想结婚的好!恐怕你若结了婚,一时要失掉你的这孤独之感。而这孤独之感,依我说来,便是艺术的酵素,或者竟可以说是艺术本身。所以你若结了婚,怕一时要与艺术违离。讲到这里我怕你要反问我:"那么你们呢?你和沫若呢?"是的,我和沫若是一时与艺术离异过的,不过现在我们已经恢复了原来的孤独罢了……

嗳!嗳!不知不觉,已经写到午前三点钟了。

仿吾！沫若！要想写的话，是写不完的，我迟早还是弄几个车钱到上海来一次吧！大约我在北京打算只住到六月，暑假以后，我怎么也要设法回浙江去实行我的乡居的夙愿。若在最近的时期中弄不到车钱，不能够到上海来，那么我们等六月里再见吧！

一九二三年三月七日午前三时

原载1924年3月28日第46号《创造周报》

送仿吾的行

夜深了,屋外的蛙声、蚯蚓声,及其他的杂虫的鸣声,也可以说是如雨,也可以说是如雷。几日来的日光骤雨,把庭前的树叶,催成作青葱的广幕,从这幕的破处,透过来的一盏两盏的远处大道上的灯光,煞是凄凉,煞是悲寂。你要晓得,这是首夏的后半夜,我们只有两个人,在高楼的回廊上默坐,又兼以一个是飘零在客,一个是门外天涯,明朝晨鸡一唱,仿吾就要过江到汉口去上轮船去的。

天上的星光缭乱,月亮早已下山去了。微风吹动帘衣,幽幽的一响,也大可竖人毛发。夜归的瞎子,在这一个时候,还在街上,拉着胡琴,向东慢慢走去。啊啊,瞎子!你所求的,究竟是什么东西,为的是什么呀?

瞎子过去了,胡琴声也听不出来了,蛙声蚯蚓声杂虫声,依旧在百音杂奏;我觉得这沉默太压人难受了,就鼓着勇气,叫了一声:

"仿吾!"

这一声叫出之后,自家也觉得自家的声气太大,底下又不敢继续下去。两人又默默地坐了几分钟。

顽固的仿吾，你想他讲出一句话来，来打破这静默的妖围，是办不到的。但是这半夜中间，我又讲话讲得太多了，若再讲下去，恐怕又要犯起感伤病来。人到了三十，还是长吁短叹，哭己怜人，是没出息的人干的事情；我也想做一个强者，这一回却要硬它一硬，怎么也不愿意再说话。

亭铜，亭铜，前边山脚下女尼庵的钟磬声响了，接着又是比丘尼诵《法华经》的声音，木鱼的声音：

"那是什么？"

仍复是仿吾一流的无文采的问语。

"那是尼姑庵，尼姑念经的声音。"

"倒有趣得很。"

"还有一个小尼姑哩！"

"有趣得很！"

"若在两三年前，怕又要做一篇极其浓艳的小说来做个纪念了。"

"为什么不做哩？"

"老了，不行了，感情没有了！"

"不行！不行！要是这样，月刊还能办么？"

"那又是一个问题。"

"看沫若，他才是真正的战斗员！"

"上得场去，当然还可以百步穿杨。"

"不行，这未老先衰的话！"

"还不老么？有了老婆，有了儿子。亲戚朋友，一天一天地少下去。走遍天涯，到头来还是一个无聊赖！"

仿吾兀地不响了，我不觉得讲得太过分了。以年纪而论，仿吾还比我大。可怜的赋性愚直的这仿吾，到如今还是一个童男。去年他哥哥客死在广东。千里长途，搬丧回籍，一直弄到现在，他才能出来。一家老的老，小的小，侄儿侄女，十多个人，责任全负在他的肩上。而现在，我们因为想重把"创造"兴起，叫他丢去了一切，来干这前途渺茫的创造社出版部的大事业。不怕你是一块石，不怕你是一个鱼，当这样的微温的晚上，在这样的高危的楼上，看看前后左右，想想过去未来，叫他怎么能够坦然无介于怀？怎么能够不黯然泪落呢？

朋友的中间，想起来，实在是我最利己。无论如何的吃苦，无论如何的受气，总之在创造社根基未定之先，是不该一个人独善其身地跑上北方去的。有不得已的事故，或者有可托生命的事业可干的时候，还不要去管它，实际上盲人瞎马，渡过黄河，渡过扬子江后，所得到的结果，还不过是一个无聊。京华旅食，叩了富儿的门，一双白眼，一列白牙，是我的酬报。现在想起来，若要受一点人家的嘲笑，轻侮，虐待，那么到处都可以找得到，断没有跑几千里路的必要。像田舍诗人彭思一流的粗骨，理应在乡下草舍里和黄脸婆娘蒋恩谈谈百年以后的空想，做两句乡人乐诵的歌诗，预备一块墓地，两块石碑，好好儿地等待老死才对。爱丁堡有什么？老爷的那些太太小姐，不过想玩玩乡下初出来的猴子而已，她们哪里晓得什么是诗？听说诗人的头盖骨，左边是突起的，她们想看看看。听说诗人的心有七个窟窿，她们想数数看。大都会！首善之区！我和乡下的许多盲目的青年一样，受了这几个好听的名字的骗，终于离开了情逾骨肉的朋友，离开了值得拼命的事业，骑驴走马，积了满身尘土，在北方污浊的人海里，游泳了两三年。往日的亲朋星散，创造社成绩空空，只今又天涯沦落，偶尔在屈贾英灵的近地，机缘凑巧，和老友忽漫相逢，在高楼上空谈了半夜雄天，座席未温，而明朝又早是江陵千里，不得不南浦送行，我为的是什么？我究在这里干什么呢？

我的确有点伤感起来了。栏外的杜鹃，又只是"不如归去，不如归去"地在那里乱叫。

"仿吾，你还不睡么？"

"再坐一会儿！"

我不能耐了，就不再说话，一个人进房里去睡了觉。仿吾一个人，在回廊上究竟坐到了什么时候才睡？他一个人坐在那深夜黑暗的回廊上，究竟想了些什么？这些事情，大约只有他一个人知道。第二天早晨，天还未亮的时候，他站在我的帐外，轻轻地叫我说：

"达夫！你不要起来，我走了。"

一九二五年五月二十三日招商公司的下水船，的确是午前六点钟起锚的。

一九二五年五月在武昌作

原载1925年6月6日第1卷第26期《现代评论》

给沫若

沫若：

　　和你分手，是去年十月的初旬——记不清哪一日了，但我却记得是双十节到北京的——接到你从白滨寄出，在春日丸船上写的那封信，是今年四月底边。此后你也没有信来，我也怕写信给你，一直到现在——今天是七月二十九日——我与你的中间，竟没有书札来往。我怕写信给你的原因，第一是：因为我自春天以来，精神物质，两无可观，萎靡颓废，正如半空中的雨滴，只是沉沉落坠。我怕像这样的消息，递传给你，也只能增大你的愁怀，决不能使你盼望我振作的期待，得有些微的满足。第二是：因为我想象你在九州海岸的生涯，一定比苏武当年，牧羊瀚海的情状，还要孤凄清苦，我若忽从京洛，写一纸长书，将中原扰攘的情形，缕缕奉告，怕你一时又要重新感到离乡去国之悲，那时候，你的日就镇静的心灵，又难免不起掀天的大浪。此外还有几种原因，由主观的说来，便是我天性的疏懒；再由客观的讲时，就是我和你共事以后，无一刻不感到的，一种莫名其妙的总觉得对你不起的深情。记得《两当轩集》里有几句诗说：强半书来有泪痕,不将一语到寒温,久迟作答非忘报,只恐开缄亦断魂……我现在把它抄在这里,聊当作我两三月来,久迟作答的辩解。

五月初——记不清是哪一日了,总之是你离开上海之后,约莫有一个多月的光景——我因为我在北京的生活太干寂了,太可怜了,胸中在酝酿着的闷火,太无喷发的地方了,在一天东风微暖的早上,带了一支铅笔,几册洋书,飘然上了南下的征车,行返上海。当车过崇文门,去北京的内城渐远的时候,我一边从车座里站起来,开窗向后面凝望,一边我心里却切齿地做了底下的一段诅咒:"美丽的北京城,繁华的帝皇居,我对你绝无半点的依恋!你是王公贵人的行乐之乡,伟大杰士的成名之地!但是 Sodom 的荣华,Pompey 的淫乐,我想看看你的威武,究竟能持续几何时?问去年的皓雪,而今何处?——But where are the snows of yesteryear?——像我这样的无力的庸奴,我想只要苍天不死,今天在这里很微弱地发出来的这一点仇心,总有借得浓烟硝雾来毁灭你的一日!杀!杀!死!死!毁灭!毁灭!我受你的压榨,欺辱,蹂躏,已经够了,够了!够了!……"那时候因为我坐的一间三等车室内,别无旁客,所以几月来抵死忍着,在人前绝不曾洒过的清泪,得流了一个痛快。沫若,我是一个从来不愿意诅咒任何事物之人,而此次在车中竟起了这样的一段毒念。你说我在这北京过度的这半年余的生活,究竟是痛苦呢还是安乐?具体的话我不说了,这首都里的俊杰如何地欺凌我,生长在这乐土中的异性者,如何地冷遇我等等,你是过来人,大约总能猜测吧!

上车的第二天半夜里到了上海,下车后,即跑上民厚里你我同住过的那间牢房里去,楼底下的厨房内,只有几根柴纵横地散在那里。那一天厨房里的那个电灯泡,好像特别的灰暗,冰冷的电光——虽则是春风沉醉的晚上,但我只觉得这屋内的电灯光是冰冷的——同褪剩的洪水似的淡淡地凝结在空洞的厨板上、锅盖上,和几只破残的碗钵上,在这些物事背后拖着的阴影,却是很浓厚的。进了前间起坐室一看,我和你和仿吾婀娜小孩等坐过的几张椅子,都七坍八败地靠叠在墙边,只有你临行时不曾收拾起的许多破书旧籍,这边一堆、那边一捆地占尽了这间纵横不过二丈来方的前室。前楼的两张床上,帐子都已撤去,地板上铺满了些破新闻纸、校稿的无用者和许多信札的废纸废封。光床上堆在那里的是仿吾的不曾拿去洗的旧衣服和破袜汗衫之类。后楼上,你于送你夫人小孩上日本去后,独自一个在那里写成你的《歧路》和《十字架》等篇的后楼上,正如暴风过后的港湾一样,到处只留着些坍败倒坏的痕迹,一阵霉冷的气味,突然侵袭了我的嗅觉,我一个人不知不觉竟在那张破床床沿上失神默坐了几分钟。那一晚仿吾因为等我不到,上别处去消闷去了。空屋里只有N氏一人,睡在那里候我到来。他说,书局要他们搬家,有许多器具,都已搬走了。他又说,仿吾和他,因为料定我一到上海就要找上这里来,所以是死守着不走的。末了他更告诉我说,在这里已经两个礼拜不举火了,他们要吃饭的时候,是锁着门——因为屋内一个底下人也没有了——跑上外边去吃的。

在这间荒废的屋里住了四五天,和仿吾等把周报的结束,与季刊的稿子清整了一下,更在外面与《太平洋》杂志有关的朋友商议了些以后合出周报的事情,我就于全部事务完了的那天早晨坐了沪杭早车回浙江去。

这一回的南下，表面上虽则说是为收拾周报，和商议与《太平洋》杂志合作的事情而去，但我的内心，实际上想上南边去看看，有没有机会，可以使我脱离这万恶贯盈的北京，而别求生路。殊不知到上海一看，我的半年余的出亡，使我的去路，闭塞得比《茑萝行》时代更加绝望。不但如此，且有几个寄生在资本家翼下，一边却在高谈革命建国的文人，和几个痛骂礼拜六派的作品，而自家在趣味比《礼拜六》更低的杂志上大做文章，一面又拉了不愿意的朋友，也在这新《礼拜六》上作小说的方言学者，正在竭力诋毁我和你和仿吾。我看看这种情形，听了些中国文坛上特有的奇闻逸事，觉得当上车时那样痛恨的北京城，比卑污险恶的上海，还要好些。于是我的不如归去的还乡高卧的心思，又渐渐地抬起头来了。

到家的头两天，总算快乐得很，亲戚朋友，相逢道故，家庭之内，也不少融融之乐。好，到了第三天，事件就发生了。

总之，是我的女人不好。那一天晚上吃夜饭的时候，我在厅前陪母亲多喝了一杯酒，所以母亲与我都是很快乐地在灯前说笑。我的女人在厨下吃完了晚饭，也抱了龙儿——我的三岁的小孩——过来，和我们坐一起。那时候我和母亲手里正捏了一张在北京的我的侄儿的穿洋服的照片在那里看。我的女人看了照片上的侄儿的美丽的小洋服——侄儿也三岁了——赞美得了不得，便顺口对龙儿说了一句笑话说："龙！你要不要这样的好洋服穿？"早熟的龙儿，虽然话也讲不十分清楚，但虚荣心却已经发达，听了他娘的这句话，便连声地嚷："要！要！要！"我也同他开玩笑，故意地说了一声："没有！"可怜的这小孩，以为我在骂他，就放声大哭起来。我们三人——母亲和我和我的女人——用尽了种种手段，想骗他不哭，但他却不肯听从。平时非常钟爱他的我的老母，到了后来，也生了气，冷视了他一眼说：

"你这孩子真不听话，穿洋服要前世修来的呀，哪里恶诈就诈得到的呢？你要哭且向你的爸爸去哭，我是没有钱做洋服给你穿！"

讲完了话，母亲就走开了。我因为这孩子脾气不好，心里早已觉得不耐烦，及听了母亲的话，更觉得十分的羞恼，所以马上就涨红了脸，伸出手去狠命地向他的小颊上批了两下。粉白的小脸上立刻即涨出了几个手指红印来，他的哭声，也一时狂叫了起来。母亲听了他的狂叫的哭声，赶进来的时候，我的女人，已经流了一脸眼泪，伏着背把龙儿搂在怀中，在发着颤声地安抚他说：

"宝，心肝肉，乖宝……不哭吧……娘不好……噢！娘……娘不好……噢！总是娘说了一声不好……"

我的女人抱他上楼去后半天，他睡着了方才不哭。后来我上楼去睡的时候，我的女人还含了眼泪，呆坐在床沿上，在守着他睡觉。我脱下了夹衫摸进床去，抱他到灯下来看时，见他脸上红肿得比被打的时候更厉害。我叫我的女人拿开香粉盒来，好在他的伤痕上敷上些香粉，她只默默地含着深怨对我看了一眼。我当时因为余怒未息，并且同时心里又起了一种不可名状的后悔，所以就放大了喉音对我女人喝了一声说：

"你怎么不站起来拿！"

手里的龙儿，被我惊醒，又哭了起来。我的女人，急促地闭了一闭眼睛，洒出了两大颗泪滴，马上把香粉盒拿出来放在桌上，从我手里把龙儿夺了过去，而且细声地对我说：

"我抱着,你敷吧!"

这话还没有说完,她又低了头"宝宝心肝"地叫起来了。我一边替龙儿擦眼泪敷粉,一边心里却在对他央告:

"宝!别哭吧!爸爸不好,爸爸打得太重了。乖宝,别哭吧!总是爸爸不好,没能力挣钱做洋服给你穿。"

这心里的央告,正想以轻微的语言说出来的时候,我的咽喉不知怎么地也梗塞住了,同时鼻子也酸了起来。这事件以后的第三天,上海的某书肆忽而寄来了一封挂号信和一篇小说的原稿,信上说:

"已经答应你的稿费一百元,因为这篇小说描写性欲太精细了,不能登载,只好作为罢论,以后还请先生赐以另外的稿子,本社无不欢迎。"

信上的言语虽然非常恭敬,但我非但替小孩做洋服的钱,和在家里的零用钱落了空,就是想再出去到北京上海来流离的路费也没有了。像这样的情形的故乡,当然不能久住,第二天我把我的女人所有的高价的衣服首饰,全部质入了当铺,得了百余块钱,再出奔至上海。我的女人和龙儿,送我上船的时候,都流着眼泪哭了。但龙儿这一回的哭却不是因为小脸上的痛,虽则他的创痕还没有除去。

重到上海,和仿吾玩了二天,因为他也正在筹划旅费,预备到广东去,所以第二天的晚上我就乘了夜快车回到北京来了。啊啊!万恶的首都,我还是离不了你!离不了你!

这一次到北京之后,已经差不多有两个半月的时间,但这两个半月中间,除为与《太平洋》杂志合作事,少行奔走外,什么事情也不做，什么书也不读，一半大约也因为那拿衣服首饰换来的一百块钱消费得太快，而继续进来的款子没有的原因。啊啊！沫若，再见吧！

　　　　　一九二四年七月二十九日在北京

原载1926年3月16日第1卷第1期《创造月刊》

为郭沫若氏祝五十诞辰

郭沫若兄，今年五十岁了；他过去在新诗上、小说上、戏剧上的伟大成就，想是喜欢读读文艺作品的人所共见的，我在此地可以不必再说。而尤其是难得的，便是抗战事起，他抛弃了日本的妻儿，潜逃回国，参加入抗战阵营的那一回事。

我与沫若兄的交谊，本是二十余年如一日，始终是和学生时代同学时一样的。但因为中间有几次为旁人所挑拨中伤，竟有一位为郭氏作传记者，胆敢说出我仿佛有出卖郭氏的行为，这当是指我和创造社脱离关系以后，和鲁迅去另出一杂志的那一段时间中的事情。

创造社的许多青年，在当时曾经向鲁迅下过总攻击，但沫若兄恐怕是不赞成的。因为郭氏对鲁迅的尊敬，我知道他也并不逊于他人，这只从他称颂鲁迅的"大哉鲁迅"一语中就可以看出。

我对于旁人的攻击，一向是不理会的，因为我想，假若我有错处，应该被攻击的话，那么强辩一番，也没有用处。否则，攻击我的人，迟早总会承认他自己的错误。并且，倘使他自己不承认，则旁人也会看得出来。所以，说我出卖朋友，出卖郭氏等中伤诡计，后来终于被我们的交谊不变所揭穿。在抗战前一年，我到日本去劝他回国，以及我回国后，替他在中央作解除通缉令之运动，更托人向委员长进言，密电去请他回国的种种事实，只有我和他及当时在东京的许俊人大使三个人知道。

他到上海之后，委员长特派何廉氏上船去接他，到了上海，和他在法界大西路一间中法文化基金委员会的住宅里见面的，也只有我和沈尹默等两三人而已。

这些废话，现在说了也属无益，还是按下不提。总之，他今年已经五十岁了，港渝各地的文化界人士，大家在发起替他祝寿；我们在南洋的许多他的友人，如刘海粟大师，胡愈之先生，胡迈先生等，也想同样地举行一个纪念的仪式，为我国文化界的这一位巨人吐一口气。现在此事将如何进行，以及将从哪些方面着手等问题，都还待发起人来开会商量，但我却希望无论和郭氏有没有交情的我们文化工作者，都能够来参加。

原载1941年10月24日新加坡《星洲日报·晨星》

志摩在回忆里

　　新诗传宇宙，竟尔乘风归去，同学同庚，老友如君先宿草。

　　华表托精灵，何当化鹤重来，一生一死，深闺有妇赋招魂。

　　这是我托杭州陈紫荷先生代做代写的一副挽志摩的挽联。陈先生当时问我和志摩的关系，我只说他是我自小的同学，又是同年，此外便是他这一回的很适合他身份的死。

　　做挽联我是不会做的，尤其是文言的对句。而陈先生也想了许多成句，如"高处不胜寒""犹是深闺梦里人"之类，但似乎都寻不出适当的上下对，所以只成了上举的一联。这挽联的好坏如何，我也不晓得，不过我觉得文句做得太好，对仗对得太工，是不大适合于哀挽的本意的。悲哀的最大表示，是自然的目瞪口呆，僵若木鸡的那一种样子，这我在小曼夫人当初接到志摩的凶耗的时候曾经亲眼见到过。其次是抚棺的一哭，这我在万国殡仪馆中，当日来吊的许多志摩的亲友之间曾经看到过。至于哀挽诗词的工与不工,那却是次而又次的问题了;我不想说志摩是如何如何的伟大,我不想说他是如何如何的可爱,我也不想说我因他之死而感到怎么怎么的悲哀,我只想把在记忆里的志摩来重描一遍,因而再可以想见一次他那副凡见过他一面的人谁都不容易忘去的面貌与音容。

大约是在宣统二年(一九一〇年)的春季,我离开故乡的小市,去转入当时的杭府中学读书——上一期似乎是在嘉兴府中读的,终因路远之故而转入了杭府——那时候府中的监督,记得是邵伯炯先生,寄宿舍是大方伯的图书馆对面。

当时的我,是初出茅庐的一个十四岁未满的乡下少年,突然间闯入了省府的中心,周围万事看起来都觉得新异怕人。所以在宿舍里,在课堂上,我只得诚惶诚恐,战战兢兢,同蜗牛似的蜷伏着,连头都不敢伸一伸出壳来。但是同我的这一种畏缩态度正相反的,在同一级同一宿舍里,却有两位奇人在跳跃活动。

一个是身体生得很小,而脸面却是很长,头也生得特别大的小孩子。我当时自己当然总也还是一个孩子,然而看见了他,心里却老是在想,"这顽皮小孩,样子真生得奇怪",仿佛我自己已经是一个大孩似的。还有一个日夜和他在一块,最爱做种种淘气的把戏,为同学中间的爱戴集中点的,是一个身材长得相当的高大,面上也已经满示着成年的男子的表情,由我那时候的心里猜来,仿佛是年纪总该在三十岁以上的大人,其实呢,他也不过和我们上下年纪而已。

他们俩,无论在课堂上或在宿舍里,总在交头接耳地密谈着,高笑着,跳来跳去,和这个那个闹闹,结果却终于会出其不意地做出一件很轻快很可笑很奇特的事情来吸引大家的注意的。

而尤其使我惊异的，是那个头大尾巴小，戴着金边近视眼镜的顽皮小孩，平时那样地不用功，那样地爱看小说——他平时拿在手里的总是一卷在有光纸上印着石印细字的小本子——而考起来或做起文来却总是分数得得最多的一个。

像这样地和他们同住了半年宿舍，除了有一次两次也上了他们一点小当之外，我和他们终究没有发生什么密切一点的关系；后来似乎我的宿舍也换了，除了在课堂上相聚在一块之外，见面的机会更加少了。年假之后第二年的春天，我不晓为了什么，突然离去了府中，改入了一个现在似乎也还没有关门的教会学校。从此之后，一别十余年，我和这两位奇人——一个小孩，一个大人——终于没有遇到的机会。虽则在异乡漂泊的途中，也时常想起当日的旧事，但是终因为周围环境的迁移激变，对这微风似的少年时候的回忆，也没有多大的留恋。

民国十三四年——一九二四、一九二五年——之交，我混迹在北京的软红尘里；有一天风定日斜的午后，我忽而在石虎胡同的松坡图书馆里遇见了志摩。仔细一看，他的头，他的脸，还是同中学时候一样发育得分外的大，而那矮小的身材却不同了，非常之长大了，和他并立起来，简直要比我高一两寸的样子。

他的那种轻快磊落的态度，还是和孩时一样，不过因为历尽了欧美的游程之故，无形中已经锻炼成了一个长于社交的人了。笑起来的时候，可还是同十几年前的那个顽皮小孩一色无二。

从这年后，和他就时时往来，差不多每礼拜要见好几次面。他的善于座谈，敏于交际，长于吟诗的种种美德，自然而然地使他成了一个社交的中心。当时的文人学者、达官丽姝，以及中学时候的倒霉同学，不论长幼，不分贵贱，都在他的客座上可以看得到。不管你是如何心神不快的时候，只要经他用了他那种浊中带清的洪亮的声音，"喂，老×，今天怎么样？什么什么怎么样了？"地一问，你就自然会把一切的心事丢开，被他的那种快乐的光耀同化了过去。

正在这前后，和他一次谈起了中学时候的事情，他却突然地呆了一呆，睁大了眼睛惊问我说：

"老李你还记得起记不起？他是死了哩！"

这所谓老李者，就是我在头上写过的那位顽皮大人，和他一道进中学的他的表哥哥。

其后他又去欧洲，去印度，交游之广，从中国的社交中心扩大而成为国际的。于是美丽宏博的诗句和清新绝俗的散文，也一年年地积多了起来。一九二七年的革命之后，北京变了北平，当时的许多中间阶级者就四散成了秋后的落叶。有些飞上了天去，成了要人，再也没有见到的机会了；有些也竟安然地在牖下到了黄泉；更有些，不死不生，仍复在歧路上徘徊着，苦闷着，而终于寻不到出路。是在这一种状态之下，有一天在上海的街头，我又忽而遇见了志摩。

"喂，这几年来你躲在什么地方？"

兜头地一喝，听起来仍旧是他那一种洪亮快活的声气。在路上略谈了片刻，一同到了他的寓里坐了一会儿，他就拉我一道到了大赉公司的轮船码头。因为午前他刚接到了无线电报，诗人泰戈尔回印度的船系定在午后五时左右靠岸，他是要上船去看看这老诗人的病状的。

当船还没有靠岸,岸上的人和船上的人还不能够交谈的时候,他在码头上的寒风里立着——这时候似乎已经是秋季了——静静地呆呆地对我说:

"诗人老去,又遭了新时代的摈斥,他老人家的悲哀,正是孔子的悲哀。"

因为泰戈尔这一回是新从美国日本去讲演回来,在日本在美国都受了一部分新人的排斥,所以心里是不十分快活的,并且又因年老之故,在路上更染了一场重病。志摩对我说这几句话的时候,双眼呆看着远处,脸色变得青灰,声音也特别的低。我和志摩来往了这许多年,在他脸上看出悲哀的表情来的事情,这实在是最初也便是最后的一次。

从这一回之后,两人又同在北京的时候一样,时时来往了。可是一则因为我的疏懒无聊,二则因为他跑来跑去地教书忙,这一两年间,和他聚谈时候也并不多。今年的暑假后,他于去北平之先曾大宴了三日客。头一天喝酒的时候,我和董任坚先生都在那里。董先生也是当时杭府中学的旧同学之一,席间我们也曾谈到了当日的杭州。在他遇难之前,从北平飞回来的第二天晚上,我也偶然地,真真是偶然地,闯到了他的寓里。

那一天晚上,因为有许多朋友会聚在那里的缘故,谈谈说说,竟说到了十二点过。临走的时候,还约好了第二天晚上的后会才兹分散。但第二天我没有去,于是就永久失去了见他的机会了,因为他的灵柩到上海的时候是已经殓好了来的。

文人之中,有两种人最可以羡慕:一种是像高尔基一样,活到了六七十岁,而能写许多有声有色的回忆文的老寿星;其他的一种是如叶赛宁一样的光芒还没有吐尽的天才夭折者。前者可以写许多文学史上所不载的文坛起伏的经历,他个人就是一部纵的文学史;后者则可以要求每个同时代的文人都写一篇吊他哀他或评他骂他的文字,而成一部横的放大的文苑传。

现在志摩是死了,但是他的诗文是不死的,他的音容状貌可也是不死的,除非要等到认识他的人老老少少一个个都死完的时候为止。

一九三一年十二月十一日

附

上面的一篇回忆写完之后,我想想,想想,又在陈先生代做的挽联里加入了一点事实,缀成了下面的四十二字:

三卷新诗,廿年旧友,与君同是天涯,只为佳人难再得。

一声河满,九点齐烟,化鹤重归华表,应愁高处不胜寒。

一九三一年十二月十九日

原载1932年1月1日第4卷第1期《新月》"志摩纪念号"

怀四十岁的志摩

眼睛一眨，志摩去世，已经有五年了。在上海那一天阴晦的早晨的凶报，福煦路上遗宅里的仓皇颠倒的情形，以及其后灵柩的迎来、吊奠的开始、尸骨的争夺，和无理解的葬事的经营等情状，都还在我的目前，仿佛是今天早晨或昨天的事情。志摩落葬之后，我因为不愿意和那一位商人的老先生见面，一直到现在，还没有去墓前倾一杯酒，献一朵花，但推想起来，墓木纵不可拱，总也已经宿草盈阡了吧？志摩有灵，当能谅我这故意的疏懒！

综志摩的一生，除他在海外的几年不算外，自从中学入学起直到他的死后为止，我是他的命运的热烈的同情旁观者；当他死的时候，和许多朋友夹在一道，曾经含泪写过一篇极简略的短文，现在时间已经经过了五年，回想起来，觉得对他的余情还有许多郁蓄在我的胸中。仅仅一个空泛的友人，对他尚且如此，生前和他有更深的交谊的许多女友，伤感的程度自然可以不必说了，志摩真是一个淘气、可爱，能使你永久不会忘怀的顽皮孩子！

称他作孩子，或者有人会说我卖老，其实我也不过是他的同年生，生日也许比他还后几日，不过他所给我的却是一个永也不会老去的新鲜活泼的孩儿的印象。

  志摩生前，最为人所误解，而实际也许是催他速死的最大原因之一的一重性格，是他的那股不顾一切，带有激烈的燃烧性的热情。这热情一经激发，便不管天高地厚，人死我亡，势非至于将全宇宙都烧成赤地不可。发而为诗，就成就了他的五光十色、灿烂迷人的七宝楼台，使他的名字永留在中国的新诗史上。以之处世，毛病就出来了；他的对人对物的一身热恋，就使他失欢于父母，得罪于社会，甚而至于还不得不遗诟于死后。他和小曼的一段浓情，在他的诗里、日记里、书简里，随处都可以看出得来；若在进步的社会里，这一种事情，岂不是千古的美谈？忠厚柔艳如小曼，热烈诚挚若志摩，遇合在一道，自然要发放火花，烧成一片了，哪里还顾得到纲常伦教？更哪里还顾得到宗法家风？当这事情正在北平的交际社会里成话柄的时候，我就佩服志摩的纯真与小曼的勇敢，到了无以复加。记得有一次在来今雨轩吃饭的席上，曾有人问起我以对这事的意见，我就学了《三剑客》影片里的一句话回答他："假使我马上要死的话，在我死的前头，我就只想做一篇伟大的史诗，来颂美志摩和小曼。"

  情热的人，当然是不能取悦于社会，周旋于家室，更或至于不善用这热情的；志摩在死的前几年的那一种穷状，那是一种变迁，其罪不在小曼，不在小曼以外的他的许多男女友人，当然更不在志摩自身；实在是我们的社会，尤其是那一种借名教作商品的商人根性，因不理解他的缘故，终至于活生生地逼死了他。

  志摩的死，原觉得可惜得很，人生的三四十前后——他死的时候是三十六岁——正是壮盛到绝顶的黄金年代，他若不死，到现在为止，五六年间，大约我们又可以多读到许多诗样的散文，诗样的小说，以及那一部未了的他的杰作——《诗人的一生》；可是一面，正因他的突然的死去，倒使这一部未完全的杰作，更加多了深厚的回味之处却也是真的。所以在他去世的当时，就有人说，志摩死得恰好，因为诗人和美人一样，老了就不值钱了。况且他的这一种死法，又和罢伦、奢来的死法一样，确是最适合他的身分的死，若把这话拿来作自慰之辞，原也有几分真理含着，我却终觉得不是如此的；志摩原可以活下去，那一件事故的发生，虽说是偶然的结果，但我们若一追究他的所以不得不遭遇惨事的原因，那我在前面说过的一句话——"是无理解的社会逼死了他"就成立了。我们所处的社会，真是一个如何狭量、险恶、无情的社会！不是身处其境、身受其毒的人，是无从知道的。

过去的事情，已经过去了；我们在志摩的死后，再来替他打抱不平，也是徒劳的事情。所以这次当志摩的四十岁的诞辰，我想最好还是做一点实际的工作来纪念他，较为适当；小曼已经有编纂他的全集的意思了，这原是纪念志摩的办法之一，此外像志摩文学奖金的设定、和他有关的公共机关里纪念碑胸像的建立、志摩图书馆的发起，以及志摩传记的编撰等等，也是都可以由我们后死的友人，来做的工作。可恨的是时势的混乱，当这一个国难的关头，要来提倡尊重诗人，是违背事理的；更可恨的是世情的浇薄，现在有些活着的友人，一旦钻营得了大位，尚且要排挤诋毁、诬陷压迫我们这些无权无势的文人，对于死者那更加可以不必说了。"侬今葬花人笑痴，他年葬侬知是谁？"悼吊志摩，或者也就是变相的自悼吧！

原载1936年1月1日第8期《宇宙风》

雕刻家刘开渠

我的同刘开渠认识，是在十三四年前头，大约总当民国十一二年的中间。那时候，我初从日本回来，办杂志也办不好，军阀专政，社会黑暗到了百分之百，到处碰壁的结果，自然只好到北京去教书。

在我兼课的学校之中，有一个是京畿道的美术专门学校；这学校仿佛是刚在换校长闹风潮的大难之余，所以上课的时候，学生并不多，而教室里也穷得连煤炉子都生不起。同事中间，有一位法国画家，一位齐老先生，是很负盛名的；此外则已故的陈晓江氏，教美术史的邓叔存以及教日文的钱稻孙氏，比较地和我熟识，往来得也密一点。我们在平时往来的谈话中间，有一次忽而谈到了学生们的勤惰，而刘开渠的埋头苦干、边幅不修的种种情节，却是大家所公认的事实。我因为是风潮之后，新进去教书的人，所以当时还不能指出哪一个是刘开渠来。

过得不久，有一位云南的女学生以及一位四川的青年，同一位身体长得很高、满头长发、脸骨很曲折有点像北方人似的青年来访问我了；介绍之下，我才晓得这一位像北方人似的青年就是刘开渠。

他说话呐呐不大畅达,面上常漾着苦闷的表情,而从他的衣衫的褴褛,面色的青黄上看去,一眼就可以看出他的埋头苦干、边幅不修的精神来。初次见面的时候,我只记得他说的话一共还不上十句。

后来熟了,见面的机会自然也多了起来,我私自猜度猜度他的个性,估量估量他的体格,觉得像他那样的人,学洋画还不如去学雕刻;若教他提锥运凿,大刀阔斧地运用起他的全身体力和脑力来,成就一定还要比捏了彩笔,在画布上涂涂,来得更大。我的这一种茫然的预感,现在却终于成了事实了。

民国十二年以后,我去武昌,回上海,又下广东,与北京就断了缘分。七八年来,东奔西走,在政治局面混乱变更的当中,我一直没和他见面,并且也没有听到他的消息。前年五月,迁来杭州,将近年底的时候,福熙因为生了女儿,在湖滨的一家菜馆,大开汤饼之会;于这一个席上,我又突然遇见了他,才晓得他在西湖的艺专里教雕刻。

他的苦闷的表情,高大的身体,和呐呐不大会说话的特征,还是和十年前初见面时一样,但经了一番巴黎的洗练,衣服修饰,却完美成一个很有身分的绅士了;满头的长发上,不消说是加上了最摩登的保马特。自从这一次见面之后,我因为离群索居,枯守在杭州的缘故,空下来时常去找他;他也因为独身在工房里作工的孤独难耐,有时候也常常来看我。往来两年间的闲谈,使我晓得他跟法国的那位老大家详蒲奢(Jean Boucher)学习雕刻时的苦心孤诣,使我晓得了他对于中国一般艺术政治家的堕落现状所坚持的特立独行。我们谈到了罗丹,谈到了色尚,更谈到了左拉的那册以色尚为主人公的小说 L'Oeuvre，他自己虽则不说，但我们在深谈之下，自然也看出了他的同那篇小说里的主人公似的抱负。

他的雕刻，完全是他的整个人格的再现；力量是充足的，线条是遒劲的，表情是苦闷的；若硬要指出他的不足之处来，或者是欠缺一点生动吧？但是立体的雕刻和画面不同，德国守旧派的美术批评家所常说的"静中之动，动中之静"（Bewegung in Ruhe，Ruhe in Bewegung）等套话，在批评雕刻的时候，却不能够直抄的。

他的雕刻的遒劲、猛实、粗枝大叶的趣味，尤其在他的 Designs 里，可以看得出来；疏疏落落的几笔之中，真孕育着多少的力量，多少的生意！

新近，他为八十八师阵亡将士们造的纪念铜像铸成了，比起那些卖野人头的雕塑师的滑技来，相差得实在太远，远得几乎不能以言语来形容。一个是有良心的艺术品，一个是骗小孩子们的糖菩萨。这并非是我故意为他捧场的私心话，成绩都在那里，是大家日日看见的东西。铜像下的四块浮雕，又是何等富于实感的杰作！

刘开渠的年纪还正轻着（今年只二十九岁），当然将来还有绝大的进步。他虽则在说："我在中国住，远不如在法国替详蒲奢做助手时的快活。"可是重重被压迫的中国民众对于表现苦闷的艺术品，对于富有生气和力量的艺术品，也未始不急急在要求。中国或许会亡，但中国的艺术，中国的民众，以及由这些民众之中喊出来的呼声民气，是永不会亡的，刘氏此后，应该常常想到这一点才对。

一九三五年一月廿四日

原载1935年4月1日《漫画漫语》创刊号

扬州旧梦寄语堂

语堂兄：

> 乱掷黄金买阿娇，穷来吴市再吹箫。
> 箫声远渡江淮去，吹到扬州廿四桥。

这是我在六七年前——记得是一九二八年的秋天，写那篇《感伤的行旅》时瞎唱出来的歪诗；那时候的计划，本想从上海出发，先在苏州下车，然后去无锡，游太湖，过常州，达镇江，渡瓜步，再上扬州去的。但一则因为苏州在戒严，再则因在太湖边上受了一点虚惊，故而中途变计，当离无锡的那一天晚上，就直到了扬州城里。旅途不带诗韵，所以这一首打油诗的韵脚，是姜白石的那一首"小红唱曲我吹箫"的老调，系凭着了车窗，看看斜阳衰草、残柳芦苇，哼出来的莫名其妙的山歌。

我去扬州，这时候还是第一次；梦想着"扬州"的两字，在声调上，在历史的意义上，真是如何的艳丽，如何的够使人魂销而魄荡！

竹西歌吹，应是玉树后庭花的遗音；萤苑迷楼，当更是临春结绮等沉檀香阁的进一步的建筑。此外的锦帆十里，殿脚三千，后土祠琼花万朵，玉钩斜青冢双行，计算起来，扬州的古迹、名区，以及山水佳丽的地方，总要有三年零六个月才逛得遍。唐宋文人的倾倒于扬州，想来一定是有一种特别见解的；小杜的"青山隐隐水迢迢"，与"十年一觉扬州梦"，还不过是略带感伤的诗句而已，至如"君王忍把平陈业，只换雷塘数亩田"，"人生只合扬州死，禅智山光好墓田"，那简直是说扬州可以使你的国亡，可以使你的身死，而也决无后悔的样子了，这还了得！

在我梦想中的扬州，实在太不诗意，太富于六朝的金粉气了，所以那一次从无锡上车之后，就是到了我所最爱的北固山下，亦没有心思停留半刻，便匆匆地渡过了江去。

长江北岸，是有一条公共汽车路筑在那里的；一落渡船，就可以向北直驶，直达到扬州南门的福运门边。再过一条城河，便进扬州城了，就是一千四五百年以来，为我们历代的诗人骚客所赞叹不止的扬州城，也就是你家黛玉她爸爸，在此撇下了孤儿升天成佛去的扬州城！

但我在到扬州的一路上，所见的风景，都平坦萧杀，没有一点令人可以留恋的地方，因而想起了晁无咎的《赴广陵道中》的诗句：

  醉卧符离太守亭，别都弦管记曾称。
  淮山杨柳春千里，尚有多情忆小胜。
  急鼓冬冬下泗州，却瞻金塔在中流。

> 帆开朝日初生处，船转春山欲尽头。
>
> 杨柳青青欲哺鸟，一春风雨暗隋渠。
>
> 落帆未觉扬州远，已喜淮阴见白鱼。

才晓得他自安徽北部下泗州，经符离（现在的宿县）由水道而去的，所以得见到许多景致，至少至少，也可以看到两岸的垂杨和江中的浮屠鱼类。而我去的一路呢，却只见了些道路树的洋槐，和秋收已过的沙田万顷，别的风趣，简直没有。连绿杨城郭是扬州的本地风光，就是自隋朝以来的堤柳，也看见得很少。

到了福运门外，一见了那一座新修的城楼，以及写在那洋灰壁上的三个"福运门"的红字，更觉得兴趣索然了；在这一种城门之内的亭台园囿，或楚馆秦楼，哪里会有诗意呢？

进了城去，果然只见到些狭窄的街道，和低矮的市廛，在一家新开的绿杨大旅社里住定之后，我的扬州好梦，已经醒了一半了。入睡之前，我原也去逛了一下街市，但是灯烛辉煌、歌喉婉转的太平景象，竟一点儿也没有。"扬州的好处，或者是在风景，明天去逛瘦西湖、平山堂，大约总特别地会使我满足，今天且好好儿地睡它一晚，先养养我的脚力吧！"这是我自己替自己解闷的想头，一半也是真心诚意，想驱逐宿娼的邪念的一道符咒。

第二天一早起来，先坐了黄包车出天宁门去游平山堂。天宁门外的天宁寺，天宁寺后的重宁寺，建筑的确伟大，庙貌也十分的壮丽，可是不知为了什么，寺里不见一个和尚，极好的黄松材料，都断的断，拆的拆了，像许久不经修理的样子。时间正是暮秋，那一天的天气又是阴天，我身到了这大伽蓝里，四面不见人影，仰头向御碑佛以及屋顶一看，满身出了一身冷汗，毛发都倒竖起来了，这一种阴戚戚的冷气，叫我用什么文字来形容呢？

回想起二百年前，高宗南幸，自天宁门到蜀冈，七八里路，尽用白石铺成，上面雕栏曲槛，有一道像颐和园昆明湖上的似的长廊甬道，直达至平山堂下，黄旗紫盖、翠辇金轮、妃嫔成队、侍从如云的盛况，和现在的这一条黄沙曲路，只见衰草牛羊的萧条野景来一比，实在是差得太远了。当然颓井废垣，也有一种令人发思古之幽情的美感，所以鲍明远会做出那篇《芜城赋》来，但我去的时候的扬州北郭，实在太荒凉了，荒凉得连感慨都叫人抒发不出。

到了平山堂东面的功得山观音寺里，吃了一碗清茶，和寺僧谈起这些景象，才晓得这几年来，兵去则匪至，匪去则兵来，住的都是城外的寺院。寺的坍败，原是应该，和尚的逃散，也是不得已的。就是蜀冈的一带，三峰十余个名刹，现在有人住的，只剩下了这一个观音寺了，连正中峰有平山堂在的法净寺里，此刻也没有了住持的人。

平山堂一带的建筑、点缀、园囿，都还留着有一个旧日的轮廓，像平远楼的三层高阁，依然还在，可是门窗却没有了，西园的池水以及第五泉的泉路，都还看得出来，但水却干涸了，从前的树木、花草、假山、叠石，并其他的精舍亭园，现在只剩下许多痕迹，有的简直连遗址都无寻处。

我在平山堂上，瞻仰了一番欧阳公的石刻像后，只能屁也不放一个，悄悄地又回到了城里。午后想坐船了，去逛的是瘦西湖小金山五亭桥的一角。

在这一角清淡的小天地里，我却看到了扬州的好处。因为地近城区，所以荒废也并不十分厉害；小金山这面的临水之处，并且还有一位军阀的别墅（徐园）建筑在那里，结构尚新，大约总还是近年来的新筑。从这一块地方，看向五亭桥法海塔去的一面风景，真是典丽嵩皇，完全像北平中南海的气象。至于近旁的寺院之类，却又因为年久失修，谈不上了。

瘦西湖的好处，全在水树的交映，与游程的曲折；秋柳影下，有红蓼青萍，散浮在水面，扁舟擦过，还听得见水草的鸣声，似在暗泣。而几个弯儿一绕，水面阔了，猛然间闯入眼来的，就是那一座有五个整齐金碧的亭子排立着的白石平桥，比金鳌玉蛛，虽则短些，可是东方建筑的古典趣味，却完全荟萃在这一座桥，这五个亭上。

还有船娘的姿势，也很优美；用以撑船的，是一根竹竿，使劲一撑，竹竿一弯，同时身体靠上去着力，臀部腰部的曲线，和竹竿的线条，配合得异常匀称，异常复杂。若当暮雨潇潇的春日，雇一个容颜姣好的船娘，携酒与茶，来瘦西湖上回游半日，倒也是一种赏心的乐事。

船回到了天宁门外的码头，我对那位船娘，却也有点儿依依难舍的神情，所以就出了一个题目，要她在岸上再陪我一程。我问她："这近边还有好玩的地方没有？"她说："还有史公祠。"于是就由她带路，抄过了天宁门，向东走到了梅花岭下。瓦屋数间，荒坟一座，有的人还说坟里面葬着的只是史阁部的衣冠，看也原没有什么好看，但是一部《廿四史》掉尾的这一位大忠臣的战绩，是读过明史的人，无不为之泪下的，况且经过《桃花扇》作者的一描,更觉得史公的忠肝义胆,活跃在纸上了;我在祠墓的中间立着想着,穿来穿去地走着,竟耽搁了那一位船娘不少的时间。本来是阴沉短促的晚秋天,到此竟垂垂欲暮了,更向东踏上了梅花岭的斜坡,我的唱山歌的老病又发作了,就顺口唱出了这么的二十八字:

三百年来土一丘,史公遗爱满扬州。
二分明月千行泪,并作梅花岭下秋。

写到这里,本来是可以搁笔了,以一首诗起,更以一首诗终,岂不很合鸳鸯蝴蝶的体裁么,但我还想加上一个总结,以醒醒你的骑鹤下扬州的迷梦。

总之,自大业初开邗沟入江渠以来,这扬州一郡,就成了中国南北交通的要道;自唐历宋,直到清朝,商业集中于此,冠盖也云屯在这里。既有了有产及有势的阶级,则依附这阶级而生存的奴隶阶级,自然也不得不产生。贫民的儿女,就被他们迫作婢妾,于是乎就有了杜牧之的青楼薄幸之名。所谓"春风十里扬州路"者,盖指此。有了有钱的老爷,和美貌的名娼,则饮食起居(园亭),衣饰犬马,名歌艳曲,才士雅人(帮闲食客),自然不得不随之而俱兴,所以要腰缠十万贯,才能逛扬州者,以此。但是铁路开后,扬州就一落千丈,萧条到了极点。从前的运使、河督之类,现在也已经驻上了别处;殷实商户,巨富乡绅,自然也分迁到了上海或天津等洋大人的保护之区,故而目下的扬州只剩了一个历史上的剥制的虚壳,内容便什么也没有了。

扬州之美，美在各种的名字，如绿杨村、廿四桥、杏花村舍、邗上农桑、尺五楼、一粟庵等，可是你若辛辛苦苦，寻到了这些最风雅也没有的名称的地方，也许只有一条断石，或半间泥房，或者简直连一条断石、半间泥房都没有的。张陶庵有一册书，叫作《西湖梦寻》，是说往日的西湖如何可爱，现在却不对了，可是你若到扬州去寻梦，那恐怕要比现在的西湖还更不如。

你既不敢游杭，我劝你也不必游扬，还是在上海梦里想象想象欧阳公的平山堂，王阮亭的红桥，《桃花扇》里的史阁部，《红楼梦》里的林如海，以及盐商的别墅，乡宦的妖姬，倒来得好些。枕上的卢生，若长不醒，岂非快事。一遇现实，哪里还有 Dichtung 呢！

一九三五年五月

语堂附记

吾脚腿甚坏，却时时想训练一下。虎丘之梦既破，扬州之梦未醒，故一年来即有约友同游扬州之想。日前约大杰、达夫同去，忽来此一长函，知是去不成了。不知是未凑足稿费，还是映霞不许。然我仍是要去，不管此去得何罪名，在我总是书上太常看见的地名，必想到一到。怎样是邗江，怎样是瓜洲，怎样是廿四桥，怎样是五亭桥，以后读书时心中才有个大略山川形势。即使平山堂已是一楹一槅，也必见识见识。

原载1935年5月20日第28期《人间世》

记曾孟朴先生

当孟朴先生作故的时候,《东南日报》的记者黄萍荪先生,曾来访问过我,已经将先生的身世,约略讲过一遍了;后来看见邵洵美先生在《人言》上,郑君平先生在《新小说》上,各做过一篇关于曾先生的文字;现在在林语堂、陶亢德两先生合编的《宇宙风》上,并且还登载了哲嗣虚白先生自己编撰的一部很详尽的孟朴先生的年谱,要想知道曾先生的一生经过,和著作学问以及任事履历的人,但须去翻读第二三四期的《宇宙风》就对,这里我只想写一点先生和我个人的交谊。

当我迁上杭州来住之先,因为时势与环境的关系,不得不在洋场的上海寄寓,前后计算起来,自民国十五年年底起,一直到二十一年春天止,一共也整整住上了七八年的光景。这一段时间,是中国新书出版业的黄金时代;上海的新书店开得特别的多,而一般爱文学、写稿子的人,也会聚在上海的租界上。本来是商业中心的这一角海港,居然变成了中国新文化的中心地。

洵美他们的金屋书店,开幕了不久,后来又听见说,曾先生父子,也拉集了几多股子,开起真美善书店来了;我当时因为在生病,所以他们开幕的时候请客,终于没有去成。那时候洵美的老家,还在金屋书店对门的花园里;我们空下来,要想找几个人谈谈天,只须上洵美的书斋就对,因为他那里是座上客常满,樽中酒不空的。在洵美他们的座上,我方才认识了围绕在老曾先生左右的一群少壮文学者,像傅彦长、张若谷诸先生。从他们的口里,我于听到了些曾先生的日常起居,与他的老而益壮的从事创作精神之余,还接到了一个口头招请,说曾老先生也很想和我谈谈,教我有空,务必上他家里去走走。这时候,他住在法界的马斯南路,我住在静安寺的近旁,心里虽则也时常在向往,但终因懒惰不过,容易发不起上法界去的心,所以当真美善开后的一年之中,还没有和他见一面的缘分。

后来,书业衰落了,金屋书店因蚀本而关了门。真美善也岌岌乎有不可终日之势,老曾先生把家迁移了,迁住到了离我的寓舍不远的静安寺路犹太花园对面的一处松寿里中。

记得是一天初冬的晚上,天气很寒冷,洵美他们在我们家里吃饭。吃过饭后,没地方去走,洵美就提出了去看曾先生的建议。上了洵美的车一拐弯,不到三分钟的时光,就到了曾先生的住宅了,他们还正在那里吃晚饭。

孟朴先生的风度,实在清丽得可爱;虽则年龄和我相差二十多岁,虽则嘴上的一排胡子也有点灰了,但谈话的精神的矍铄,目光神采的奕奕,躯干的高而不曲,真令我这一个未老先衰的中年小子,感到了满面的羞惭。先生的体格,原是清癯的,那时候据说还在害胃病,但是他的那一种丰采,却毫没有一点病后的衰容。

我们有时躺着,有时坐起,一面谈,一面也抽烟,吃水果,喝酽茶。从法国浪漫主义各作家谈起，谈到了《孽海花》的本事，谈到了先生少年时候的放浪的经历，谈到了陈季同将军，谈到了钱蒙叟与杨爱的身世以及虞山的红豆树，更谈到了中国人的生活习惯，和个人的享乐的程度与限界。先生的那一种常熟口音的普通话，那一种流水似的语调，那一种对于无论哪一件事情的丰富的知识与判断，真教人听一辈子也不会听厌。我们在那一天晚上，简直忘记了时间，忘记了窗外的寒风，忘记了各人还想去干的事情，一直坐下来坐到了夜半，才兹走下他的那一间厢楼，走上了回家的归路。

自从这一次见面之后，曾先生的印象，便永远新鲜活泼地印入了我的脑里；后来他与虚白先生合译的那本《肉与死》出版了，当印出的那一天，我就得到了一册赠送本；这一本三百多页的大著，因为是曾先生所竭力推荐的作品，书到的晚上，我一晚不睡，直读到了早晨的八点。

先生的忏悔录的《鲁男子》，因为全书的计划很大，到现在也仍还是一部未完的大作品；我在当时正想翻读的当儿，又因一转念，等出完了之后再读不迟，终于搁了下来。事后追想起来，何以那时候会偷懒到这一个地步，不于曾先生的生前，精读一下他这部晚年的巨著，当面去和他讨论讨论？现在虽则悔恨到了万分，可已经是驴鸣空吊，无补于实际了。

曾先生所特有的一种爱娇，是当人在他面前谈起他自己的译著的时候的那一脸欢笑。脸上的线条，当他微笑的时候，表现得十分的温和，十分的柔热，使在他面前的人，都能够从他的笑里，感受到一种说不出的像春风似的慰抚。有一次记得是张若谷先生，提起了他的《鲁男子》里的某一节记叙，先生就露现了这一种笑容；当时在他左右的人，大约都不曾注意及此，我从侧面，看见了他的这一脸笑，觉得立时就掉入了别一个世界，觉得他的笑眼里的光芒，是能于夏日发放清风，暗夜散播光明似的；这一种感想，我不知道别人的是不是和我的一样。

　　二十年的春天，是老太夫人八十，曾先生六十的寿辰，同时也是他第三位公子新婚的日子；上海的一批朋友，大家是约好去常熟拜寿道喜的，我因为不在上海，终于错过了这一次游常熟的机会。等洵美他们回来之后，大家说起这一次常熟之游，还是谈得津津有味，对我说："可惜只缺少了你们夫妇的同行，曾老先生是十分希望你们去的。"这一回喜事过后，曾先生的身体，似乎就不十分康健了；其后真美善也闭了店；先生的踪迹，只在苏州、常熟的两处养病闲居，不常到上海来了，这中间我并且又迁到了杭州；嗣后一直到接先生的讣报为止，终于没有第二次再见先生一次面的机遇。不过现在虽和先生的灵榇远隔千里，我只教闭上眼睛，一想起先生，先生的柔和的丰貌，还很鲜明地印在我的眼帘之上。中国新旧文学交替时代的这一道大桥梁，中国二十世纪所产生的诸新文学家中的这一位最大的先驱者，我想他的形象，将长留在后世的文学爱好者的脑里，和在生前见过他的我的脑里一样。

原载1935年10月16日第1期《越风》

回忆鲁迅

鲁迅作故的时候，我正飘流在福建。那一天晚上，刚在南台一家饭馆里吃晚饭，同席的有一位日本的新闻记者，一见面就问我，鲁迅逝世的电报，接到了没有？我听了，虽则大吃了一惊，但总以为是同盟社造的谣。因为不久之前，我曾在上海会过他，我们还约好于秋天同去日本看红叶的。后来虽也听到他的病，但平时晓得他老有因为落夜而致伤风的习惯，所以，总觉得这消息是不可靠的误传。因为得了这一个消息之故，那一天晚上，不待终席，我就走了。同时，在那一夜里，福建报上，有一篇演讲稿子，也有改正的必要，所以从南台走回城里的时候，我就直上了报馆。

晚上十点以后，正是报馆里最忙的时候，我一到报馆，与一位负责的编辑，只讲了几句话，就有位专编国内时事的记者，拿了中央社的电稿，来给我看了；电文却与那一位日本记者所说的一样，说是"著作家鲁迅，于昨晚在沪病故"了。

我于惊愕之余，就在那一张破稿纸上，写了几句电文："上海申报转许景宋女士：骤闻鲁迅噩耗，未敢置信，万请节哀，余事面谈。"第二天的早晨，我就踏上了三北公司的靖安轮船，奔回到了上海。

鲁迅的葬事，实在是中国文学史上空前的一座纪念碑，他的葬仪，也可以说是民众对日人的一种示威运动。工人、学生、妇女团体，以前鲁迅生前的挚友亲戚，和读他的著作，受他的感化的不相识的男男女女，参加行列的，总有一万人以上。

当时，中国各地的民众正在热叫着对日开战，上海的知识分子，尤其是孙夫人蔡先生等旧日自由大同盟的诸位先进，提倡得更加激烈，而鲁迅适当这一个时候去世了，他平时，也是主张对日抗战的，所以民众对于鲁迅的死，就拿来当作了一个非抗战不可的象征；换句话说，就是在把鲁迅的死，看作了日本侵略中国的具体事件之一。在这个时候，在这一种情绪下的全国民众，对鲁迅的哀悼之情，自然可以不言而喻了；所以当时全国所出的刊物，无论哪一种定期或不定期的印刷品上，都充满了哀吊鲁迅的文字。

但我却偏有一种爱冷不感热的特别脾气，以为鲁迅的崇拜者、友人、同事，既有了这许多追悼他的文字与著作，那我这一个渺乎其小的同时代者，正可以不必马上就去铺张些我与鲁迅的关系。在这一个热闹关头，我就是写十万百万字的哀悼鲁迅的文章，于鲁迅之大，原是不能再加上以毫末，而于我自己之小，反更足以多一个证明。因此，我只在《文学》月刊上，写了几句哀悼的话，此外就一字也不提，一直沉默到了现在。

现在哩！鲁迅的全集，已经出版了；而全国民众，正在一个绝大的危难底下抖擞。在这伟大的民族受难期间，大家似乎对鲁迅个人的伤悼情绪，减少了些了，我却想来利用余闲，写一点关于鲁迅的回忆。若有人因看了这回忆之故，而去多读一次鲁迅的集子，那就是我对于故人的报答，也就是我所以要写这些断片的本望。

民国廿七年（一九三八年）八月十四日在汉寿

和鲁迅第一次的相见，不知是在哪一年哪一月哪一日——我对于时日地点，以及人的姓名之类的记忆力，异常的薄弱，人非要遇见至五六次以上，才能将一个人的名氏和一个人的面貌联合起来，记在心里——但地方却记得是在北平西城的砖塔儿胡同一间坐南朝北的小四合房子里。因为记得那一天天气很阴沉，所以一定是在我去北平，入北京大学教书的那一年冬天，时间仿佛是在下午的三四点钟。若说起那一年的大事情来，却又有史可稽了，就是曹锟贿选成功，做大总统的那一个冬天。

去看鲁迅，也不知是为了什么事情。他住的那一间房子，我却记得很清楚，是在那两座砖塔的东北面，正当胡同正中的地方，一个三四丈宽的小院子，院子里长着三四株枣树。大门朝北，而住屋——三间上房——却朝正南，是杭州人所说的倒骑龙式的房子。

那时候，鲁迅还在教育部里当佥事，同时也在北京大学里教小说史略。我们谈的话，已经记不起来了，但只记得谈了些北大的教员中间的闲话，和学生的习气之类。

他的脸色很青，胡子是那时候已经有了；衣服穿得很单薄，而身材又矮小，所以看起来像是一个和他的年龄不大相称的样子。

他的绍兴口音，比一般绍兴人所发的来得柔和，笑声非常之清脆，而笑时眼角上的几条小皱纹，却很是可爱。

房间里的陈设，简单得很；散置在桌上，书橱上的书籍，也并不多，但却十分的整洁。桌上没有洋墨水和钢笔，只有一方砚瓦，上面盖着一个红木的盖子。笔筒是没有的，水池却像一个小古董，大约是从头发胡同的小市上买来的无疑。

他送我出门的时候，天色已经晚了，北风吹得很大；门口临别的时候，他不知说了一句什么笑话，我记得一个人在走回寓舍来的路上，因回忆着他的那一句，满面还带着了笑容。

同一个来访我的学生，谈起了鲁迅。他说："鲁迅虽在冬天，也不穿棉裤，是抑制性欲的意思。他和他的旧式的夫人是不要好的。"因此，我就想起了那天去访问他时，来开门的那一位清秀的中年妇人，她人亦矮小，缠足梳头，完全是一个典型的绍兴太太。

数年前，鲁迅在上海，我和映霞去北戴河避暑回到了北平的时候，映霞曾因好奇之故，硬逼我上鲁迅自己造的那一所西城象鼻胡同后面西三条的小房子里，去看过这中年的妇人。她现在还和鲁迅的老母住在那里，但不知她们在强暴的邻人管制下的生活也过得惯不？

那时候，我住在阜成门内巡捕厅胡同的老宅里。时常来往的，是住在东城禄米仓的张凤举、徐耀辰两位，以及沈尹默、沈兼士、沈士远的三昆仲；不时也常和周作人氏、钱玄同氏、胡适之氏、马幼渔氏等相遇，或在北大的休息室里，或在公共宴会的席上。这些同事，都是鲁迅的崇拜者，而对于鲁迅的古怪脾气，都当作一件似乎是历史上的轶事在谈论。

在我与鲁迅相见不久之后，周氏兄弟反目的消息，从禄米仓的张、徐二位那里听到了。原因很复杂，而旁人终于也不明白是究竟为了什么。但终鲁迅的一生，他与周作人氏，竟没有和解的机会。

本来，鲁迅与周作人氏哥儿俩，是住在八道湾的那一所大房子里的。这一所大房子，系鲁迅在几年前，将他们绍兴的祖屋卖了，与周作人在八道湾买的；买了之后，加以修缮，他们弟兄和老太太就统在那里住了。俄国的那位盲诗人爱罗先珂寄住的，也就是这一所八道湾的房子。

后来鲁迅和周作人氏闹了，所以他就搬了出来，所住的，大约就是砖塔胡同的那一间小四合了。所以，我见到他的时候，正在他们的口角之后不久的期间。

据凤举他们判断，以为他们弟兄间的不睦，完全是两人的误解，周作人氏的那位日本夫人，甚至说鲁迅对她有失敬之处。但鲁迅有时候对我说："我对启明，总老规劝他的，叫他用钱应该节省一点。我们不得不想想将来，但他对于经济，总是进一个花一个的，尤其是他那一位夫人。"从这些地方，会合起来，大约他们反目的真因，也可以猜度到一二成了。不过凡是认识鲁迅，认识启明及他的夫人的人，都晓得他们三个人，完全是好人；鲁迅虽则也痛骂过正人君子，但据我所知的他们三人来说，则只有他们才是真正的正人君子。现在颇有些人，说周作人已做了汉奸，但我却始终仍是怀疑。所以，全国文艺作者协会致周作人的那一封公开信，最后的决定，也是由我改削过的；我总以为周作人先生，与那些甘心卖国的人，是不能作一样的看法的。

这时候的教育部，薪水只发到二成三成，公事是大家不办的，所以，鲁迅很有工夫教书、编讲义、写文章。他的短文，大抵是由孙伏园氏拿去，在《晨报副刊》上发表；教书是除北大外，还兼任着师大。

有一次，在鲁迅那里闲坐，接到了一个来催开会的通知，我问他忙么？他说，忙倒也不忙，但是同唱戏的一样，每天总得到处去扮一扮。上讲台的时候，就得扮教授，到教育部去也非得扮官不可。

他说虽则这样地说，但做到无论什么事情时，却总肯负完全的责任。

至于说到唱戏呢，在北平虽则住了那么久，可是他终于没有爱听京戏的癖性。他对于唱戏听戏的经验，始终只限于绍兴的社戏、高腔、乱弹、目连戏等，最多也只听到了徽班。阿Q所唱的那句"手执钢鞭将你打"，就是乱弹班《龙虎斗》里的句子，是赵玄坛唱的。

对于目连戏，他却有特别的嗜好，他有好几次同我说，这戏里的穿插，实在有许许多多的幽默味。他曾经举出不少的实例，说到一个借了鞋袜靴子去赴宴会的人，到了人来向他索还，只剩一件大衫在身上的时候，这一位老兄就装作肚皮痛，以两手按着腹部，口叫着我肚皮痛杀哉，将身体伏矮了些，于是长衫就盖到了脚部以遮掩过去的一段，他还照样地做出来给我们看过。说这一段话时，我记得《月夜》的著者，川岛兄也在座上，我们曾经大笑过的。

后来在上海，我有一次谈到了予倩、田汉诸君想改良京剧，来做宣传的话，他根本就不赞成。并且很幽默地说，以京剧来宣传救国，那就是："我们救国啊啊啊啊了，这行么？"

孙伏园氏在晨报社，为了鲁迅的一篇挖苦人的恋爱的诗，与刘勉己氏闹翻了脸。鲁迅的学生李小峰就与伏园联合起来，出了《语丝》。投稿者除上述的诸位之外，还有林语堂氏，在国外的刘半农氏，以及徐旭生氏等。但是周氏兄弟，却是《语丝》的中心。而每次语丝社中人叙会吃饭的时候，鲁迅总不出席，因为不愿与周作人氏遇到的缘故。因此，在这一两年中，鲁迅在社交界，始终没有露一露脸。无论什么人请客，他总不肯出席；他自己哩，除了和一两人去小吃之外，也绝对地不大规模（或正式）地请客。这脾气，直到他去厦门大学以后，才稍稍改变了些。

鲁迅的对于后进的提拔，可以说是无微不至。《语丝》发刊以后，有些新人的稿子，差不多都是鲁迅推荐的。他对于高长虹他们的一集团，对于沉钟社的几位，对于未名社的诸子，都一例地在为说项。就是对于沈从文氏，虽则已有人在孙伏园去后的《晨报副刊》上在替吹嘘了，他也时时提到，唯恐诸编辑的埋没了他。还有当时在北大念书的王品青氏，也是他所属望的青年之一。

鲁迅和景宋女士（许广平）的认识，是当他在北京（那时北平还叫作北京）女师大教书的中间，前后经过，《两地书》里已经记载得很详细，此地可以不必说。但他和许女士的进一步的接近，是在"三一八"惨案之前，章士钊做教育总长，使刘百昭去用了老妈子军以暴力解散女师大的时候。

鲁迅是向来喜欢打抱不平的，看了章士钊的横行不法，又兼自己还是这学校的讲师，所以，当教育部下令解散女师大的时候，他就和许季茀、沈兼士、马幼渔等一道起来反对。当时的鲁迅，还是教育部的佥事，故而总长的章士钊也就下令将他撤职。为此，他一面向行政院控告章士钊，提起行政诉讼，一面就在《语丝》上攻击《现代评论》的为虎作伥，尤以对陈源（通伯）教授为最烈。

《现代评论》的一批干部，都是英国留学生；而其中像周鲠生、皮宗石、王世杰等，却是两湖人。他们和章士钊，在同到过英国的一点上，在同是湖南人的一点上，都不得不帮教育部的忙。鲁迅因而攻击绅士态度，攻击《现代评论》的受贿赂，这一时候他的杂文，怕是他一生之中，最含热意的妙笔。在这一个压迫和反抗，正义和暴力的争斗之中，他与许广平便有了更进一步的认识机会。

在这前后，我和他见面的次数并不多，因为我已经离开了北平，上武昌师范大学文科去教书了，可是这一年（民十三？）暑假回北京，看见他的时候，他正在做控告章士钊的状子，而女师大为校长杨荫榆的问题，也正是闹得最厉害的期间。当他告诉我完了这事情的经过之后，他仍旧不改他的幽默态度说：

"人家说我在打落水狗，但我却以为在打枪伤老虎，在扮演周处或武松。"

这句话真说得我高笑了起来。可是他和景宋女士的认识，以及有什么来往，我却还一点儿也不曾晓得。

直到两年之后，他因和林文庆博士闹意见，从厦门大学回上海的那一年暑假，我上旅馆去看他，谈到了中午，就约他及景宋女士与在座的许钦文去吃饭。在吃完饭后，茶房端上咖啡来时，鲁迅却很热情地向正在搅咖啡杯的许女士看了一眼，又用告诫亲属似的热情的口气，对许女士说：

"密斯许，你胃不行，咖啡还是不吃的好，吃些生果吧！"

在这一个极微细的告诫里，我才第一次看出了他和许女士中间的爱情。

从此以后，鲁迅就在上海住下了，是在闸北区窦乐安路不远的景云里内一所三楼朝南的洋式弄堂房子里。他住二层的前楼，许女士是住在三楼的。他们两人间的关系，外人还是一点儿也没有晓得。

有一次，林语堂——当时他住在愚园路，和我静安寺路的寓居很近——和我去看鲁迅，谈了半天出来，林语堂忽然问我：

"鲁迅和许女士，究竟是怎么回事，有没有什么关系的？"

我只笑着摇摇头，回问他说：

"你和他们在厦大同过这么久的事，难道还不晓得么？我可真看不出什么来。"

说起林语堂，实在是一位天性淳厚的真正英美式的绅士，他决不疑心人有意说出的不关紧要的谎。我只举一个例出来，就可以看出他的本性。当他在美国向他的夫人求爱的时候，他第一次捧呈了她一册克莱克夫人著的小说《模范绅士约翰·哈里法克斯》；但第二次他忘记了，又捧呈了她以这册 *John Halifax Gentleman*。这是林夫人亲口对我说的话，当然是不会错的。从这一点上看来，就可以看出语堂真是如何的忠厚老实的一位模范绅士。他的提倡幽默，挖苦绅士态度，我们都在说，这些都是从他的 Inferiority Complex（不及错觉）心理出发的。

语堂自从那一回经我说过鲁迅和许女士中间大约并没有什么关系之后，一直到海婴（鲁迅的儿子）将要生下来的时候，才恍然大悟。我对他说破了，他满脸泛着好好先生的微笑说：

"你这个人真坏！"

鲁迅的烟瘾，一向是很大的；在北京的时候，他吸的，总是哈德门牌的拾支装包。当他在人前吸烟的时候，他总探手进他那件灰布棉袍的袋里去摸出一支来吸；他似乎不喜欢将烟包先拿出来，然后再从烟包里抽出一支，而再将烟包塞回袋里去。他这脾气，一直到了上海，仍没有改过，不晓是为了怕麻烦的原因呢？抑或为了怕人家看见他所吸的烟，是什么牌。

他对于烟酒等刺激品，一向是不十分讲究的；对于酒，他是同烟一样。他的量虽则并不大，但却老爱喝一点。在北平的时候，我曾和他在东安市场的一家小羊肉铺里喝过白干；到了上海之后，所喝的，大抵是黄酒了。但五加皮、白玫瑰，他也喝，啤酒、白兰地他也喝，不过总喝得不多。

爱护他，关心他健康无微不至的景宋女士，有一次问我："周先生平常喜欢喝一点酒，还是给他喝什么酒好？"我当然答以黄酒第一。但景宋女士却说，他喝黄酒时，老要量喝得很多，所以近来她在给他喝五加皮。并且说，因为五加皮酒性太烈，她所以老把瓶塞在平时拔开，好教消散一点酒气，变得淡些。

在这些地方，本可看出景宋女士的一心为鲁迅牺牲的伟大精神来；仔细一想，真要教人感激得下眼泪的，但我当时却笑了，笑她的太没有对于酒的知识。当然她原也晓得酒精成分多少的科学常识，可是爱人爱得过分时，常识也往往会被热挚的真情，掩蔽下去。我于讲完了量与质的问题，讲完了酒精成分的比较问题之后，就劝她，以后，顶好是给周先生以好的陈黄酒喝，否则还是喝啤酒。

这一段谈话后不久，忽而有一天，鲁迅送了我两瓶十多年陈的绍兴黄酒，说是一位绍兴同乡，带出来送他的。我这才放了心，相信以后他总不再喝五加皮等烈酒了。

我的记忆力很差，尤其是对于时日及名姓等的记忆。有些朋友，当见面时却混得很熟，但竟有一年半载以上，不晓得他的名姓的，因为混熟了，又不好再请教尊姓大名的缘故。像这一种习惯，我想一般人也许都有，可是，在我觉得特别的厉害。而鲁迅呢，却很奇怪，他对于遇见过一次，或和他在文字上有点纠葛过的人，都记得很详细，很永固。

所以，我在前段说起过的，鲁迅到上海的时日，照理应该在民国十八年的春夏之交；因为他于离开厦门大学之后，是曾上广州中山大学去住过一年的；他的重回上海，是在因和顾颉刚起了冲突，脱离中山大学之后；并且因恐受当局的压迫拘捕，其后亦曾在广州闲住了半年以上的时间。

他对于辞去中山大学教职之后，在广州闲住的半年那一节事情，也解释得非常有趣。他说：

"在这半年中，我譬如是一只雄鸡，在和对方呆斗。这呆斗的方式，并不是两边就咬起来，却是振冠击羽，保持着一段相当距离的对视。因为对方的假君子，背后是有政治力量的，你若一经示弱，对方就会用无论哪一种卑鄙的手段，来加你以压迫。

"因而有一次，大学里来请我讲演，伪君子正在庆幸机会到了，可以罗织成罪我的证据。但我却不忙不迫地讲了些魏晋人的风度之类，而对于时局和政治，一个字也不曾提起。"

在广州闲住了半年之后，对方的注意力有点松懈了，就是对方的雄鸡，坚忍力有点不能支持了，他就迅速地整理行囊，乘其不备，而离开了广州。

人虽则离开了，但对于代表恶势力而和他反对的人，他却始终不会忘记。所以，他的文章里，无论在哪一篇，只要用得上去的话，他总不肯放松一着，老会把这代表恶势力的敌人押解出来示众。

对于这一点，我也曾再三地劝他过，劝他不要上当。因为有许多无理取闹，来攻击他的人，都想利用了他来成名。实际上，这一个文坛登龙术，是屡试屡验的法门；过去曾经有不少的青年，因攻击鲁迅而成了名的。但他的解释，却很彻底。他说：

"他们的目的，我当然明了。但我的反攻，却有两种意思：第一，是正可以因此而成全了他们；第二，是也因为了他们，而真理愈得阐发。他们的成名，是烟火似的一时的现象，但真理却是永久的。"

他在上海住下之后，这些攻击他的青年，愈来愈多了。最初，是高长虹等，其次是太阳社的钱杏邨等，后来则有创造社的叶灵凤等。他对于这些人的攻击，都三倍四倍地给予了反攻，他的杂文的光辉，也正因了这些不断的搏斗而增加了熟练与光辉。他的全集的十分之六七，是这种搏斗的火花，成绩俱在，在这里可以不必再说。

此外还有些并不对他攻击，而亦受了他的笔伐的人，如张若谷、曾今可等；他对于他们，在酒兴浓溢的时候，老笑着对我说：

"我对他们也并没有什么仇。但因为他们是代表恶势力的缘故，所以我就做了堂·吉诃德，而他们却做了活的风车。"

关于堂·吉诃德这一名词，也是钱杏邨他们奉赠给他的。他对这名词并不嫌恶，反而是很喜欢的样子。同样在有一时候，叶灵凤引用了苏俄讥讽高尔基的画来骂他，说他是"阴阳面的老人"，他也时常笑着说："他们比得我太大了，我只恐怕承当不起。"

创造社和鲁迅的纠葛，系开始在成仿吾的一篇批评，后来一直地继续到了创造社的被封时为止。

鲁迅对创造社，虽则也时常有讥讽的言语，散发在各杂文里，但根底却并没有恶感。他到广州去之前，就有意和我们结成一条战线，来和反动势力拮抗的；这一段经过，恐怕只有我和鲁迅及景宋女士三人知道。

至于我个人与鲁迅的交谊呢，一则因系同乡，二则因所处的时代，所看的书，和所与交游的友人，都是同一类属的缘故，始终没有和他发生过冲突。

后来，创造社因被王独清挑拨离间，分成了派别，我因一时感情作用，和创造社脱离了关系。在当时，一批幼稚病的创造社同志，都受了王独清等的煽动，与太阳社联合起来攻击鲁迅，但我却始终以为他们的行动是越出了常轨，所以才和他计划出了《奔流》这一个杂志。

《奔流》的出版，并不是想和他们对抗，用意是在想介绍些真正的革命文艺的理论和作品，把那些犯幼稚病的"左倾"青年，稍稍纠正一点过来。

当编《奔流》的这一段时期，我以为是鲁迅的一生之中，对中国文艺影响最大的一个转变时期。

在这一年当中，鲁迅的介绍左翼文艺的正确理论的一步工作，才开始立下了系统。而他的后半生的工作的纲领，差不多全是在这一个时期里定下来的。

当时在上海负责在做秘密工作的几位同志，大抵都是在我静安寺路的寓居里进出的人；左翼作家联盟，和鲁迅的结合，实际上是我做的媒介。不过，左联成立之后，我却并不愿意参加，原因是因为我的个性是不适合于这些工作的，我对于我自己，认识得很清，决不愿担负一个空名，而不去做实际的事务，所以，左联成立之后，我就在一月之内，对他们公然地宣布了辞职。

但是暗中站在超然的地位，为左联及各工作者的帮忙，也着实不少。除来不及营救，已被他们杀死的许多青年不计外，在龙华，在租界捕房被拘去的许多作家，或则减刑，或则拒绝引渡，或则当时释放等案件，我现在还记得起来的，当不只十件八件的少数。

鲁迅的热心于提拔青年的一件事情，是大家在说的。但他的因此而受痛苦之深刻，却外边很少有人知道。像有些先受他的提拔，而后来却用攻击的方法以成自己的名的事情，还是彰明显著的事实，而另外还有些"挑了一担同情来到鲁迅那里，强迫他出很高的代价"的故事，外边的人，却大抵都不晓得了。在这里，我只举一个例：

在广州的时候，有一位青年的学生，因平时被鲁迅所感化而跟他到了上海。到了上海之后，鲁迅当然也收留他一道住在景云里那一所三层楼的弄堂房子里。但这一位青年，误解了鲁迅的意思，以为他没有儿子——当时海婴还没有生——所以收留自己和他住下，大约总是想把自己当作他的儿子的意思。后来，他又去找了一位女朋友来同住，意思是为鲁迅当儿媳妇的。可是，两人坐食在鲁迅的家里，零用衣饰之类，鲁迅当然是供给不了的；于是这一位自定的鲁迅的子嗣，就发生了很大的不满，要求鲁迅，一定要为他谋一出路。

鲁迅没法子，就来找我，叫我为这青年去谋一职业，如报馆校对、书局伙计之类；假使是真的找不到职业，那么亦必须请一家书店或报馆在名义上用他做事，而每月的薪水三四十元，当由鲁迅自己拿出，且由我转交给这书局或报馆，作为月薪来发给。

这事我向当时的现代书局说了，已经说定是每月由书局和鲁迅各拿出一半的钱来，使用这一位青年。但正当说好的时候，这一位青年却和爱人脱离了鲁迅而走了。

这一件事情，我记得章锡琛曾在鲁迅去世的时候写过一段短短的文章；但事实却很复杂，使鲁迅为难了好几个月。从这一回事情之后，鲁迅就爱说"青年是挑了一担同情来的"的趣话。不过这仅仅是一例，此外，因同情青年的遭遇，而使他受到痛苦的事实还正多着哩！

民国十八年以后，因国共分家的结果，有许多青年，以及正义的斗士，都无故而被牺牲了。此外，还有许多从事革命运动的青年，在南京、上海，以及长江流域的通都大邑里，被捕的，正不知有多少。在上海专为这些革命志士以及失业工人等救济而设的一个团体，是共济会。但这时候，这救济会已经遭了当局之忌，不能公开工作了，所以弄成请了律师，也不能公然出庭，有了店铺作保，也不能去向法庭请求保释的局面。在这时候，带有国际性的民权保障自由大同盟，才在孙夫人（宋庆龄女士）、蔡先生（孑民）等的领导之下，在上海成立了起来。鲁迅和我，都是这自由大同盟的发起人，后来也连做了几任的干部，一直到南京的通缉令下来，杨杏佛被暗杀的时候为止。

在这自由大同盟活动的期间，对于平常的集会，总不出席的鲁迅，却于每次开会时一定先期而到；并且对于事务是一向不善处置的鲁迅，将分派给他的事务，也总办得井井有条。从这里，我们又可以看出，鲁迅不仅是一个只会舞文弄墨的空头文学家，对于实务，他原是也具有实际干才的。说到了实务，我又不得不想起我们合编的那一个杂志《奔流》——名义上，虽则是我和他合编的刊物，但关于校对、集稿、算发稿费等琐碎的事务，完全是鲁迅一个人效的劳。

他的做事务的精神，也可以从他的整理书斋，和校阅原稿等小事情上看得出来。一般和我们在同时做文字工作的人，在我所认识的中间，大抵十个有九个都是把书斋弄得杂乱无章的。而鲁迅的书斋，却在无论什么时候，都整理得必清必楚。他的校对的稿子，以及他自己的文章，涂改当然是不免，但总缮写得非常的清楚。

直到海婴长大了，有时候老要跑到他的书斋里去翻弄他的书本杂志之类；当这样的时候，我总看见他含着苦笑，对海婴说：

"你这小捣乱看好了没有？"海婴含笑走了的时候，他总是一边谈着笑话，一边先把那些搅得零乱的书本子堆叠得好好，然后再来谈天。

记得有一次，海婴已经会得说话的时候了，我到他的书斋去的前一刻，海婴正在那里捣乱，翻看书里的插图。我去的时候，书本子还没有理好。鲁迅一见着我，就大笑着说："海婴这小捣乱，他问我几时死；他的意思是我死了之后，这些书本都应该归他的。"

鲁迅的开怀大笑，我记得要以这一次为最兴高采烈。听这话的我，一边虽也在高笑，但暗地里一想到了"死"这一个定命，心里总不免有点难过。尤其是像鲁迅这样的人，我平时总不会把死和他联合起来想在一道。就是他自己，以及在旁边也在高笑的景宋女士，在当时当然也对于死这一个观念的极微细的实感都没有的。

这事情，大约是在他去世之前的两三年的时候；到了他死之后，在万国殡仪馆成殓出殡的上午，我一面看到了他的遗容，一面又看见海婴仍是若无其事地在人前穿了小小的丧服在那里快快乐乐地跑，我的心真有点儿绞得难耐。

鲁迅的著作的出版者，谁也知道是北新书局。北新书局的创始人李小峰是北大鲁迅的学生；因为孙伏园从《晨报副刊》出来之后，和鲁迅、启明及语堂等，开始经营《语丝》之发行，当时还没有毕业的李小峰，就做了《语丝》的发行兼管理印刷的出版业者。

北新书局从北平分到上海，大事扩张的时候，所靠的也是鲁迅的几本著作。

后来一年一年地过去，鲁迅的著作也一年一年地多起来了，北新和鲁迅之间的版税交涉，当然成了一个很大的问题。

北新对著作者，平时总只含混地说，每月致送几百元版税，到了三节，便开一清单来报账的。但一则他的每月致送的款项，老要拖欠，再则所报之账，往往不十分清爽。

后来，北新对鲁迅及其他的著作人，简直连月款也不提，节账也不算了。靠版税在上海维持生活的鲁迅，一时当然也破除了情面，请律师和北新提起了清算版税的诉讼。

照北新开给鲁迅的旧账单等来计算，在鲁迅去世的前六七年，早该积欠有两三万元了。这诉讼，当然是鲁迅的胜利，因为欠债还钱，是古今中外一定不易的自然法律。北新看到了这一点，就四出地托人向鲁迅讲情，要请他不必提起诉讼，大家来设法谈判。

当时我在杭州小住，打算把一部不曾写了的《蜃楼》写它完来。但住不上几天，北新就有电报来了，催我速回上海，为这事尽一点力。

后来经过几次的交涉，鲁迅答应把诉讼暂时不提，而北新亦愿意按月摊还积欠两万余元，分十个月还了；新欠则每月致送四百元，决不食言。

这一场事情，总算是这样地解决了，但在事情解决，北新请大家吃饭的那一天晚上，鲁迅和林语堂两人，却因误解而起了正面的冲突。

冲突的原因，是在一个不在场的第三者，也是鲁迅的学生，当时也在经营出版事业的某君。北新方面，满以为这一次鲁迅的提起诉讼，完全系出于这同行第三者的挑拨。而忠厚诚实的林语堂，于席间偶尔提起了这一个人的名字。

鲁迅那时，大约也有了一点酒意，一半也疑心语堂在责备这第三者的话，是对鲁迅的讽刺，所以脸色变青，从座位里站了起来，大声地说：

"我要声明！我要声明！"

他的声明，大约是声明并非由这第三者的某君挑拨的。语堂当然也要声辩他所讲的话，并非是对鲁迅的讽刺；两人针锋相对，形势真弄得非常的险恶。

在这席间，当然只有我起来做和事佬，一面按住鲁迅坐下，一面我就拉了语堂和他的夫人，走下了楼。

这事当然是两方的误解，后来鲁迅原也明白了；他和语堂之间，是有过一次和解的。可是到了他去世之前年，又因为劝语堂多翻译一点西洋古典文学到中国来，而语堂说这是老年人做的工作之故，而各起了反感。但这当然也是误解，当鲁迅去世的消息传到当时寄居在美国的语堂耳里的时候，语堂是曾有极悲痛的唁电发来的。

鲁迅住的景云里那一所房子，是在北四川路尽头的西面，去虹口花园很近的地方，因而去狄思威路北的内山书店亦只有几百步路。

书店主人内山完造，在中国先则卖药，后则经营贩卖书籍，前后总已有了二十几年的历史。他生活很简单，懂得生意经，并且也染上了中国人的习气，喜欢讲交情。因此，我们这一批在日本住久的人在上海,总老喜欢到他店里去坐坐谈谈;鲁迅于在上海住下之后,也就是这内山书店的常客之一。

"一·二八"沪战发生,鲁迅住的那一个地方,去天通庵只有一箭之路,交战的第二日,我们就在担心着鲁迅一家的安危。到了第三日,并且谣言更多了,说和鲁迅同住的他三弟巢峰(周建人)被敌宪兵殴伤了,但就在这一个下午,我却在四川路桥南,内山书店的一家分店的楼上,会到了鲁迅。

他那时也听到了这谣传了,并且还在报上看见了我寻他和其他几位住在北四川路的友人的启事。他在这兵荒马乱之间,也依然不消失他那种幽默的微笑;讲到巢峰被殴伤的那一段谣言的时候,还加上了许多我们所不曾听见过的新鲜资料,证明一般空闲人的喜欢造谣生事,乐祸幸灾。

在这中间,我们就开始了向全世界文化人呼吁,出刊物公布暴敌狞恶侵略者面目的工作,鲁迅当然也是签名者之一;他的实际参加联合抗敌的行动,和一班左翼作家的接近,实际上是从这一个时期开始的。

"一·二八"战事过后,他从景云里搬了出来,住在内山书店斜对面的一家大厦的三层楼上;租金比较的贵,生活方式也比较的奢侈,因而一般平时要想寻出一点弱点来攻击他的人,就又像是发掘得了至宝。

但他在那里住得也并不久,到了南京的秘密通缉令下来,上海的反动空气很浓厚的时候,他却搬上了内山书店的北面,新造好的大陆新村(四达里对面)的六十几号房屋去住了。在这里,一直住到了他去世的时候为止。

南京的秘密通缉令，列名者有六十几个，多半与民权保障自由大同盟有关的文化人。而这通缉案的呈请者，却是在杭州的浙江省党部的诸先生。

说起杭州，鲁迅极端地厌恶；这通缉案的呈请者们，原是使他厌恶的原因之一，而对于山水的爱好，别有见解，也是他厌恶杭州的一个原因。

有一年夏天，他曾同许钦文到杭州去玩过一次，但因湖上的闷热，蚊子的众多，饮水的不洁等关系，他在旅馆里一晚没有睡觉，第二天就逃回上海来了。自从这一回之后，他每听见人提起杭州，就要摇头。

后来，我搬到杭州去住的时候，也曾写过一首诗送我，头一句就是"钱王登遐仍如在"；这诗的意思，他曾同我说过，指的是杭州党政诸人的无理的高压。他从五代时的记录里，曾看到过钱武肃王的时候，浙江老百姓被压榨得连裤子都没有穿，不得不以砖瓦来遮盖下体。这事不知是出在哪一部书里，我到现在也还没有查到，但他的那句诗的原意，却就系此而言。我因不听他的忠告，终于搬到杭州去住了，结果竟不出他之所料，被一位党部的先生，弄得家破人亡；这一位吃党饭出身，积私财至数百万，曾经呈请南京中央党部通缉我们的先生，对我竟做出了比敌人对待我们老百姓还更凶恶的事情，而且还是在这一次的抗战军兴之后。我现在虽则已远离祖国，再也受不到他的奸淫残害的毒爪了，但现在仍还在执掌以礼义廉耻为信条的教育大权的这一位先生，听说近来因天高皇帝远，浑水好捞鱼之故，更加加重了他对老百姓的这一种远溢过钱武肃王的德政。

鲁迅不但对于杭州没有好感,就是对他出生地的绍兴,也似乎并没有什么依依不舍的怀恋。这可从有一次他的谈话里看得出来。是他在上海住下不久的时候,有一回我们谈起了前两天刚见过面的孙伏园。他问我伏园住在哪里,我说,他已经回绍兴去了,大约总不久就会出来的。鲁迅言下就笑着说:"伏园的回绍兴,实在也很可观!"他的意思,当然是绍兴又凭什么值得这样地频频回去。

所以从他到上海之后,一直到他去世的时候为止,他只匆匆地上杭州去住了一夜,而绝没有回去过绍兴一次。

预言者每不为其故国所容,我于鲁迅更觉得这一句格言的确凿。各地党部的对待鲁迅,自从浙江党部发动了那大弹劾案之后,似乎态度都是一致的。抗战前一年的冬天,我路过厦门,当时有许多厦大同学曾来看我,谈后就说到了厦大门前,经过南普陀的那一条大道,他们想呈请市政府改名"鲁迅路"以资纪念。并且说,这事已经由鲁迅纪念会(主其事的是厦门星光日报社长胡资周及记者们与厦大学生代表等人)呈请过好几次了,但都被搁置着不批下来。我因为和当时的厦门市长及工务局长等都是朋友,所以就答应他们说这事一定可以办到。但后来去市长那里一查问,才知道又是党部在那里反对,绝对不准人们纪念鲁迅。这事情,后来我又同陈主席说了,陈主席当然是表示赞同的。可是,这事还没有办理完成,而抗战军兴,现在并且连厦门这一块土地,也已经沦陷了一年多了。

自从我搬到杭州去住下之后,和他见面的机会,就少了下去,但每一次我上上海去的中间,无论如何忙,我总抽出一点时间来去和他谈谈,或和他吃一次饭。

而上海的各书店,杂志编辑者,报馆之类,要想拉鲁迅的稿子的时候,也总是要我到上海去和鲁迅交涉的回数多,譬如,黎烈文初编《自由谈》的时候,我就和鲁迅说,我们一定要维持它,因为在中国最老不过的《申报》也晓得要用新文学了,就是新文学的胜利。所以,鲁迅当时也很起劲,《伪自由书》《花边文学》集里许多短稿,就是这时候的作品。在起初,他的稿子就是由我转交的。

此外,像良友书店、天马书店,以及生活出的《文学》杂志之类,对鲁迅的稿件,开头大抵都是由我为他们拉拢的。尤其是当鲁迅对编辑者们发脾气的时候,做好做歹,仍复替他们调停和解这一角色,总是由我来担当。所以,在杭州住下的两三年中,光是为了鲁迅之故,而跑上海的事情,前后总也有了好多次。

在他去世的前一年春天,我到了福建,和他见面的机会更加少了。但记得就在他作故的前两个月,我回上海,他曾告诉了我他的病状,说医生说他的肺不对,他想于秋天到日本去疗养,问我也能够同去不能。我在那时候,也正在想去久别了的日本一次,看看他们最近的社会状态,所以也轻轻谈到了同去岚山看红叶的事。可是从此一别,竟就再没有和他作长谈的幸运了。

关于鲁迅的回忆,枝枝节节,另外也正还多着,可是他给我的信件之类,有许多已在搬回杭州去之前烧了,有几封在上海北新书局里存着，现在又没有日记在手头，所以就在这里，先暂搁笔，以后若有机会，或许再写也说不定。

原载香港1938年第2期《星岛周刊》，未完，后刊1939年3月至9月上海《宇宙风·乙刊》和1939年6月至8月新加坡《星洲日报·半月刊》

与悲鸿的再遇

十几年前,大约是一九二七年冬后吧,我正住在上海。那时候,党禁很严,我也受了嫌疑,除在上海的各新闻杂志上,写些牢骚文字外,一步也不敢向中国内地去走。

有一天冬天的午后,田汉忽而到我的寓居里来了,坐了一会儿,就同他一道出去,走上了法界霞飞路的一家老去的咖啡馆内。坐坐谈谈,天色已经向晚,田汉就约我上他家去吃晚饭。当时他住在法界一条新辟的大路旁边,租的是一所三楼三底的大厦。同时,他还在附近的一所艺术大学里当校长。

到了他的家里,一进门,他就给我介绍了刚自法国回国来不久,这一天也仍在孜孜作画的徐悲鸿先生,原来徐先生是和他同住的。看了壁上的几张已经画好,及画架上的一张未画好的画后,我马上就晓得悲鸿先生是真正在巴黎用过苦功,具有实在根底的一位画家。

我对于西洋画,本来也是门外汉,国际的大作,绝没有观摩的机会,至于自家来买来藏呢,更加谈不上了。一知半解的一点对于洋画的知识,大半还是初学英文,读拉斯金的那几部巨著的时候剩下来的一些渣滓。只记得当时读到他赞美 Turner 的时候，也曾经滴下过同情的眼泪。但当我那时候见到了悲鸿先生的几张画后，我就感到了他的笔触的沉着，色调的谐和，与夫轮廓的匀称，是我们的同时代的有许多画家所不及的。这时候，上海原也有许多以西洋画而成名的画家在那里。

其后，人事匆匆，我也因避嫌疑而东逃西躲，一直到了这一次抗战事起，而到了武汉，在武汉的政治部里，又与十余年前的许多老友遇见了，有许多是剧人，有许多是画家。从叶浅予、倪贻德的几位先生的口里，我才听到了悲鸿先生的也将由广西而来武汉的消息。

但是到武汉不久，就有了专往各区战线视察之命，我在武汉住下的日子，名义上虽则有九个月，但实际算起来，恐怕只有三四十天的样子，所以在去年，本是可以与悲鸿先生见一次面的，但结果，却终失之交臂，直到今年到了海外，才有了这重叙十年多久别的机会。

悲鸿先生，在这十多年中间的行动与成绩，已在履历里简单叙述过了；我只想说一说他这一回的来星洲，是系去印度应诗人泰戈尔之招的路过。老诗人泰戈尔的如何同情于我们中国的这一次抗战，就在他答日本一军阀走狗诗人的野口米次郎的信里，可以看得出来。他的招悲鸿先生的去印度开展览会，亦是他的这一点同情于弱小民族的义愤心的证明。

悲鸿先生，在广西住得久了，见了那些被敌机滥施轰炸后的无告的寡妇与孤儿，以及在疆场上杀敌成仁的志士的遗族们，实在抱有着绝大的酸楚与同情。他的欲以艺术报国的苦心，一半也就在这里；他的展览会所得的义捐金全部，或者将很有效用地，用上这些地方去。

十多年不见，悲鸿先生的丰采，还觉得没有什么改变，只是颜面上多了几条线纹，但精神焕发，勇往直前的热情气概，还依旧和往年一样。

他的名字，已经与世界各国的大画师共垂宇宙，他的成绩也最具体地摆在我们的面前，所以，不必要的奖誉和夸张，我在这里想一概地略去；只提一提，他的国画，是如何的生动与逼真，画后的思想，又如何的深沉而有力，我想也就够了。

他的中西画的作品，将于本月内在中华总商会举行展览，像《田横五百士图》，像《此去》，像《徯我后》等，都是气魄雄伟，没有人看了不会赞赏的逸品。我们于在这里介绍之余，更希望有巨眼的识者，于参观展览会后，再赐以鸿文，指出悲鸿先生的画品的伟大。

原载1939年3月2日新加坡《星洲日报·晨星》

刘海粟教授

刘海粟教授，这次自荷印应南侨筹赈总会之聘，来马来亚作筹赈的画展，一切经过情形，以及关于海粟教授过去在国际，在祖国的声誉和功绩等，已在各报副刊及新闻栏登载过多次，想早为读者诸君所洞悉。此地可以不必赘说。但因我和刘教授订交二十余年，略知其生平，故特简述数言，以志景慕。

刘教授于一八九六（光绪丙申）年二月初三，生于江苏武进；父刘家凤，系著名乡绅，母洪氏，实亮吉洪稚存先生之女孙。教授幼年，就喜欢书画，读书绳正书院，天才卓绝，与平常人不同。年十三，母洪氏去世，教授于悲痛之余，就只身走上海，誓与同志等献身艺术，好从艺术方面，来改革社会。

辛亥革命那年，教授才十六岁，于参加推翻清政府的革命工作之后，便与同志等创设上海美术学校。国人之对西洋艺术，渐加以认识，对于我国固有艺术，有力地加以光大与发扬，实皆不得不归功于教授之此举。

教授二十岁时，开个展于上海。陈列人体速写多幅，当时我国风气未开，许多卫道之士，就斥为异端者，而比之于洪水猛兽。"艺术叛徒"之名,自此时起,而郭沫若氏之题此四字相赠,半亦在笑社会之无稽。

当时日本帝国美术院刚始创立,教授被邀,以所作画陈列,日本画家如藤岛武二、桥本关雪辈,交口称誉。

民国十年,教授年二十六岁,应蔡元培氏约,去北京大学讲近代艺术,为一般青年学子所热烈拥护。嗣后再度游北京(民十二),亡命去日本(民十五),更于民国十八年衔国民政府之命赴欧洲考察美术,数度被选入法国秋季沙龙,在欧洲各国首都或讲演,或举行画展,以及数次奉命去德荷英法等国,主办中国画展;教授之名,遂宣传于欧美妇孺之口,而艺术大师之尊称,亦由法国美术批评家中的权威者奉赠过来了。

这是关于刘教授半生生活的极粗略的介绍,虽则挂一漏万,决不能写出教授的伟大于毫末,然即此而断,也就可以看出教授为我国家民族所争得的光荣,尤其是国际的荣誉。

法国诗人有一句豪语,叫作"人生是要死去的,诗王才可以不朽";艺术家的每一幅艺术作品,其价值自然是可以和不朽的诗歌并存;诗王若是不朽的话,艺术界之王,当然也是不会死的,我在这里谨以"永久的生命"五字,奉赠给刘教授,作为祝教授这次画展开幕的礼品。

原载1941年2月22日新加坡《星洲日报·晨星》

敬悼许地山先生

我和许地山先生的交谊并不深,所以想述说一点两人间的往来,材料却是很少。不过许先生的为人,他的治学精神,以及抗战事起后,他的为国家民族尽瘁服役的诸种劳绩,我是无时无地不在佩服的。

我第一次和他见面,是创造社初在上海出刊物的时候,记得是一个秋天的薄暮。

那时候他新从北京(那时还未改北平)南下,似乎是刚在燕大毕业之后。他的一篇小说《命命鸟》已在《小说月报》上发表了,大家对他都奉呈了最满意的好评。他是寄寓在闸北宝山路,商务印书馆编辑所近旁的郑振铎先生的家里的。

当时,郭沫若、成仿吾两位,和我是住在哈同路,我们和小说月报社在文学的主张上,虽则不合,有时也曾作过笔战,可是我们对他们的交谊,却仍旧是很好的。所以当工作的暇日,我们也时常往来,做些闲谈。

在这一个短短的时期里,我与许先生有了好几次的会晤;他在那一个时候,还不脱一种孩稚的顽皮气,老是讲不上几句话后，就去找小孩子抛皮球，踢毽子去了。我对他当时的这一种小孩子脾气，觉得很是奇怪，可是后来听老舍他们谈起了他，才知道这一种天真的性格，他就一直保持着不曾改过。

这已经是约近二十年以前的事情了。其后，他去美国，去英国，去印度。回来后，他在燕大，我在北大教书。偶尔在集会上，也时时有了几次见面的机会，不过终于因两校地点的远隔，我和他记不起有什么特殊的同游或会谈的事情。

况且，自民国十四年以后，我就离开了北京，到武昌大学去教书了；虽则在期间也时时回到北京去小住，可是留京的时间总是很短，故而终于也没有和他更接近一步的机会。

其后的十余年，我的生活，因种种环境的关系，陷入了一个绝不规则的历程，和这些旧日的朋友简直是断绝了往来。所以一直到接许先生的讣告为止，我却想不起是在什么地方，和他握过最后的一次手。因为这一次过香港而来星洲时，明明是知道他在港大教书，但因为船期促迫，想去一访而终未果。于是，我就永久失去了和他作深谈的机会了。

对于他的身世，他的学殖，他的为国家尽力之处，论述的人，已经是很多了，我在此地不想再说。我想特别一提的，是对于他的创作天才的敬佩。他的初期的作品，富于浪漫主义的色彩，是大家所熟知的，但到了最近，他的作风，竟一变而为苍劲坚实的写实主义，却很少有人说起。

他的一篇抗战以后所写的小说，叫作《铁鱼的鳃》，实在是这一倾向的代表作品，我在《华侨周报》的初几期上，特地为他转载的原因，就是想对我们散处在南岛的诸位写作者，示以一种模范的意思。像这样坚实细致的小说，不但是在中国的小说界不可多得，就是求之于一九四〇年的英美短篇小说界,也很少有可以和它比拼的作品。但可惜他在这一方面的天才,竟为他其他方面的学术所掩蔽,人家知道的不多,而他自己也很少有这一方面的作品。要说到因他之死,而中国文化界所蒙受的损失是很大的话,我想从短少了一位创作天才的一点来说,这损失将更是不容易填补。

自己今年的年龄,也并不算老,但是回忆起来,对于追悼已故的友人的事情,似乎也觉得太多了。辈分老一点的,如曾孟朴、鲁迅、蔡孑民、马君武诸先生,稍长于我的,如蒋百里、张季鸾诸先生,同年辈的如徐志摩、滕若渠、蒋光慈的诸位,计算起来,在这十几年的中间,哭过的友人,实在真也不少了。我往往在私自奇怪,近代中国的文人,何以一般总享不到八十以上的高龄?而外国的文人,如英国的哈代、俄国的托尔斯泰、法国的弗朗斯等,享寿都是在八十岁以上,这或者是和社会对文人的待遇有关的吧?我想在这一次追悼许地山先生的大会当中,提出一个口号来,要求一般社会,对文人的待遇,应该提高一点。因为死后的千言万语,总不及生前的一杯咖啡来得实际。

末了,我想把我的一副挽联,抄在底下:

嗟月旦停评,伯牛有疾如斯,灵雨空山,君自涅槃登彼岸。

问人间何世,胡马窥江未去,明珠漏网,我为家国惜遗才。

原载1941年11月8日香港《皇岛日报·星座》